Ralf Bruggmann

delfin

ROMAN

delfin

RALF BRUGGMANN

orte Verlag

«Das Meer ist keine Landschaft,
es ist das Erlebnis der Ewigkeit.»

Thomas Mann

Inhaltsverzeichnis

Prolog / Wellen

Weit draussen auf dem Meer streicht der Wind über das Wasser. Luftwirbel eilen über die Oberfläche, bringen Wasserteilchen in Bewegung. Kleine Hügel und Furchen entstehen, eine fluide Landschaft, stetig wandernd. Der Wind schiebt die Hügel vor sich her, lässt sie zu Bergen heranwachsen, die sich über Täler erheben und sich beharrlich vorwärtsbewegen. Im Innern der Berge rotieren die Wassermoleküle, pflanzen sich fort. Wellenkämme bauen sich auf, nur um von der Schwerkraft wieder hinabgezogen zu werden. Unter dem stummen Himmel rollen die Wellenberge durch Raum und Zeit, ungehindert, nähern sich dem Land. Wie der Meeresboden ansteigt, bremst er die Wasserteilchen auf ihren Kreisbahnen, stösst die Moleküle immer höher hinauf. Die Oberfläche des Wassers kann der Spannung nicht mehr standhalten. Die Wellen brechen und stürzen tosend und schäumend in den Sand.

Beinahe zärtlich hüllt das Wasser den langgezogenen Körper am Strand ein und lässt ihn wieder los, zieht sich zurück und nähert sich erneut. Die glatte Haut glitzert in der Sonne, während sie vom Wasser gestreichelt wird. Weit oben fliegt eine Möwe vorüber. Ihr Schatten gleitet lautlos über den Sand wie eine farblose Kopie, streift den Körper und wandert weiter. Im Sand bilden sich kleine Löcher, Luftblasen platzen auf.

Als das Meer sich beruhigt und die Wellen nur noch zaghaft das Ufer erreichen, bleibt der Körper schliesslich vom Wasser unberührt. Still und elegant und schön liegt er da, im schwindenden Licht, einem Denkmal gleich. Eine Irritation in der Szenerie, eine Anomalie am Ende eines normalen Tages.

Die Würfel sind gefallen

Der Würfel rollt über das Spielbrett. Kurz vor der Kante bleibt er liegen, direkt neben dem Bild eines Mannes mit einem grossen Kopf, der in einem kleinen Feuerwehrwagen sitzt.

«Eine Sechs!», ruft Noah, seine Stimme wie immer viel zu tief für einen Achtjährigen. «Eine Sechs!», wiederholt er, für den Fall, dass Nina ihn beim ersten Mal nicht gehört hat.

«Toll, ganz toll, Noah.» Nina lächelt ihren Sohn an. Sie ist in den unwahrscheinlichsten Momenten stolz auf ihn.

Er zählt bei jedem Feld mit. «Eins. Zwei. Drei. Vier. Fünf. Sechs. Ha!»

Der gewinnende Ausdruck passt nicht richtig in sein Gesicht, es scheint, als müsse Noah seine Muskeln erst noch dressieren, damit sie seinen Befehlen gehorchen. Nina beobachtet ihn fasziniert und hebt dann die Hand, um sie an seine Wange zu legen. Doch Noah dreht sich weg.

«Du bist dran, Mama.»

Sie formt die Hand zu einem Hohlkörper und lässt den Würfel darin tanzen. Dann wirft sie ihn auf das Spielbrett.

«Eine Zwei.»

«Haha, dann musst du fünf Felder zurück!»

«Warum denn?»

«Sieh doch, Mama.» Noah lässt sein Gesicht professorenhafte Züge annehmen. «Wenn du zwei Felder nach vorn gehst, kommst du auf dieses Feld hier, und von dort musst du fünf Felder zurück.»

«Das ist blöd.»

«So sind die Regeln, Mama.»

«Dann sind die Regeln eben blöd.»

«Die Regeln sind nicht blöd. Es braucht Regeln. Ohne Regeln ist alles durcheinander.»

Sie mag den Ernst, die Förmlichkeit in seiner Stimme, die Art und Weise, wie sich seine Lippen zusammenziehen, wenn er erklärt. Mag sein, dass er weniger Kind sein kann als andere Kinder. Doch das macht ihn nicht weniger wundervoll.

Nina bewegt ihre Spielfigur zwei Felder nach vorn und fünf zurück. Noah lacht glucksend. Dann atmet er ein, bis seine Brust sich hebt.

Einige Züge später liegt Nina plötzlich vor Noah, und ihr Abstand wächst mit jedem rollenden Würfel weiter an. Sie beobachtet, wie seine Augen sich verfinstern und kleiner werden. Er sieht sich um, als würde er darauf hoffen, dass jemand kommt und ihn rettet. Stumm beisst er auf seine Unterlippe. Sie weiss, woran er knabbert.

Als Kind war Nina äusserst ehrgeizig, wollte stets gewinnen und vor allem das Verlieren verhindern. Einmal belegte sie in einem Mehrkampf in der Schule den zweiten Platz und verpasste den Sieg nur knapp, doch sie konnte sich nicht damit abfinden, also schrieb sie ihrem Sportlehrer einen Brief und forderte darin die Wiederholung des Wettbewerbs. Freilich kam es zu keiner Wiederholung. Stattdessen wollte der Sportlehrer mit ihren Eltern reden. Zudem erfuhren die anderen Kinder in ihrer Klasse von dem Brief und liessen in der Folge keine Gelegenheit aus, um Nina ihren übertriebenen Eifer vorzuhalten. Sie erinnert sich nicht, was ihre Eltern ihr in diesem Moment rieten. Und ob sie überhaupt mit ihr darüber redeten.

Während Noah unvermindert an seiner Lippe nagt, fragt sie ihn, ob er etwas trinken wolle. Er nickt stumm, und Nina sagt, er solle sich selbst ein Glas Wasser aus der Küche holen. Widerwillig steht er auf und schleicht aus dem Wohnzimmer, den Kopf gesenkt. Nina lässt den Würfel fallen, stöhnt dann auf und zischt ein Fluchwort, laut genug, damit er sie hört.

«Was ist los, Mama?», will Noah wissen, als er zurückkommt.

«Ach, ich musste etwa zwanzig Felder zurück.»

«Zwanzig Felder?» Seine Augen werden gross.

«Vielleicht auch mehr. Jedenfalls bin ich jetzt hier.» Sie zeigt auf ihre Spielfigur, und Noah prüft ihre Position, schaut dann auf das Feld, auf dem seine Figur steht, und lässt schliesslich wieder sein glucksendes Lachen ertönen.

«Du bist wieder hinter mir, Mama!»

«Ich weiss, Noah. Ich weiss.» Sie versucht, möglichst viel Ernüchterung in ihre Stimme zu mischen. Noah würfelt und grinst, und bei jedem Würfeln grinst er breiter, und sie schaut ihm zu, wie er wieder aufblüht.

Als er das Ziel erreicht, reisst er seine Arme in die Höhe und jubelt. Genau so hätte sie jubeln wollen, damals beim Mehrkampf in der Schule. Aber sie bezweifelt, dass ihr Jubel so wahrhaftig und echt geklungen hätte wie jener von Noah. Jetzt ballt er seine Hand zu einer Faust. Er sieht aus wie ein Sportler, stark, männlich. Sie fragt sich, woher sie stammt, diese Faust. Ihr selbst ist sie fremd.

Sie hat Noah nicht zum ersten Mal gewinnen lassen. Sie tut es oft, so oft wie möglich, und jedes Mal befürchtet sie, dass er es bemerkt. Zwar möchte sie ihrem Sohn nichts vorspielen, möchte ihn nicht belügen oder mit gefälschten Gefühlen konfrontieren. Gleichzeitig ist sie überzeugt, dass diese kleinen Triumphe wichtig sind, dass sie Reservoire in seinem Innern aufzufüllen vermögen. Die Triumphe machen ihn stärker, festigen sein Selbstvertrauen, also können sie nicht schlecht sein, selbst wenn sie die Folge einer Inszenierung sind.

Nachdem er ein weiteres Spiel gewonnen hat, mag Noah nicht mehr und liest lieber in seinem Buch. Nina stellt sich ans Fenster und blickt hinaus, richtet den Fokus auf das kleine Stück Wasser, das zwischen den Häuserwänden sichtbar ist. Sie erinnert sich an keinen Moment, in dem sie das Meer nicht geliebt hat. Das Kühle und Frische des Wassers, die Wucht der Wellen, der salzige Geschmack, der Dunst über dem Strand, das Rauschen an ansonsten stillen Abenden, die unzähligen Fische, die toten und lebendigen Krebse, die kreischenden Möwen – in allen Dingen des Meeres wohnt eine Schönheit, die sie nirgendwo sonst zu erkennen vermag. Nun soll ausgerechnet diese Schönheit sich zur übermächtigen Gefahr gewandelt haben, zu einer Bedrohung, der sich nicht beikommen lässt.

Als Esther, eine flüchtige und mittlerweile geflüchtete Bekannte, einst meinte, es sei verantwortungslos, ein Kind in der unteren Stadt aufwachsen zu lassen, widersprach Nina energisch. Esther argumentierte, dass es angesichts der andauernden Ausschreitungen und der drohenden Katastrophe nur logisch sei, mit seinem Kind an einen sichereren Ort zu ziehen, einen Ort mit Zukunft. Nina hielt dagegen und nannte die untere Stadt ein Zuhause, das einzige Zuhause, das Noah und sie kannten. Sie hält unvermindert an dieser Einstellung fest. Aber wenn sie an die Wut der Menschen und den Zorn der Natur denkt, wird sie nervös. Dass sie das, was kommt, kaum mehr einzuschätzen vermag, bringt sie ins Taumeln.

Nina hat die Warnungen nie infrage gestellt. Während viele dem Anstieg des Meeresspiegels und den prognostizierten Entwicklungen mit einem Achselzucken begegneten und weder die kommunalen noch die staatlichen Behörden der Situation die gebotene Brisanz zubilligen wollten, war ihr klar, wie ernst die Lage sich darstellte. Das Szenario, dass die untere Stadt aufgrund des steigenden Wasserpegels in naher Zukunft unbewohnbar werden würde, erfüllte sie mit einer zähflüssigen Angst, in die sich immer dickere Schlieren von Ohnmacht mischten. Trotzdem brachte sie diese Angst nie direkt mit ihr und Noah in Verbindung, schuf eine Wand zwischen der Bedrohung und ihrem Leben.

Als die Demonstrationen anfingen, teilte sie die Überzeugung der Aufständischen, erkannte ihre Argumente als Tatsache an. Dennoch nahm sie nicht an den Kundgebungen teil, vor allem wegen Noah. Sie wollte die wenige Zeit, die neben der Arbeit im Restaurant und den Notwendigkeiten ihres Alltags übrigblieb, mit ihm verbringen. Doch sie wäre auch in den Jahren vor Noahs Geburt nicht mitmarschiert. Vielleicht war Angst der Grund. Vielleicht Trägheit.

Heute zweifelt Nina manchmal an den Motiven der Protestierenden, die sich noch immer regelmässig versammeln und durch die Strassen der unteren Stadt ziehen. Viele von ihnen sind nicht mehr nur von Unzufriedenheit und Aktivismus angetrieben, sondern auch von einer unverblümten Lust am Krawall. An die Stelle von Meinungen und Mahnungen tritt immer häufiger unverhohlene Wut, die sich gewaltsam entlädt. Die Aufmerksamkeit, die sie zu Beginn auf die bedrohlichen Auswirkungen des Klimawandels lenken wollten, richtet sich nun vornehmlich auf sie und ihre Aktionen. Jene, die sich mit Mut und Entschiedenheit gegen ein Problem zur Wehr setzen wollten, sind selbst zum Problem geworden.

Wie früher, aber anders

Wenn Milly mit ihrem Blick den kleinen Fleck auf der Fensterscheibe fokussiert, verschwimmen das Meer und der Strand und der Himmel. Der kleine Fleck wird zum Ort der Klarheit, die Welt dahinter wird vage. Sie überlegt, ob sie den Fleck wegwischen soll, schliesslich gehört er da nicht hin. Doch sie lässt ihn stehen. Es ist gut, wenn die Klarheit greifbar bleibt.

Sie stellt das Bild des Meeres wieder scharf, folgt mit ihrem Blick der Linie, die Luft und Wasser trennt. Es ist merkwürdig, dass am Horizont der Himmel unmittelbar über der Wasseroberfläche beginnt, während er hier weit über ihrem Kopf liegt. Wenn sie sich von sich selbst entfernen würde, wäre sie dem Himmel näher, denkt sie. Diese Erkenntnis lässt Milly lächeln, und sie dreht sich um, möchte Hugo davon erzählen, doch dann fällt ihr ein, dass er nicht zu Hause ist. Wahrscheinlich ist es besser so. Er würde ihre Aussage lediglich mit einem Schulterzucken quittieren und sich wieder anderen Dingen zuwenden, wichtigeren Dingen, zumindest in seinen Augen. Wo der Himmel beginnt, ist ihm egal.

Der Tag, an dem Hugo und sie dieses Haus bezogen, liegt rund vier Jahrzehnte zurück. Dass Milly in Dekaden rechnet, verleiht der Zeit eine eigentümliche Trivialität. Eigentlich müsste die Geschichte, die sie seit 72 Jahren schreibt, immer vielschichtiger und bunter und reichhaltiger werden. Stattdessen ist sie in ausgedehnte Kapitel eingeteilt, ein grober Raster, der sich über ihr Leben legt.

Sie weiss, dass sie von der gleichen Stadt wie damals auf das gleiche Bild wie früher blickt. Es ist der gleiche Himmel, das gleiche Meer, der gleiche Strand. Doch das Gleiche sieht mittlerweile anders aus. Damals schienen das Blau des Himmels und das Grün der Wiesen intensiver, der Kontrast zwischen weissen und grauen Wolken stärker. Der schroffe Felsen am Ufer wirkt heute kleiner, unbedeutender, die Farben blass und bleich.

Eine kurze Melodie dringt aus dem alten kleinen Radio, dann beginnt der Nachrichtensprecher zu reden. Er erzählt von einem Waldbrand, der sich noch immer nicht hat eindämmen lassen, und Milly ist froh, dass der Wald weit weg von ihrem Haus brennt. Früher hätte sie mehr Mitgefühl verspürt, hätte mitgelitten, hätte vielleicht gebetet, doch irgendwann hat sie damit aufgehört. Wenn sie heute die Hände faltet, lässt Milly sie danach matt und müde in den Schoss fallen. Sie schaut auf die Fingernägel, die grob aus der Haut ragen, auf die Furchen. Dann schliesst sie die Augen und dreht den Kopf weg.

Der Waldbrand sei vom Wind weiter angefacht worden, sagt die Stimme aus dem Radio. Milly stellt sich vor, wie der Mann aussieht. Er ist weder jung noch alt, hat dunkle Haare, trägt einen Bart, vereinzelt zeigen sich graue Stoppeln. Seine Nase ist gross, und manchmal stösst sie gegen das Mikrofon, nur ganz leicht. Im ganzen Land lauschen die Menschen seiner Stimme, und zwischendurch hören sie den Klang seiner Nase und wissen nicht genau, was er zu bedeuten hat. Wenn der Mann vom Waldbrand erzählt, sieht sein Gesicht ernst aus, traurig sogar. Vor allem wohnt eine Wärme in seinen Augen, sein Blick auf die Welt ist der Blick eines Vaters auf seinen Sohn, ein Blick voller Liebe, voller Sorge, ein Blick, der jene Geschichten erzählt, für die es an passenden Worten mangelt. Es gab eine Zeit, in der Milly diesen Blick gern in Hugos Gesicht gesehen hätte. Irgendwann fand sie sich damit ab, dass ihm ein solcher Blick nicht gelingen konnte, und mit der Zeit spielte es keine Rolle mehr, ob er es nicht vermochte, mit warmen Augen auf ihr Leben zu blicken, oder ob er sich weigerte.

Der Mann im Radio redet nicht mehr über den Waldbrand, sondern über Börsendaten. Es ist dieselbe Stimme, aber ein anderer Klang, und seine Nase stösst nicht mehr ans Mikrofon. Milly hat noch nie verstanden, was an Börsendaten interessant sein soll. Hugo wollte die Börsendaten immer hören. Ab und an entfuhr ihm dabei ein unterdrücktes «Ha!» Sie erachtete es als

Ausdruck der Freude. Vollkommen sicher war sie sich jedoch nicht, und als sie Hugo einmal fragte, ob die Börsendaten erfreulich seien, antwortete er mit jenem «Jaja», das er häufig von sich gab, wenn er glaubte, dass sie nicht verstand, worum es ging. In den letzten Jahren wollte auch er die Börsendaten nicht mehr hören, und so füllt sich ihr Haus mit Zahlen, die niemanden mehr kümmern.

Milly blickt wieder zum Meer. Weit draussen zieht ein grosses Schiff vorüber. Sie könnte jetzt dort auf der Brücke stehen, an die Reling gelehnt, könnte den Wind in den Haaren spüren, das Salz schmecken, das Dröhnen des Schiffsmotors hören. Stattdessen steht sie am Fenster ihres Hauses, in der Stille ihrer engen Welt, und alles, was sie hört, ist der Wetterbericht.

Zeitverschwendung

Sie sind seltener geworden, die Spaziergänge mit Hanna. Noch bis vor etwa einem Jahr trafen sie sich regelmässig, schlenderten dem Strand entlang oder über die Feldwege, die sich wie ein ungeordnetes Netz zwischen die obere und untere Stadt gelegt haben. Meistens ging Noah neben ihnen her, lief voraus oder liess sich zurückfallen, um dann rennend wieder aufzuholen. Hanna und Nina nahmen ihn in ihre Mitte, und mit seinen kleinen Händen schuf er eine körperliche Verbindung zwischen ihnen.

Weder bei Hanna noch bei Nina war der Alltag von einschneidenden Veränderungen geprägt, doch sie fanden stets neue Themen, die zu bereden sich lohnten. Der Stoff, aus dem bereichernde Gespräche sind, schien sich in unendlicher Vielfalt zu bilden, jeder noch so kleine Aspekt, der zur Sprache kam, öffnete sich zu allen Seiten, breitete sich aus, multiplizierte sich. An manchen Tagen war es Hanna, die mehr redete und die Konversation in immer neue Richtungen trieb, dann wiederum liess Nina ihren Gedanken freien Lauf, und selbst, wenn beide schwiegen, verstanden sie sich. Mit oder ohne Noah zählten die Spaziergänge zu den wundersamsten Wegen, mit der Zeit umzugehen.

Heute sieht Noah ihre Freundin deutlich häufiger als sie selbst. Hanna wohnt mit ihrem Mann in einem neuen grauen Ungetüm von Haus in der oberen Stadt, und wenn Nina arbeiten muss, ist Noah häufig zu Besuch bei ihr. Meistens spielen die beiden, oder sie malen und zeichnen. Praktisch alle Zeichnungen, die zu Hause am Kühlschrank oder an Wänden hängen, sind bei Hanna in jenem grossen grauen Haus entstanden.

Dass die Begegnungen mit Hanna sowohl an Frequenz als auch an Intensität verloren haben, ist Nina erst kürzlich bewusst geworden. Sie fragt sich, wer von ihnen beiden diese Entwicklung stärker vorangetrieben hat. Eine eindeutige Antwort findet sie nicht. Was bleibt, ist die Erkenntnis, dass sich manche Veränderungen nicht abschliessend erklären lassen.

Als sie Hanna anrief und fragte, ob sie Lust auf einen Spaziergang habe, sagte diese umgehend zu. Und jetzt, während sie Hanna näherkommen sieht, bemerkt Nina, wie sehr ihr diese Begegnungen gefehlt haben.

«Hallo, Nina», sagt Hanna, das ungeschminkte Gesicht von einem Strahlen erhellt. «Wie geht es dir?»

«Gut, danke. Ich freue mich sehr, dass wir uns endlich wieder treffen. Wir tun es nur noch selten.»

«Ja, viel zu selten. Keine Ahnung, woran das liegt. Aber umso schöner, dass wir jetzt hier sind. Also, wie geht's dir?»

«Das hast du bereits gefragt.»

«Ja, ich weiss. Beim ersten Mal war die Frage wohl nur die bekannte Floskel. Jetzt ist sie mir ernst, diese Frage. Ich will wissen, wie es dir geht.»

«Mir geht es eigentlich ziemlich gut.»

«Eigentlich. Ziemlich.» Hanna neigt den Kopf. «Gleich doppelt relativierend.»

«Stimmt», gibt Nina lachend zurück. «Eine einfache Relativierung würde genügen. Mir geht es ziemlich gut.»

Sie schlendern einem Kiesweg entlang, neben ihnen liegen karge Felder in der Sonne. Nina ist froh, dass Noah in der Schule ist und sich nicht plappernd zwischen sie stellen kann.

«Manchmal spüre ich, wie sich eine Unsicherheit in mir breitmacht», erklärt Nina. «In den vierunddreissig Jahren meines Lebens habe ich an keinem anderen Ort gelebt, immer nur hier. Seit acht Jahren zusammen mit Noah. Das Leben hier, es hat sich verändert. Immer mehr Leute ziehen weg. In unserer Strasse ist mindestens die Hälfte der Häuser leer. Schilder sind zu sehen. ‹Zu verkaufen›, ist auf ihnen zu lesen. Aber kein Mensch verharrt und notiert sich die Telefonnummer. Auf einem Schild steht: ‹Gratis›. Stell dir das vor: Jemand verschenkt ein Haus! Einziehen mag trotzdem niemand. Manchmal schleichen Noah und ich in jenes Haus, setzen uns an den Esstisch, der zurückgelassen wurde, packen mitgebrachte Brote aus. Einmal hat Noah mich gefragt, ob wir dort wohnen könnten. Ich habe ihm erklärt, dass das nicht möglich sei. ‹Warum nicht?›, hat er gefragt. Ich habe ihm keine Antwort geben können und ihm gesagt, er soll sein Brot essen.»

«Hast du nie daran gedacht, ebenfalls wegzuziehen?»

«Natürlich habe ich daran gedacht. Ich denke immer wieder daran.» Nina starrt über das Meer. «Hin und wieder frage ich jene, die wegziehen, wohin sie gehen. Einige erzählen dann von einem Neuanfang in einer anderen Stadt im Landesinneren. Andere haben eine Wohnung im oberen Teil gefunden. Bitte werde nicht wütend, aber ich kann nicht begreifen, wie man ein Haus am Meer verlassen kann und lieber in einem dieser Betonklötze im oberen Teil leben möchte.»

«Mir gefällt es dort oben», sagt Hanna und klingt dabei entschuldigend.

«Ihr habt es ja auch schön, habt viel Platz. Viele Häuser in der oberen Stadt sind jedoch plump und nüchtern.»

«Immerhin müssen wir keine Angst vor dem Wasser haben.»

«Das Wasser, ja, das Wasser kommt, es ist schon da. Aber selbst mit nassen Füssen scheint mir die untere Stadt schöner und lebenswerter als die obere. Allerdings dürften nur wenige Menschen meine Meinung teilen. Und allmählich bin auch ich vom steigenden Wasser überfordert.»

«Ja», stimmt Hanna zu, wobei Nina nicht sicher ist, welche ihrer Aussagen sie bestätigt. Hannas Lippen bewegen sich, als würde sie nach Worten suchen, um weiterreden zu können. Offensichtlich findet sie keine. Sie lässt ihren Mund wieder zufallen und blickt schweigend zum Meer hinab.

Bei einer alten Parkbank am Rande des Weges bleiben sie stehen. Nina setzt sich, und nachdem Hanna das alte Holz und die abgeblätterte Farbe gemustert hat, lässt auch sie sich auf der Parkbank nieder. Vielleicht ist ihre Hose neu, denkt Nina. Hanna sitzt mit durchgestrecktem Rücken neben ihr und versucht, ihren Oberkörper von der Rückenlehne fernzuhalten und dennoch entspannt zu wirken. Beides gelingt ihr nicht.

«Wir verschwenden alle so viel Zeit.» Erneut ist es Nina, die das Wort ergreift, nachdem Hanna diesbezüglich keine Anstalten gemacht hat. «Weisst du noch, wie du mir einmal gesagt hast, dass man seine Zeit nicht verschwenden kann? Dass selbst die langweiligsten, sinnlosesten, schrecklichsten Minuten einen Wert haben? Ich habe es damals nicht geglaubt, und ich glaube es noch immer nicht. Es gibt sie, die leere Zeit, die ungelebte Zeit, und es sind in der Regel mehr als nur Minuten. Es sind Stunden, Tage. Die Uhrzeiger drehen ihre Kreise, ohne dass etwas Bedeutsames geschieht. Sogar in Momenten, die ich mit Noah verbringe, kommt es vor, dass die Zeit leer bleibt. Dabei sind es jene Momente, die Momente mit Noah, die mehr als alle anderen einen Sinn ergeben.»

«Noah ist ein wunderbarer Junge.» Hannas Stimme klingt zaghaft, beinahe brüchig. Nina erwartet, dass Hanna weiterredet, aber erneut bleibt ihre Freundin stumm, presst lediglich ihre Lippen zusammen. Die Freude, die sich zu Beginn ihres Treffens so unverstellt in Hannas Gesicht zeigte, hat sich in Schwermut gewandelt. Sie würde Hanna gerne unverblümt fragen, was in ihr vorgeht, möchte wissen, was sie so offensichtlich beschäftigt, ob sie sich vielleicht angegriffen fühlte, als Nina sagte, sie könne sich ein Leben in der oberen Stadt nicht vorstellen. Zugleich hat sie Angst, dass ihr Hannas Antworten nicht gefallen würden. Sie schiebt mit ihrer Schuhspitze einen kleinen Stein zur Seite und räuspert sich.

«Letzthin sassen Noah und ich auf einer Mauer auf halber Strecke zwischen oberer und unterer Stadt. Hier in der Nähe. Wir taten nichts, wir redeten kaum, wir sogen bloss die kühle Meeresluft ein und atmeten sie wieder aus. Wir warteten auf nichts und niemanden, wir mussten nirgends hin, hatten keine Pläne. Es war schön, dort zu sitzen und nichts zu tun. Noah summte ein Lied, und ich summte mit. Es war ein Lied, das ich ihm früher hin und wieder vorgesungen hatte. *The Goldheart Mountaintop Queen Directory* von Guided by Voices. Kennst du das?»

Hanna schüttelt den Kopf. Nina überlegt, ob sie ihr das Lied vorsingen soll, doch die Vorstellung ist ihr unangenehm.

«Einmal hatte er mich gefragt, was die Worte bedeuteten. Ich konnte nur antworten, dass ich es nicht wisse. Dennoch schien ihn meine Antwort zufriedenzustellen, er nickte und lächelte, und ich bemühte mich, meine Tränen zurückzuhalten, weil ich ihm nicht erklären wollte oder konnte, woher sie rührten. Manchmal kann ich sein unerschütterliches Vertrauen in mich kaum aushalten.»

Nina hält inne und wartet vergeblich auf eine Reaktion von Hanna. Deren Wortkargheit verunsichert Nina immer mehr, es behagt ihr nicht, dass das Gespräch so stark von ihrer Initiative abhängig ist. Trotzdem redet Nina weiter, wenn auch vorsichtig.

«Wie wir dort auf jener Mauer sassen, hatte ich den Eindruck, die Zeit sei zum Stillstand gekommen. Das war keine ungefüllte Zeit. Es war das absolute Gegenteil. Ich blickte auf Noah, wie er summend auf der Mauer sass, und war einfach nur stolz und dankbar. Zunächst wollte ich ihm sagen, was ich fühlte, wollte ihm von der Zeit erzählen, der leeren und der stillstehenden. Ich tat es nicht. Ich schaute ihn an und wartete, bis sich die Zeit wieder in Bewegung setzte. Wir summten *The Goldheart Mountaintop Queen Directory*, und irgendwann gingen wir weiter.»

Ein weiteres Mal drängen sich mehrere Minuten des Schweigens zwischen Hanna und Nina. Sie blicken beide auf einen bestimmten Punkt in der Landschaft, doch Nina bezweifelt, dass es der gleiche Punkt ist.

«Als ich zum ersten Mal hörte, dass der untere Teil der Stadt nicht mehr lange bewohnbar bleiben würde, konnte ich es kaum einordnen, und wahrscheinlich nahm ich es nicht ernst. Jetzt muss ich es ernst nehmen. Wir alle müssen. Und womöglich wiegt die verschwendete Zeit auch deshalb so schwer. Weil wir Zeit nicht unendlich auf Vorrat haben.»

Sie sitzen nebeneinander, auf dieser Parkbank, von deren Holzplanken die Farbe abblättert, und schauen schweigend auf ihre eigenen Punkte in der Landschaft. Nina möchte Hanna die gleiche Frage stellen, die ihr Treffen eröffnet hat, jenes ernst gemeinte, tiefgreifende «Wie geht es dir?», das so viel mehr ist als eine Floskel. Es ist eine einfache Frage, und Nina versteht nicht, warum sie ihr so schwerfällt. Nachdem weitere Minuten vergangen sind, stellt sie die Frage doch noch.

«Gut. Danke.»

Der Toaster ist kaputt

«Hugo? Bist du da?»

Das Haus bleibt stumm, wie so oft hängt das Schweigen alt und schwer in den Räumen. Milly zieht den Seidenschal vom Hals und legt den Mantel ab.

«Hugo? Wo bist du? Hugo!»

Beim dritten «Hugo» kippt ihre Stimme, gleicht einem Kreischen. Milly mag es nicht, wenn sie wie eine alte Hexe klingt. Sie räuspert sich, geht zum Spülbecken in der Küche, lässt das Wasser laufen, nimmt ein Glas aus dem Schrank, füllt es und trinkt es leer, ohne abzusetzen. Noch einmal ruft sie nach Hugo. Als eine Antwort erneut ausbleibt, beginnt sie dennoch zu reden.

«Das war wieder einmal anstrengend in der Stadt. Die Demonstranten waren wieder da, gleich neben dem Einkaufszentrum. Es waren nicht so viele wie beim letzten Mal. Sie waren laut. Einer hat immer in ein Megafon gerufen, doch ich habe nicht verstanden, was er gesagt hat. Egal. Ich frage mich, warum die das noch machen. Sie verändern ja doch nichts, machen alles nur noch schlimmer. Einer hat mich sogar angespuckt. Er hat mich nicht getroffen, aber er hat es versucht, hat in meine Richtung gespuckt. Der hat richtig krank ausgesehen. Ich bin froh, dass er mich nicht getroffen hat. Man weiss ja nie ... Hugo?»

Milly hält den Atem an und wartet auf Hugos Stimme, auf ein Geräusch, auf einen beliebigen Klang. Als sie nichts hört, atmet sie weiter.

Sie ist ernüchtert, dass Hugo sich nicht über die Demonstranten empört. Gründe und Veranlassungen hätte er schliesslich genug. Einmal beschädigten sie den Aussenspiegel seines Wagens, doch er wurde nicht wütend, er regte sich nicht auf, sondern bestellte einen neuen Aussenspiegel beim Mechaniker und verlor kein weiteres Wort darüber. Vielleicht ist es Demut, die Hugo so gelassen bleiben lässt. Vielleicht Ignoranz oder Apathie oder eine Art von Faulheit. Was es auch ist, Milly wird es nie nachvollziehen können.

Er war nicht immer so. Als sie sich kennenlernten, schien es, als würde er von einer Maschine in seinem Innern angetrieben, dampfend und schnaubend und hungrig. Der Lauf der grossen Welt, die Lamellen eines Pilzes, Millys Gefühle, die Zutaten ihrer Tomatensauce, die Pläne und Ideen in ihrem Hinterkopf, das Leben indigener Völker – alles interessierte ihn, er wollte alles wissen und erfahren und gab sich selten mit einfachen Erklärungen zufrieden. Und obschon sie von Hugos Wissbegierde mitunter überfordert war, begeisterte sie dieser ungezügelte Enthusiasmus, diese unbändige Neugier. Dass er nach ihrer Hochzeit allmählich stiller wurde, schien ihr zunächst normal, ein gewöhnliches Nachlassen von Dynamik, eine neu gewonnene Seriosität. Sie weiss nicht genau, wann und wie die Maschine in Hugos Körper zu stottern und zu stocken begann. Sie weiss nicht, wann sie den Betrieb einstellte. Sie weiss nur, dass es lange her ist.

Jetzt hockt er manchmal in seinem Sessel, ein behäbiger Bär, müde und stumm. Eine alte Fabrik, in der alles stillsteht und der Staub sich immer dicker auf die mächtigen Apparate aus Stahl und Blech und Kunststoff legt. Meistens jedoch ist Hugo unten im Keller, in seinem Hobbyraum, der kein Hobbyraum ist, denn Hugo hat kein Hobby, sondern nur eine merkwürdige Angewohnheit. Hin und wieder nimmt er alte Elektrogeräte auseinander, um sie zu reparieren, und dann liegen sie da, wie ausgeweidete Körper, tagelang. Er versucht, die Geräte wieder in Gang zu setzen, doch meistens scheitert er. Eigentlich scheitert er immer. Häufig flucht er, nicht allzu laut, aber laut genug, dass Milly ihn hört. Sie hat längst eingesehen, dass sie in solchen Momenten nicht zu ihm in den Hobbyraum gehen muss, denn er will ihren Trost nicht, er braucht ihn wohl auch nicht.

Bei einigen dieser Leichen aus Plastik und Metall macht sich Hugo die Mühe, die einzelnen Teile zumindest rudimentär wieder zusammenzufügen. In der Regel wirft er sie einfach in den grossen Mülleimer, und wenn der Mülleimer voll ist, nimmt er den Müllsack heraus, verknotet ihn und stellt ihn an die Strasse. Dann steht Hugo da, neben dem Müllsack, mehrere Minuten lang, als wolle er den Leichenteilen der Elektrogeräte das letzte Geleit geben. Schliesslich geht er wieder hinein und nimmt das nächste Gerät auseinander.

Milly setzt sich auf die Couch im Wohnzimmer und redet weiter, obschon ihr bewusst ist, dass Hugo entweder nicht in Hörweite ist oder sich nicht für ihre Worte interessiert.

«Die Polizei … Die Polizei war anders heute. Es waren ungewöhnlich viele Uniformierte, die sich den Demonstrierenden in den Weg gestellt haben, viel mehr als sonst. Und sie waren schlecht gelaunt und ziemlich aufbrausend. Sie haben den Demonstrierenden befohlen, sich zurückzuziehen, und als jene nicht reagiert haben, hat ein Polizist seine Pistole aus dem Halfter gezogen und auf die Gruppe gezielt. Ich weiss nicht, ob er abgedrückt hätte. Seine Hand hat gezittert, ziemlich heftig gezittert. Er war noch sehr jung, der Polizist, fast noch ein Kind. Man hat durch das Visier des Helmes gesehen, dass er Angst hatte, trotz der Waffe in seinen Händen. Ein anderer Polizist hat ihm etwas zugerufen, dann noch ein zweiter. Irgendwann hat er den Arm sinken lassen und die Waffe wieder in das Halfter gesteckt. Danach sind die Demonstrierenden nur noch wütender und lauter geworden. Ich bin rasch weitergegangen. Keine Ahnung, was noch passiert ist.»

Milly lehnt sich zurück, bis ihr Rücken die Lehne der Couch berührt, legt ihre Hände in den Schoss und schliesst die Augen. In einer Zeitschrift hat sie gelesen, dass es entspannend wirkt, wenn man still von eins bis hundert zählt. Milly beginnt zu zählen. Eins. Zwei. Drei. Vier. Fünf. Sechs. Sieben. Acht. Neun. Zehn. Elf. Zwölf. Dreizehn. Vierzehn. Fünfzehn. Sechzehn. Siebzehn. Achtzehn. Neunzehn. Zwanzig. Einundzwanzig. Zwei …

Als Hugo die Kellertür aufstösst, zuckt sie heftig zusammen

und japst. Er brummt etwas, doch Milly versteht ihn nicht. Sie fragt nach, und er brummt erneut, und wieder versteht sie kein Wort. Mit Mühe hebt sie ihren Körper von der Couch hoch, geht hinter Hugo her in die Küche.

«Was hast du gesagt?», will sie wissen.

«Wann habe ich was gesagt?», erwidert Hugo, weniger brummend als zuvor.

«Na vorhin, als du aus dem Keller gekommen bist.»

«Dass der Toaster wohl endgültig kaputt ist.»

«Der Toaster?», fragt Milly.

«Ja, der Toaster.»

«Welcher Toaster? Wir haben schon seit Jahren keinen Toaster mehr. Du magst doch keinen Toast.»

«Ich habe ihn gekauft. Auf dem Flohmarkt.»

«Du hast einen kaputten Toaster gekauft?»

«Ja.»

«Damit du ihn reparieren kannst?»

«Ja.»

«Und du hast ihn nicht reparieren können?»

«Nein.»

«Nun. Dann ist es halt so.»

«Ja. Dann ist es halt so.»

«Willst du einen neuen Toaster kaufen?»

«Einen neuen Toaster? Nein. Ich mag ja keinen Toast. Willst du einen neuen Toaster?»

«Ich? Nein.»

«Dann ist gut.»

Delfin

Am Tag nach dem Spaziergang mit Hanna ist das Wetter merklich kühler, aber ansonsten unverändert. Ein leichter Dunst hängt über dem Strand, der friedlich und menschenleer in der Sonne liegt. Nina hat ihre Schuhe ausgezogen, hält sie in der Hand. Das Schweigen, das sich in das Treffen mit Hanna mischte, sitzt noch in Ninas Kopf fest, füllt ihn aus, dass sie das Rauschen der Wellen kaum wahrnimmt. Sie fühle sich manchmal allein, sagte Hanna lapidar, bevor sie sich verabschiedeten. Zwar liegt es nahe, den Grund für Hannas Alleinsein in Thom zu suchen, der seiner Rolle als Ehemann selten Priorität einräumt. Trotzdem ist Nina noch immer nicht sicher, ob sie sich den vorwurfsvollen Unterton in der Stimme nur einbildete.

Das Meer besänftigt und heilt, es relativiert, vor allem, wenn Nina hadert. Der Blick aufs Wasser dämpft die Irritation über das Treffen mit Hanna, zumindest ein wenig, zumindest vorübergehend.

Als sie den Kopf wendet, fällt ihr etwas auf. Zunächst glaubt sie, dass es sich um ein Stück Plastik handelt, eine Folie, eine grosse Tüte vielleicht, dunkelgrau und prall und feucht. Sie will das Objekt ignorieren, zu gewöhnlich und gewohnt ist der Anblick von angeschwemmtem Abfall. Doch bevor sie sich abwenden kann, registriert sie die merkwürdige Form an einem Ende des Objekts, eine schmale Ausdehnung, stumpf zulaufend. Nina nähert sich dem Ding, das einige Meter vom Ufer entfernt liegt.

Einmal sah sie einige Delfine springen, weit draussen auf dem Meer. Nichts daran war magisch. Womöglich waren es gar keine Delfine, es hätten auch grosse Fische sein können, oder optische Täuschungen. Abgesehen davon kennt sie Delfine nur von Filmen und Fotos, ihre Gesichter wirken stets freundlich, gutmütig. Nina hat irgendwo gelesen, dass dies nur schöner Schein sei, dass Delfine weder freundlich noch gutmütig seien, sondern tote Fische begatten und Artgenossinnen vergewaltigen würden. Doch sie weiss nicht, ob dies der Wahrheit entspricht.

Eigentlich wollte sie längst mit Noah einen der Bootsausflüge machen, die einige Kilometer entfernt im kleinen Touristenort angeboten werden, wollte mit ihm hinausfahren, um gemeinsam Delfine zu sehen. Jedes Mal ist etwas dazwischen gekommen, oder die Delfine sind vergessen gegangen in den Strömungen des Alltags.

Sie ist noch einige Schritte vom dunkelgrauen Objekt entfernt, als sie keine Zweifel mehr daran hat, dass es sich tatsächlich um einen Delfin handelt. Nina bleibt stehen, wankt leicht, lässt sich auf die Knie sinken. Der Körper des Tieres ist fehl am Platz, er widersetzt sich dem natürlichen Gang der Dinge, er ist unpassend und erstaunlich gross. Dennoch wirkt er elegant, anmutig. Nina setzt sich und starrt auf den Delfin, als warte sie darauf, dass er sich lösen und zurück ins Wasser bewegen würde. Aber das tut er nicht, er liegt regungslos im Sand. Etwas, das Delfine nicht tun sollten.

Die Haut ist kühl und feucht und glatt. Während Nina sie berührt, schliesst sie ihre Augen und denkt an die Oberfläche eines gekochten Eis, weich und elastisch. Sie lässt ihre Handfläche über die Haut gleiten, ganz langsam und nur ein Stück weit, immer in gleicher Richtung. Ihr ist bewusst, dass der Delfin tot ist, wahrscheinlich schon tot war, als er ans Ufer gespült wurde. Dennoch beginnt sie, mit ihm zu sprechen, leise, aber nicht flüsternd.

«Es ist gut. Alles ist gut. Ich bin hier. Es ist gut.»

In stetiger Wiederholung redet Nina auf ihn ein, der Delfin jedoch bleibt starr. Während sie die glatte Haut streichelt, stellt sie sich vor, wie das Tier durch die Tiefen des Meeres schwimmt, wie seine schnabelförmige Schnauze das Wasser teilt, wie sein langer Körper sich windet. Diese Kraft, diese Dynamik, dieses Leben, alles ist entwichen, nur noch ein glänzender Klumpen Fleisch ist übriggeblieben. Nina lässt ihre Hand auf der kühlen Haut ruhen, ihre Fingerkuppen bewegen sich zaghaft und kleinräumig, als wolle sie vermeiden, den Delfin aufzuwecken. Sie kann ihn nicht aufwecken.

Sie sucht ihn nach Wunden ab, nach einem Grund für sein Sterben. Die Haut scheint unversehrt. Vielleicht war er alt, denkt sie, jedoch wirkt er nicht alt, auch nicht krank, obschon sie mit den Augen einer Laiin kaum eine valide Aussage machen kann. Wie sie um den toten Körper schleicht, spürt sie, dass sich in ihrem Hals etwas verschiebt und querlegt. Die Kehle wird trocken, das Schlucken schwer. Die Traurigkeit bringt sie ins Wanken, also setzt sie sich wieder neben den Delfin, lehnt ihren Körper gegen seinen, legt ihren Kopf behutsam neben der grossen Rückenflosse auf seine Haut und wartet mit geschlossenen Augen, bis der störende Brocken in ihrem Hals sich gelöst hat.

«Was mache ich denn nun mit dir?» Der heisere Klang ihrer eigenen Stimme lässt Nina zusammenzucken. Sie blickt sich um. Sie könnte den Körper wieder dem Meer überlassen, schliesslich sterben Delfine in der Regel im Wasser, ihr Lebensraum ist auch der Ort ihres Todes. Trotzdem fühlt es sich falsch an, ihn einfach in den Ozean zu befördern, wie ein Stück Treibholz oder Abfall. Nina zögert, dann packt sie den Delfin an der Schwanzflosse und versucht, ihn in Richtung des nahen Waldes zu ziehen. Nach wenigen Sekunden muss sie aufgeben und sinkt in den Sand. Sie hat nicht damit gerechnet, dass der Delfin so schwer ist. Das Bild des anmutig durchs Meer gleitenden Tieres hat eine Leichtigkeit vorgespielt, die sich nicht mit der Realität deckt, in der sie den wuchtigen Körper nicht vom Fleck zu bewegen vermag.

Während sie neben dem toten Delfin im Sand liegt und wartet, bis ihr Atem sich allmählich normalisiert, betrachtet sie die wenigen Wolken am Himmel. In einer dieser Wolken glaubt sie, die langgestreckte Form eines Delfins zu erkennen, ein Abbild jenes Körpers, neben dem ihr eigener gerade liegt. Nach wenigen Sekunden löst sich das Bild auf, der Delfin franst aus und zerfällt in vereinzelte Schwaden, die nach allen Seiten streben und sich im Blau des Himmels verlieren.

Nina beobachtet das Auflösen eines dieser Wolkenfetzen, als sie einen Ruf hört. Im ersten Moment kann sie das neue Geräusch nicht einordnen. Wie sie es zum zweiten Mal hört, sieht sie sich um und registriert Bewegungen am Rand des Waldes. Da sind Männer, fünf, sechs, nein, sieben Männer. Mit energischen Schritten nähern sie sich, immer schneller, ihr Gehen wird zum Laufen. Der Ruf vervielfacht sich, klingt aggressiv, zornig. Nina denkt an das Gebrüll während der Demonstrationen und vermutet, dass es sich um Aufständische handelt. Sie kann nicht verstehen, was die Männer rufen, doch ihr ist klar, dass es keine guten Nachrichten sind, die sie ihr überbringen möchten.

Sie kommen immer näher, und Nina bemerkt erst jetzt, dass sie sich an den Delfin klammert. Ob sie das tote Tier beschützen will oder es eher als Deckung zu nutzen versucht, weiss sie nicht genau. Sie lockert den Griff, aber nur vorübergehend. Als die Männer sie und den Delfin erreichen, schliesst sie die Augen und hofft, dass sie weiterrennen, ohne sie zu beachten.

«Geh da weg!», bellt einer, die Stimme viel höher und jünger als erwartet.

Nina bewegt sich nicht, klammert sich noch heftiger an den Delfin. Sie spürt, wie ihre Muskeln sich verkrampfen, und presst die Zähne aufeinander.

«Ich habe gesagt, du sollst da weggehen!», tönt die hohe Stimme.

Noch immer schweigt Nina, und erst, als einer der Männer sie an der Schulter berührt, reagiert sie.

«Lasst mich in Ruhe.»

«Du bist uns egal. Wir wollen nur den Fisch.» Es ist die Stimme eines anderen Mannes, bedeutend tiefer und ruhiger als die andere.

«Das ist kein Fisch! Das ist ein Delfin!»

«Auch das ist uns egal. Geh einfach weg von ihm.»

«Nein!»

«Mach's doch nicht unnötig schwierig.»

Nina beisst sich auf die Unterlippe. Der Schmerz lenkt ab, und einen Moment lang glaubt sie, dass sie die Männer damit ausblenden oder eliminieren könnte, wie eine Welle, die eine Spur im Sand wegspült.

«Geh jetzt weg vom Fisch!», brüllt die hohe Stimme wieder und überschlägt sich.

«Es ist kein Fisch! Es ist …»

Sie wird von rohen Händen gepackt und weggezerrt, jemand schubst sie zur Seite, und Nina fällt in den Sand. Reflexartig hebt sie die Arme, legt sie um den Kopf, um ihn vor Schlägen zu schützen, doch nichts geschieht. Nach einigen Sekunden schaut sie sich um. Die Männer kümmern sich nicht um sie, sondern scharen sich um den Delfin und versuchen, ihn gemeinsam wegzuzerren. Aus ihrem Rufen und Stöhnen klingt Zorn und Ungeduld, vor allem aber tobende Gier. Sie sehen ungepflegt aus, ihre Kleidung ist schmutzig und abgetragen, ihre Körper wirken ausgemergelt. Nachdem sie das tote Tier vielleicht zwei oder drei Meter durch den Sand gezogen haben, lassen sie fluchend von ihm ab.

«Dieser verdammte Fisch ist zu schwer!», hört sie die hohe Stimme.

«Es ist ein Delfin, und er gehört euch nicht!»

Nina steht auf und taumelt zum Körper des Tieres, entschlossen, ihn vor den Männern zu schützen. Sie blickt kämpferisch auf die Gruppe, als sich einer daraus löst und sich ihr nähert. Er geht auf sie zu, als wolle er sie umarmen, lächelnd, die Augen gross und weiss, die Hände weit von sich gestreckt. Erst im letzten Moment verändern sich Körperhaltung und Gesichtsausdruck. Der Schlag kommt unangekündigt, lässt ihren Kopf zur Seite schnellen, ihre Knie geben nach und knicken ein. Wie heftig der Schlag war, bemerkt sie erst, als sie das Blut schmeckt.

«Bleib liegen, sonst bereust du's», knurrt der Mann, der sie geschlagen hat, und wendet sich wieder dem Delfin zu. Nina rappelt sich erneut auf, spürt aber sogleich einen heftigen Hieb gegen den Oberschenkel.

«Was stimmt nicht mit dir?», fragt der junge Mann mit der hohen Stimme, und einen Moment lang ist Nina geneigt, eine aufrichtige Antwort auf die Frage zu formulieren, eine Erklärung für ihr Verhalten zu geben, vielleicht sogar ihre Wut zu rechtfertigen. Nach einem Blick in das Gesicht des jungen Mannes muss sie einsehen, dass ihre Motivation und ihre Gefühlslandschaften ihm im besten Fall gleichgültig sind. Sie schluckt ihren blutgetränkten Speichel hinunter und starrt auf den Delfin.

Einer der Männer zieht ein Taschenmesser aus seiner Hose, klappt es auf und prüft die Schärfe der Klinge. Dann rammt er das Messer in den Körper des Tieres und bewegt seine Hand hin und her, regelmässig, rhythmisch, als würde ihn der Takt einer Musik leiten, die nur er hören kann. Während er die graue Haut bearbeitet, glaubt Nina, sich übergeben zu müssen, schluckt aber lediglich leer. Kurz darauf schreit der Mann auf und reckt seinen Arm empor. Zwischen seinen Fingern hängt ein weiches Etwas, ein Stück Fleisch, grau und weiss und dunkelrot. Die anderen starren den triumphierenden Mann an, lassen ihre Unterkiefer ein wenig sinken, nur einen Zentimeter weit vielleicht, aber weit genug, um eine Art von Ehrfurcht in ihr Gesicht zu zeichnen. Das Bild friert ein. Es könnte das Ende eines Filmes sein, das Ende einer Geschichte, doch es ist nur ein Innehalten. Was folgt, ist das Toben von sieben Menschen, denen das Menschliche abhandengekommen ist. Oder womöglich ist es gerade das Menschliche, das sich Bahn bricht. Die Männer, mit ihren geifernden Mäulern und den stechenden Augen und dem wütenden Heulen, das sind keine Tiere. Nina starrt auf den rasenden Pulk aus Männerkörpern, die sich um das Messer balgen und es, sobald sie es in ihren Händen halten, in den toten Delfin rammen, um Stücke herauszuschneiden. Wenn sie das rohe Fleisch essen, bleiben Blutspuren im Gesicht, doch keiner scheint sich daran zu stören. Ihre kauenden Kiefer wirken stoisch im unheilvollen Tosen.

Als einer der Männer das Messer nicht loslassen will, wird er von den anderen so lange mit Schlägen und Tritten eingedeckt, bis er sich nicht mehr rührt. Nina weiss nicht, ob er tot oder bewusstlos ist, aber eigentlich ist ihr sein Befinden egal. Die Traurigkeit, die ihren Hals beinahe zum Bersten bringt, rührt nicht von Mitleid. Und womöglich ist es keine Traurigkeit. Nur Erschütterung.

Irgendwann steht Nina auf und blickt ein letztes Mal auf den Delfin, der unter den Fausthieben und Stichen der Männer immer weiter zerfällt. Sein Blut sickert in den Sand, hinein in die Erde, die nicht sein Element ist. Nina wischt sich mit dem Handrücken die Tränen aus dem Gesicht und wendet sich ab, geht auf bleischweren Beinen zur Strasse hinauf. Oben angekommen, dreht sie sich um, sieht zum Strand hinab, auf den Delfin und die sieben Männer, von denen einer noch immer regungslos im Sand liegt.

Sie müsste

Milly erwacht, wie sie jeden Tag erwacht, auf der rechten Seite des Bettes, das Gesicht dem Fenster zugewandt. Sie blinzelt und betrachtet die Wellen des Vorhangs, die sich leicht im Wind bewegen. Manchmal zeichnet die Sonne Muster in den Stoff, lange gelbe Rechtecke, doch heute trägt der Vorhang lediglich seine Schattierungen von Grau und Weiss. Milly ist noch nicht sicher, ob die Sonne hinter den Wolken steckt oder bloss noch nicht aufgegangen ist. Sie blickt auf den alten Wecker neben dem Bett. Es ist kurz vor neun Uhr. Ein bewölkter Tag also, zumindest im Moment.

Sie schaut hinüber zu Hugos Seite, doch Hugo ist nicht da. Er liegt nicht dort, wo er liegen sollte, und das ist seltsam, denn es ist Sonntag, und sonntags schläft Hugo normalerweise noch länger als sonst, und er schläft sonst schon deutlich länger als sie. Jetzt ist seine Seite des Bettes leer. Zudem wirkt sie so, als ob niemand darin geschlafen hätte. Das Kissen scheint unberührt, die Decke liegt säuberlich auf der Matratze. Sie schlafen schon seit Beginn ihres Zusammenseins im gleichen breiten Bett, wenn auch auf separaten Matratzen, mit eigenen Decken. Der Spalt zwischen den beiden Matratzen war gerade in jungen Jahren eine Grenze, die es zu überwinden oder zu respektieren galt. Manchmal trat Hugo über die Grenze, legte erwartungsvoll einen Arm auf ihren Körper oder rollte forsch hinüber. Dann wieder war es Milly, die hinüberglitt, ungleich eleganter, mit gelenkiger Grazie. Sie sah sich eher als Raubkatze, als Leopardin vielleicht, während Hugo ohne Zweifel ein Bär war, nicht so füllig und bullig, aber in der Regel plump, tapsig. Milly mochte den Bären in ihm, mag ihn noch immer, auch wenn seine Trägheit sie heute zumeist mit den Augen rollen lässt. Hingegen bezweifelt sie, dass er sie je als Raubkatze sah. Für ihn war und ist sie einfach Milly, und mehr braucht er offenbar nicht.

Vielleicht liegt es am Spalt zwischen den Matratzen, dass in ihrer Ehe nie die Notwendigkeit entstanden ist, in verschiedenen Räumen zu schlafen. Natürlich verbrachten sie einige Nächte getrennt voneinander, zum Beispiel, wenn er im Militärdienst war oder sie mit Freundinnen eine Städtereise unternahm. Doch wenn sie beide zu Hause schliefen, dann taten sie es im gleichen Zimmer, nebeneinander, selbst dann, wenn es zuvor zu einem Streit gekommen war, was in gewissen Phasen ihrer Beziehung durchaus häufig geschah, in jüngerer Vergangenheit aber kaum mehr. Zwar treten sie immer noch auf, die Momente, in denen er ihr zu lethargisch, zu ignorant oder zu bequem ist oder sie ihn bei einer kleinen Lüge ertappt, doch meistens mag sie sich deswegen nicht mehr in Auseinandersetzungen stürzen. Ihre Streitlust scheint sich abgenutzt zu haben wie die Oberfläche eines Schleifpapiers, und Milly ist darüber nicht unglücklich.

Dass Hugo an diesem Morgen nicht neben ihr liegt und es offenbar die gesamte vergangene Nacht nicht getan hat, beunruhigt Milly. Er ist nicht krank, war erst kürzlich beim Arzt, um sich komplett untersuchen und sich einen hervorragenden Gesundheitszustand bescheinigen zu lassen. Dennoch kriecht der Gedanke, dass ihm etwas zugestossen sein könnte, unweigerlich in Millys Kopf und breitet sich im gesamten Körper aus. Sie schreckt hoch, steigt aus dem Bett, nimmt den Morgenmantel vom Sessel und streift ihn hastig über.

«Hugo?», ruft sie in die Stille. Sie ruft häufig in die Stille, ist es gewohnt, dass keine Antwort folgt. Heute bereitet es ihr Sorgen, dass es ruhig bleibt im Haus.

«Hugo!», wiederholt sie, diesmal nicht fragend, sondern tadelnd, anklagend sogar. «Hugo!»

Als eine Diele in der Küche unter ihren Füssen knarrt, zuckt sie kurz zusammen. Vorsichtig geht sie weiter, als wäre das Haus ihr fremd. Zimmer für Zimmer sucht sie ab, ohne Hugo anzutreffen. Nachdem sie in die Küche zurückgekehrt ist, schluckt sie leer. Ihr Hals schmerzt, er ist trocken. Milly will Orangensaft trinken, wie jeden Morgen, sie trinkt immer zuerst Orangensaft und erst eine halbe Stunde später den ersten Kaffee, aber als sie den Kühlschrank öffnet, findet sich darin kein Orangensaft. Milly schnaubt. Sie erachtet es als selbstverständlich, eine neue Flasche Orangensaft aus dem Keller zu holen, wenn eine leer ist. Zunächst ist sie überzeugt, dass Hugo schuld daran ist, dass kein Orangensaft im Kühlschrank steht. Dann ist sie nicht mehr so sicher. Hin und wieder entgleiten ihrem Kopf Kleinigkeiten, winzige Nichtigkeiten im Gefüge der Tage, die nicht von Belang sind. Sie vergisst, die Toilettenspülung zu betätigen oder die Haustür zu schliessen. Ihr entfallen Namen von entfernten Bekannten, wenn auch nur vorübergehend. Sie öffnet einen Wandschrank und weiss nicht mehr, was sie hat herausnehmen wollen. Solche Dinge. Kleine Dinge. Unwichtige Dinge. Nichts, weswegen sie sich Sorgen machen müsste, sagt sie sich. Und glaubt es nicht selten auch.

Milly steigt die steilen Stufen zum Keller hinab, öffnet die erste Tür, dann die zweite. Sie holt eine der Kunststoffflaschen mit Orangensaft aus dem Lagerraum und betrachtet das Etikett, die Orangen, die darauf abgebildet sind, den Schriftzug. Obwohl sie es schon lange kennt, ist sie plötzlich erstaunt, wie unecht und lächerlich das Etikett aussieht, die Orangen wirken wie billige Kopien aus Plastik. Auf dem Weg zurück nach oben bleibt sie vor Hugos Hobbyraum stehen. Die Tür ist nur angelehnt, in den Spalten ist kein Lichtschein zu sehen. Milly schiebt die Tür auf und blinzelt in den dunklen Raum. Sie tastet nach dem Lichtschalter und bewegt ihn nach oben.

Er hängt vollkommen ruhig.

Im ersten Moment realisiert Milly nicht, dass es Hugo ist. Er hat ihr den Rücken zugewandt, der Kopf ist nach vorn gebeugt. Die Kopfhaut glänzt im Licht der nackten Glühbirne. Er trägt ein weisses Hemd, eines der guten. Milly kann sich nicht erinnern, wann er zum letzten Mal ein weisses Hemd getragen hat. Wahrscheinlich zu einer Beerdigung. Begräbnisse sind schon lange deutlich häufiger als Hochzeiten.

Sie betrachtet das Seil, das von Hugos Hals bis zum dicken

Heizungsrohr an der Decke reicht. Es ist orangefarben, das Seil, ein wenig dunkler als die Orangen auf dem Etikett der Flasche, die ihr soeben aus der Hand gefallen ist. Sie hat dieses Seil noch nie gesehen.

«Hugo?», flüstert sie. Sie tritt näher, behutsam, als befürchte sie, ihn bei einer wichtigen Tätigkeit zu stören. Etwa einen Meter von ihm entfernt bleibt sie stehen, streckt ihren rechten Arm nach ihm aus, ohne ihn zu berühren.

«Hugo?», wiederholt sie, noch immer möglichst leise. Nur allmählich dringt sein Name energischer aus ihrem Mund, wird lauter, bis sie ihn dem hängenden Körper entgegenbrüllt.

Schliesslich macht sie den letzten Schritt auf ihn zu. Sie schiebt den umgefallenen Stuhl zur Seite, stellt sich vor Hugo hin und schlingt ihre Arme um ihn. Ihr Kopf befindet sich etwa auf Höhe seines Schosses, und als sie ihn umarmt, dringt ein stechender Geruch in ihre Nase, der sie zurückschrecken lässt. Sie versucht, Hugo hochzuheben, um ihn vom Heizungsrohr zu lösen. Doch er ist zu schwer, zu gross, sie bringt ihn lediglich zum Schwanken und hat Mühe, seinen Körper wieder zu stabilisieren. Ein weiteres Mal legt sie die Arme um seine Beine. Der Geruch ist noch stechender als zuvor, aber er ist nicht der Grund, warum ihre Augen feucht werden. Sie lässt Hugo erneut los, tritt einige Schritte zurück und starrt ihn an, während er sich vor ihren Augen langsam hin und her dreht. Das Heizungsrohr knarrt leise, und einen Moment lang stellt sie sich vor, was passiert wäre, wenn das Rohr das Gewicht von Hugos Körper nicht hätte tragen können. Das Knarren lässt nach und macht einem anschwellenden Rauschen Platz, als würde das tosende Meer bis in den Hobbyraum dringen.

Etwas schiebt ihren Körper die Treppe hoch, bugsiert ihn um die Ecke, öffnet die Tür und schliesst diese wieder. Ihr fällt die Flasche Orangensaft ein, die nach wie vor auf dem Boden des Hobbyraums liegt, und kurz überlegt sie, ob sie nochmals nach unten gehen und sie holen soll. Sie hat noch immer Durst, und zehn Minuten zuvor war der Orangensaft sehr wichtig. Aber Milly dreht sich nicht um. Sie geht weiter ins Wohnzimmer, hin zum Telefon.

«Polizei oder Ambulanz?», fragt sie sich und erschrickt darüber, dass sie die Worte laut ausgesprochen hat. Sie greift nach dem Hörer, doch in diesem Moment ertönt ein grelles Klingeln. Sie kann es zunächst nicht zuordnen, erstarrt mitten in der Bewegung. Erst nach dem dritten oder vierten Mal realisiert sie, dass es ihr Telefon ist, das klingelt. Behutsam hebt sie den Hörer ab und meldet sich entgegen ihrer Gewohnheit nicht mit ihrem Namen, sondern haucht lediglich ein leises: «Ja?»

«Milly?», hört sie eine helle und volle Stimme, die ihr bekannt vorkommt.

«Ja?», gibt Milly zaghaft zurück.

«Milly?», wiederholt die Frau im Telefonhörer. «Ich bin's! Olga!»

«Olga. Ja, natürlich.»

Milly mag Olga. Zwar ist Olga laut und impulsiv, sie redet ohne Pause, wie ein Erdrutsch aus Wörtern und Sätzen, aber aus diesen Sätzen spricht stets ein warmes, unaufhörlich pulsierendes Herz. Milly weiss nicht, ob alle dicken russischen Frauen so sind wie Olga. Sie ist nur froh, dass Olga so ist wie Olga. Es gibt wenige Menschen, die Milly als Freunde bezeichnen würde, und unter diesen Menschen ragt Olga nicht nur wegen ihrer Leibesfülle und ihrer einnehmenden Stimme hervor.

«Wie geht es dir, meine Liebe?», will Olga wissen, doch Milly kennt keine passende Antwort, also behauptet sie, dass es ihr gut gehe, und ist erstaunt, dass Olga ihr offensichtlich glaubt.

«Das ist schön, dass es dir gut geht, meine Liebe. Man muss für jeden Tag dankbar sein, an dem man sagen kann, dass es gut geht, nicht wahr? Vor allem, wenn in der Welt so viele schlimme Dinge passieren. Hast du gehört von den Ausschreitungen gestern? Jemand ist gestorben, ein junger Mann. Das ist schrecklich! Ich verstehe, dass die Polizei einschreiten muss, sie muss ja auch schauen, dass alles unter Kontrolle bleibt. Aber so brutal wie sie vorgeht, das ist doch übertrieben!»

«Ja, Olga, das ist es. Ich wusste nicht, dass jemand gestorben ist.» Milly überlegt, ob sie noch etwas anfügen soll. Olga nimmt ihr die Entscheidung ab.

«Eigentlich sollten die Polizistinnen und Polizisten die Lage entspannen, sollten für Ruhe sorgen. Das tun sie aber nicht, wenn sie jemanden töten. Ganz im Gegenteil. Damit machen sie die Leute nur wütender! Ich will mir nicht vorstellen, was heute in der Stadt los sein wird. Bleib besser zu Hause, meine Liebe. Bleib besser zu Hause.»

«Ich habe sowieso nichts vor.»

«Soll ich vorbeikommen?»

Bei der Vorstellung, dass Olga zu Besuch kommen könnte, wird Milly wieder bewusst, dass Hugo im Keller hängt. Zuvor hatten Olgas Worte so viel Raum eingenommen, dass er keinen Platz mehr hatte. Sie müsste Olga davon erzählen, müsste sie um Hilfe bitten, müsste weinen und ihrer Verzweiflung Ausdruck geben, doch Milly hat keine Ahnung, was sie zu Olga sagen sollte, also sagt sie bloss: «Nein, schon gut.» Wie soll sie erklären, dass der Mann, der mit ihr fast sein ganzes Leben verbracht hat, eben diesem Leben in seinem Hobbyraum ein Ende gesetzt hat? Wo soll sie anfangen? Welche Wörter taugen in einer solchen Situation? Und was geschieht, wenn sie ausspricht, was bislang keine Formulierung, keine Geschichte hatte? Wird es dann real? Und bleibt es bis dahin lediglich eine Möglichkeit, eine Variation der Gegebenheiten? Milly spürt, dass ihr Hals noch trockener ist als zuvor. Sie hätte den Orangensaft vielleicht doch holen sollen.

«Du klingst abwesend, meine Liebe», hört sie Olga sagen. «Geht es dir wirklich gut?»

«Ja, alles in Ordnung», beteuert Milly.

«Dann bin ich beruhigt. Ich mache mir einfach Sorgen um dich. Ich weiss, Hugo und du, ihr habt es gut, aber manchmal frage ich mich, ob da nicht etwas ist, das dir fehlt. Wahrscheinlich mache ich mir zu viele Gedanken. Du sagst, es geht dir gut, also glaube ich dir. In meiner Familie gibt es ein Sprichwort: Menschen, die du liebst und von denen du weisst, dass sie dich lieben, kannst du alles glauben. Sogar dann, wenn sie lügen. Ich mag dieses Sprichwort, obwohl ich nicht sicher bin, ob ich ihm zustimme.»

«Du kannst mir glauben.»

Olga redet weiter, erzählt von einer Verwandten, die gestorben ist, redet über ihren Rücken, der schmerzt, über ein neues Kuchenrezept, das sie ausprobiert hat, mit Pfirsichen, doch Milly hört nicht wirklich zu. Immer wieder entfliehen ihre Gedanken, eilen hinunter in den Keller, in den Hobbyraum, zu Hugo, bis Olga wieder ihre Stimmlage ändert und Milly zurückholt. Olga spricht über den steigenden Meeresspiegel und darüber, dass die Möwen anders schreien als früher, sie wundert sich, was aus der unteren Stadt werden und wie sich die obere Stadt verändern wird, sie schildert eine Begegnung mit einem betrunkenen Nachbarn, und als Olga nichts mehr zu sagen hat, verabschiedet sie sich.

Milly wartet, bis das Knacken in der Leitung ertönt, dann legt sie ebenfalls auf. Im Zimmer breitet sich eine Stille aus, die nach dem langen Telefongespräch unnatürlich wirkt. Milly sieht sich um, betrachtet die Bilder an den Wänden, die Art und Weise, wie das Licht in den Raum dringt. Dann senkt sie den Blick, starrt zu Boden. Hugo hängt im Keller. Sie müsste die Polizei informieren, oder die Ambulanz. Sie müsste jemanden holen, der ihr hilft, Hugo vom Heizungsrohr zu lösen. Sie müsste jemanden anrufen, irgendjemanden. Sie müsste Alarm schlagen. Sie müsste. Aber Milly findet keinen Grund zur Eile.

Eidechsen

«Ein Bier, bitte.»
Es ist später Vormittag. Zu früh für Bier, denkt Nina. Sie bringt ihm dennoch eines. Er ist häufig im «Oya». Seitdem sie in dem kleinen Restaurant in der Nähe des Meeres arbeitet, ist kaum eine Woche vergangen, in der er nicht im Lokal war. Manchmal unterhält sie sich mit ihm, über das Wetter, das Meer, den Lauf der Zeit. Sie kennt ihn nicht wirklich, aber sie weiss zumindest, dass er Theo heisst. Theo ist wortkarg, er wird selbst angetrunken nicht redselig oder laut, und vielleicht mag sie ihn deshalb so gern. Ihre Gespräche sind geprägt von einem überaus ökonomischen Einsatz von Wörtern. Und weil sie rar sind, scheint ihnen mehr Gewicht innezuwohnen. Nicht nur das, was Theo sagt, klingt wichtig. Auch das, was Nina erzählt, erhält einen neuen Wert, wenn es auf seine Ohren trifft.

«Wie geht es dir, Theo?»

«Ich mag diese Frage nicht.»

«Ich weiss. Tut mir leid.»

«Muss es nicht. Du meinst es gut.»

«Gut gemeint ist nicht immer gut.»

«Aber es ist ein guter Anfang.»

Sie beobachtet, wie er sein Bierglas hebt. Seine Hand, die ansonsten meistens zittert, wird ruhig, und als Theo das Glas zu seinen Lippen führt, wirkt die Bewegung elegant, geradezu zärtlich.

Er habe nicht immer getrunken, erklärte er ihr einst. Als seine Frau noch lebte, sei er höchstens Gelegenheitstrinker gewesen, ein Glas Wein zu besonderen Anlässen, hin und wieder ein Bier. Seine Frau habe in der Regel mehr getrunken als er, wenn auch nicht viel. Einige Male sei sie richtig beschwipst gewesen. Sie sei dann ein wenig tollpatschig geworden, erzählte Theo, und seine Augen leuchteten dabei, wie sie es fast immer tun, wenn er über sie spricht. Hin und wieder werden die Augen hingegen starr und gläsern. Dann schaut er jeweils in eine andere Richtung, oder er bittet Nina, ihm ein weiteres Glas Bier zu bringen, obwohl er das alte noch nicht ausgetrunken hat.

«Hast du von den Ausschreitungen gehört?», fragt sie ihn.

«Ich höre nicht mehr sonderlich gut», gibt er zurück, und Nina lacht.

«Ist vielleicht gar nicht so schlecht.»

«Die wichtigsten Klänge und Worte habe ich gehört. Mehr brauche ich nicht.»

«Ich frage mich, ob das nun schön oder traurig ist.»

«Vielleicht muss man sich nicht entscheiden.»

«Vielleicht.»

«Jedenfalls weiss ich nicht, ob mich die Ausschreitungen überhaupt interessieren. Ich habe … Ich habe keine klare Meinung dazu. Früher hätte ich eine Meinung gehabt. Hätte sie auch verteidigt. Heute geht alles an mir vorüber, wie Wasser, das einen Stein umfliesst. Sie berühren mich nicht, die Ausschreitungen.»

«Was berührt dich denn?»

Theo gibt keine Antwort. Er schaut zur Seite, aus dem Fenster, mustert schliesslich sein Glas. Wahrscheinlich überlegt er, ob er bereits ein neues Bier bestellen soll. Er nimmt einen Schluck, dann noch einen. Ohne sie anzusehen, fragt er mit gespielter Beiläufigkeit, ob er noch ein Bier haben könne, und Nina holt es ihm.

«Deine Frau, oder?» Nina weiss nicht genau, warum sie hartnäckig bleibt. «Deine Frau berührt dich.»

«Meine Frau ist tot.»

«Ich weiss.»

Er blickt ihr in die Augen. Sie versucht, in seinen zu lesen, aber der Ausdruck bleibt unverbindlich, da ist kein Zucken, kein verräterisches Glitzern. Beinahe wirkt es, als sei ihm seine Frau ebenso gleichgültig wie die Ausschreitungen, doch Nina ist überzeugt, dass dem nicht so ist.

«Warum interessiert dich das?», will Theo wissen.

«Ich mag dich», erwidert sie nach kurzem Zögern. «Kann sein, dass es dir egal ist, was um dich herum geschieht. Mir nicht. Es ist nicht so, dass ich alles über alle Menschen wissen will. Viele Menschen sind mir gleichgültig. Doch von den Menschen, die mir nicht gleichgültig sind, möchte ich wissen, wie es ihnen geht. Es ist mir wichtig. Weil sie mir wichtig sind.»

Er senkt seinen Blick, streicht mit seinem Daumen über den Rand des Bierglases, immer wieder. Sie kennt diese Bewegung, von Biergläsern, von Weingläsern, von Tischkanten. Es muss eine ungeahnte Kraft in diesem Streicheln von Kanten liegen, eine Kraft, die den Gedanken Vorschub leistet, ihnen einen Raum eröffnet, sie in Bewegung bringt, in einen Fluss. Nina lässt ihrerseits eine Fingerkuppe über die Kante ihres Daumennagels gleiten, doch sie spürt keinen Effekt.

«Es ist nicht nur meine Frau.» Theo räuspert sich leise.

«Was ... Wie meinst du das?»

«Was mich berührt ... Es ist nicht nur meine Frau.»

«Was denn noch?»

«Andere ... Andere Menschen.» Theo sucht ihren Blick, und Nina ist überrascht, dass er ihr direkt in die Augen schaut. Er blinzelt ungewohnt häufig. Sie wartet, ob er noch etwas anfügt, doch er lässt seine Lippen ungerührt aufeinanderliegen.

«Das ist schön.»

«Ich habe einen Sohn», sagt er leise. Nina ist nicht sicher, ob sie ihn richtig verstanden hat.

«Du hast einen Sohn?»

«Ja.»

«Das wusste ich nicht. Wie ... Wo lebt er denn?»

«Eigentlich in London. Er arbeitet dort, wohnt irgendwo in der Stadt, mit seiner Frau.»

«Ich war noch nie in London.»

«Ich auch nicht.»

«Ihr seht euch also nicht oft.»

«Eigentlich habe ich ihn schon seit Jahren nicht mehr gesehen.

Fünfzehn Jahre etwa.»

«Das ist eine lange Zeit.»

«Das ist es», erwidert Theo und nickt.

«Das war das zweite Eigentlich.»

«Wie meinst du das?»

«Naja, du hast gesagt, dein Sohn wohnt ‹eigentlich› in London. Und du hast ihn ‹eigentlich› seit Jahren nicht mehr gesehen.»

Theo streicht wieder über die Kante des Bierglases. Dann wird das Streicheln zu einem Klopfen, schliesslich liegt der Daumen still auf dem Glas.

«Wahrscheinlich ist er noch immer da. In London.»

«Wahrscheinlich», wiederholt Nina.

«Ja.»

«Aber du hast Zweifel.»

Theo räuspert sich, benetzt mit seiner Zunge die Lippen und wischt sie umgehend wieder mit dem Handrücken trocken. Er nimmt einen Schluck Bier und beginnt dann zu reden.

«Ich habe einen Mann am Strand gesehen. Vorgestern. Nein, vor drei Tagen. Es war ein sonniger Tag, es waren viele Leute da, einige haben gebadet. Und zwischen all diesen Menschen sah ich diesen Mann, der im flachen Wasser stand und aufs Meer hinaus blickte. Er bewegte sich kaum. Er trat nur hin und wieder auf der Stelle, mehr nicht. Schon von der Seite kam er mir bekannt vor. Seine Haltung, die Form seines Kopfes, die Art und Weise, wie er seine Arme hängen liess – alles daran erinnerte mich an jemanden. Erinnerte mich an meinen Sohn. Als ich einige Schritte in seine Richtung ging und erneut hinüberblickte, schaute er zu mir. Wir starrten uns an, mehrere Sekunden lang, und in diesem Moment war ich sicher, dass er es war. Absolut sicher. Ich hob meine Hand, wollte winken. Aber da schaute er bereits wieder aufs Meer hinaus. Genau wie zuvor. Als hätte er mich nicht gesehen. Oder als ob es ihm egal wäre, dass ich neben ihm stand.»

«Bist du wirklich sicher, dass er es war?», fragt Nina.

«Sicher ... Wie soll ich sicher sein? Ich habe ihn seit fünfzehn Jahren nicht mehr gesehen. Aber ja, ich war sicher. So sicher, wie es nur geht.»

«Dennoch könnte es sein, dass er es nicht war.»

«Klar könnte es sein. Aber ein Vater ... Ein Vater erkennt doch seinen Sohn. Auch noch nach fünfzehn Jahren. Zumindest sollte es so sein.»

«Und du hast ihn nicht angesprochen?», erkundigt sich Nina.

«Nein. Nein. Ich wollte. Etwas hielt mich zurück.»

«Etwas ...»

«Ja. Ich weiss es nicht. Ist egal. Vielleicht war es auch jemand, der ... Jemand, der ähnlich aussieht wie er. Kann ja sein. Oder ich habe mich geirrt.»

Theo trinkt sein Bier leer und stellt das Glas ein wenig zu energisch auf den Tisch.

«Ich würde gern bezahlen.»

Nachdem Nina einkassiert hat, fragt sie ihn, warum er und sein Sohn sich fünfzehn Jahre lang nicht gesehen haben.

Theo schiebt lediglich sein Glas von sich weg und den Stuhl zurück, steht dann auf und blickt sie an. «Danke, Nina. Ich wünsche dir noch einen schönen Tag. Pass auf deinen Jungen auf.»

Sie schaut ihm nach, und als sich die Tür hinter ihm schliesst, geht sie zum Fenster und beobachtet, wie er sich allmählich vom «Oya» entfernt. Er geht in Richtung Meer, bedächtig, mit kurzen Schritten. Schliesslich bleibt er stehen. Nina wartet darauf, dass er weitergeht, doch er bewegt sich nicht von der Stelle.

«Mama, ich habe eine Eidechse gesehen, die hatte keinen Schwanz mehr!»

Sie hat nicht gemerkt, dass Noah das «Oya» durch den Hintereingang betreten hat. Sein Gesicht ist gerötet, seine Augen sind weit aufgerissen, er atmet heftig. Er ist offensichtlich gerannt. Gerannt, um ihr von der Eidechse zu erzählen und von dem fehlenden Schwanz.

«Noah, setz dich erst einmal hin. Wo hast du denn die Eidechse gesehen?»

«Auf der Mauer bei Tante Hannas Haus», gibt er zurück und klettert auf einen Barhocker am Tresen.

Hanna ist keineswegs Noahs Tante, sie ist nicht einmal entfernt mit ihnen verwandt. Noah hat irgendwann angefangen, sie Tante zu nennen, und weder Hanna noch Nina haben ihm widersprochen. Wenn sie eine Schwester hätte, müsste sie so sein wie Hanna, findet Nina. Klug und warm und liebevoll und echt. Meistens.

«Was hat sie denn gemacht?», will Nina wissen.

«Wer? Tante Hanna?»

«Nein. Die Eidechse. Was hat sie gemacht?»

«Sie sass einfach da, auf der Mauer. Hat sich gesonnt oder so.»

«Ohne Schwanz?»

«Ja, ohne Schwanz! Dort, wo eigentlich der Schwanz ist, dort war nichts. Vielleicht hat ihn jemand abgeschnitten.»

«Ach, Noah», beginnt Nina und will ihrem Sohn klarmachen, dass niemand auf die Idee käme, einer Eidechse den Schwanz abzuschneiden. Dann kommen ihr die Ereignisse des Vortages, die Bilder des toten Delfins am Strand und das wütende Rufen der Männer in die Quere, und sie hält abrupt inne.

«Sie sah ganz komisch aus», raunt Noah.

«Eidechsen können ihren Schwanz abwerfen, wenn sie Angst haben», erklärt Nina, nachdem sie ihre Gedanken wieder vom Delfin und den Männern gelöst hat.

«Was?», fragt Noah ungläubig und neigt den Kopf.

«Wenn sie in Gefahr sind oder Angst haben, können Eidechsen ihren Schwanz abwerfen. Meistens machen sie das, um einen Feind abzulenken. Wenn eine Eidechse zum Beispiel von einer Katze angegriffen wird, dann wirft sie ihren Schwanz ab. Der

Schwanz zappelt dann noch eine Weile vor sich hin und lenkt die Katze ab. Und während die Katze sich ganz auf diesen Schwanz konzentriert, kann die Eidechse fliehen und sich verstecken.»

«Aber tut das der Eidechse denn nicht weh?»

Nina ist gerührt von der Frage. «Ich weiss es nicht. Aber ziemlich sicher tut es ihr weniger weh, als wenn sie von der Katze gefressen würde.»

Noah lässt sich diese Worte durch den Kopf gehen und starrt auf die Oberfläche der Theke. Dann nickt er langsam.

«Er wächst wieder nach», fügt Nina an.

«Der Schwanz? Der Schwanz wächst wieder nach?», wundert sich Noah, und seine Stimme wird ungewohnt schrill.

«Ja», erwidert sie und legt ihm ihre Hand auf den Rücken. «Er wird vielleicht nicht mehr so schön wie vorher. Aber es ist ein richtiger Schwanz.»

«Warum können das denn nicht alle Tiere? Und auch die Menschen?»

«Keine Ahnung.»

«Ich habe mal einen Mann gesehen, der hatte nur einen Arm. Vielleicht hatte der auch mal Angst.»

«Ja, vielleicht hatte er auch mal Angst», wiederholt Nina. Sie überlegt, ob sie versuchen soll, ihm die möglichen Gründe zu nennen, weshalb der Mann seinen Arm verloren haben könnte. Dann lässt sie es bleiben und bringt Noah ein Glas Wasser. Mit dem gewohnten Stolz im Hals schaut sie ihm zu, wie er trinkt, und überlegt sich, ob es im Leben von Theo und seinem Sohn ebenfalls solche Momente gab. Ob da jemals dieses Gefühl war, diese Verbundenheit, dieses Selbstverständnis. Ob die Bindung nicht robust genug war und deshalb abbrechen konnte. Oder ob es tatsächlich Kräfte gibt, die stärker sind als diese Bindung.

Er fällt in Zeitlupe

Zunächst bleibt Milly stehen, atmet tief ein und wieder aus, ihre Lippen beben wie jene einer Läuferin nach einem Marathon. Ihr Gesicht wird immer weicher, verliert jede Spannung, aber es stört sie nicht. Sie macht einen Schritt nach vorn, legt die Arme um den kalten Körper. Erneut versucht sie, ihn hochzuheben, vermag ihn zu bewegen, muss aber einsehen, dass er eindeutig zu schwer für sie ist. Sie lässt Hugo los und erschrickt, als sein Körper nahezu übermütig durch den Raum schwingt.

Hastig eilt sie nach oben und kehrt zurück, das Brotmesser in der Hand. Sie zieht den Stuhl zu sich heran, stellt ihn auf und schiebt ihn direkt neben den nur noch leicht baumelnden Körper. Milly klammert sich mit den Fingern der rechten Hand an der Lehne fest und steigt auf den Stuhl, sodass ihr Kopf auf gleicher Höhe ist wie Hugos Kopf. Mit zitternder Hand legt sie die Klinge an das dicke Seil und verharrt. Dann beginnt sie, das Messer zu bewegen, vor und zurück, hin und her, langsam, aber stetig. Milly weiss genau, weshalb sie sich Zeit lässt. Solange Hugo hängt, kann sie den Lauf der Dinge hinauszögern.

Als das Seil reisst, hält Milly die Zeit an. Hugo hängt in der Luft, noch immer tot, noch immer kalt, aber in diesem Moment, eingefroren zwischen dem Jetzt und dem Danach, ist er noch da, ist präsent, ist durch und durch Hugo. Sie betrachtet ihn, sieht die Falten und Furchen in seinem Gesicht, die dunklen Bartstoppeln, den fleischigen unteren Teil seines Ohrläppchens, seine Lippen. Sie will nach ihm greifen, will ihn halten. Ihre Muskeln gehorchen ihr nicht, ihre Arme sind taub und schwer. Hugo bewegt sich weiter nach unten, er fällt in Zeitlupe, und Milly dehnt die Sekunden. Dann prallt sein Körper auf den Boden und macht dabei viel weniger Lärm, als sie erwartet hat.

Sie ist froh, dass sie die Matratze bereits zuvor in den Raum gezerrt hat; es wäre ihr unangenehm, Hugo in diesem Moment liegenlassen zu müssen, um die alte Matratze aus dem anderen

Raum zu holen. Sie legt ihre Arme in Hugos Achselhöhlen und zieht an seinem Körper. Noch immer ist sie überrascht, wie schwer er ist. In den letzten Jahren schien er immer kleiner und schmächtiger zu werden. Alles an ihm wurde schlaff und dürr. Wenn er bei starkem Sturm einen Spaziergang machte, hatte sie Angst um ihn. Dass seinem Körper nun dennoch so viel Gewicht innewohnt, irritiert Milly. Ruckartig zerrt sie ihn weiter, bis er schliesslich auf der Matratze liegt.

Sie findet es merkwürdig, sich neben diesen Körper zu legen, neben dieses Überbleibsel von Hugo. Unsicherheit erfüllt sie, und wüsste sie es nicht besser, würde sie meinen, ihn zu betrügen, zu hintergehen. Es ist früher Nachmittag, es sind Stunden vergangen, seitdem sie Hugo im Keller gefunden hat, und ihr ist kaum bewusst, was sie in diesen Stunden getan hat. Sie hat mit Olga telefoniert. Sie hat geduscht. Sie hat die Matratze aus dem kleinen Lagerraum geholt. Und sonst? Sie hat das Haus nicht verlassen, sie hat nicht gegessen, hat weder aufgeräumt noch geputzt. Sie war daheim, aber nicht wirklich da.

«Was habe ich bloss den ganzen Tag lang gemacht?», fragt sie, und zunächst erwartet sie, dass Hugo ihre Frage beantwortet. Sie dreht sich zur Seite und blickt ihren Mann an, mustert die Konturen seines Gesichts. Seine Nase sieht aus dieser geringen Distanz ungewohnt riesig aus. Milly überlegt, ob ihr bisher entgangen ist, wie gross seine Nase ist. Ob sie einfach sein Gesicht gesehen, es als ganz normal betrachtet hat, ohne zu erkennen, dass mitten in diesem scheinbar ganz normalen Gesicht eine ganz und gar nicht normale Nase thront, eine mächtige, gigantische Nase. Womöglich wirkt sie auch nur aus diesem speziellen Winkel so gross. Sie hat Hugo schon lange nicht mehr aus der Nähe betrachtet.

Sie legt ihre Hand auf seine Wange, und obwohl sie erwartet hat, dass seine Haut kalt sein wird, zuckt sie zusammen.

«Ach, Hugo», sagt sie leise. Mehr fällt ihr dazu nicht ein.

Sie stützt ihren Ellbogen auf die Matratze und legt den Kopf in die Handfläche. Hugo hatte stets ein eher dunkles Gesicht, selbst in den letzten Jahren, in denen er immer mehr Zeit im Hobbyraum verbrachte und nur noch selten draussen im Sonnenschein war. Doch nun ist die Haut vollkommen blass, ein mattes Weiss, das nur von seinen Bartstoppeln und einzelnen dunklen Punkten gebrochen wird. Seine Zunge ragt leicht zwischen den Lippen hervor, und Milly drückt sie vorsichtig zurück.

«Ach, Hugo», flüstert sie erneut. «Was sollte das denn?»

Zärtlich legt sie ihm die Hand auf die Brust, bewegt sie vor und zurück und bringt Hugo damit leicht ins Wanken.

«Was hast du dir bloss dabei gedacht? Das ist doch dumm! Schrecklich dumm. Man kann doch nicht einfach so aufhören mit dem Leben. Man muss doch … Man … Ach, Hugo.»

Sie löst ihren Kopf aus der Handfläche und bettet ihn auf den Oberarm, legt den anderen Arm um Hugos Bauch und beginnt, ein Lied zu summen. Sie hat den Namen des Liedes vergessen. Es ist alt, sie weiss nicht, woher sie es kennt. Trotzdem klingt es passend, klingt richtig. Milly schliesst die Augen.

Womöglich ist sie kurz eingenickt. Als sie die Augen aufschlägt, erinnert sie sich erst nach einigen Sekunden, wo sie sich befindet und was geschehen ist. Dass Hugo neben ihr auf der Matratze liegt, wirkt im ersten Augenblick nach dem Erwachen absurd, und sie merkt, wie sie ungewollt zurückweicht. Doch je länger sie ihn betrachtet, desto natürlicher wirkt er. Hugos Körper war ihr niemals fremd, also kann er auch jetzt kein Fremdkörper sein.

«Ach, Hugo», sagt sie ein weiteres Mal, doch nun scheint sich das Vorwurfsvolle und Anklagende in ihrer Stimme verflüchtigt zu haben. Sie lässt die Fingerkuppen erneut über sein Gesicht wandern. Die Kälte ist ungewohnt. Vielleicht noch nicht gleich, aber irgendwann, bald, muss sie einsehen, dass er nicht mehr warm wird, dieser Körper. Hugo ist kalt, und Hugo wird kalt bleiben. Milly holt eine alte Decke aus einer Kiste im

Nebenraum, deckt den kalten Hugokörper zur Hälfte zu und legt sich wieder neben ihn.

«Da. Damit du nicht frierst.»

***

In den folgenden Stunden und Tagen bleibt Milly rastlos. Wiederholt verlässt sie den Keller, doch nach kurzer Zeit kehrt sie zurück, geht hinab zu Hugo, legt sich neben ihn oder setzt sich auf die Matratze. Oft sind es nur wenige Sekunden, die sie an seiner Seite verbringt, bevor sie wieder aufsteht und die Treppenstufen nach oben steigt. Manchmal erledigt sie Dinge, die nicht wichtig sind, trinkt ein Glas Wasser, putzt sich die Zähne, holt die Post aus dem Briefkasten, isst einen Apfel. Alles wirkt banal dort oben, belanglos. Reine Automatismen, jede Bewegung ist die Bewegung einer Maschine, selbst ihre Gedanken sind keine autonomen Wesen, sondern vorgefertigte Muster. Als sie draussen vor der Tür ihren Nachbarn trifft, redet sie mit ihm. Zurück im Haus hat sie keine Ahnung mehr, worüber sie gesprochen haben. Doch es ist ihr egal. Was immer er gesagt hat, es bleibt dort oben, an der Oberfläche. Zu dem, was hier unten im Keller ist, dringt es nicht vor. Nichts dringt vor. Hier sind nur Hugo und sie.

Sie weiss nicht viel über den Tod, hatte bisher wenig mit ihm zu tun, doch ihr ist bewusst, dass er einen Körper, den er erobert hat, nicht in unverändertem Zustand belässt. Der Tod schleicht durch alle Glieder und Poren, frisst sich durch Fleisch und Gedärm, lässt den Leib allmählich zerfallen. Dieses Werk des Todes wird auch Hugo nicht verschonen, doch Milly will das Fortschreiten zumindest aufschieben, will es verzögern, so gut wie möglich.

In einem Artikel im Internet liest sie, dass Wärme und Sauerstoff den Prozess der Verwesung und Zersetzung eines Körpers beschleunigen. Das Zudecken war offensichtlich keine gute Idee.

Zwar ist es relativ frisch im Keller, aber nicht kühl genug, davon ist Milly überzeugt. Sie füllt die Tiefkühltruhe mit unzähligen Wasserflaschen, kleinen Kanistern, Flüssigwaschmittel und Reinigungsprodukten sowie Plastiksäcken mit Tiefkühlerbsen, funktioniert alles zu Kühlelementen um. Nach einigen Stunden holt sie sämtliche Kühlelemente wieder aus der Tiefkühltruhe und ordnet sie fein säuberlich um Hugo an, baut ihm eine eisige Festung um seinen Körper, um ihn vor Wärme zu schützen. Sie legt eine dünne Plastikfolie darüber, bildet eine Art Dach, auch wenn es den Sauerstoff nur geringfügig abschirmen dürfte. Sie sucht weitere Behälter zusammen und füllt die Tiefkühltruhe erneut. Zwar ist es mühsam, die Kühlelemente immer wieder auszutauschen, und es lässt ihre Finger weiss und klamm werden, doch das stört sie nicht. Fortan baut sie die Festung aus Flaschen und Kanistern nur ab, wenn sie sich neben Hugo auf die Matratze legt.

«Weisst du noch, als wir damals mit dem Boot zur kleinen Insel rausgefahren sind? Du hast vorgeschlagen, auf der Insel zu übernachten, aber ich habe das nicht gewollt. Bestimmt habe ich dir eine vermeintlich gute Erklärung aufgetischt. Vor allem habe ich Angst gehabt. Angst vor irgendwelchen Tieren oder Wesen, Angst um mein Leben, um meine Unversehrtheit. Zähneknirschend und zugleich wohlwollend hast du eingewilligt, die Insel zu verlassen und zum Festland zurückzufahren. Du hast das mir zuliebe getan, das ist mir klar. Am nächsten Tag habe ich es bereut, dass wir nicht auf der Insel geblieben sind. Es wäre zweifellos ein wunderbares Erlebnis geworden, eine Nacht, die sich für immer ins Gedächtnis eingebrannt hätte. Ich kann mich nicht an meine Wortwahl erinnern, aber damals habe ich dich dafür verantwortlich gemacht, dass dieses wunderbare Erlebnis nicht stattgefunden hat, obwohl es meine Schuld gewesen ist. Wahrscheinlich hast du damals nur milde gelächelt und dir deinen Teil gedacht. Vermutlich hast du das alles längst vergessen. Ich nicht. Und jetzt, heute, möchte ich mich dafür entschuldigen. Es tut mir leid.»

«Es gibt einige Dinge, die mir leidtun. Von vielen Dingen, die mir leidtun, weiss ich wahrscheinlich gar nicht, dass sie mir leidtun. Die Reue, sie kommt immer so spät. Schaut erst dann vorbei, wenn Porzellan und Gläser längst zu Bruch gegangen sind und die Blumen nur noch ausgetrocknet aus alten Vasen hängen. Was nützt sie dann noch? Was soll sie dann noch Gutes bewirken, die Reue? Wenn man noch da ist, wenn sie kommt, wenn man noch lebt, dann darf man nichts von ihr erwarten, nichts ausser Traurigkeit. Sie kommt mit leeren Händen, denn die Hände braucht sie, um dir ins Gesicht zu schlagen, immer wieder, so lange, bis die Haut ganz heiss und rot ist. Die Haut in deinem Gesicht ist nicht heiss, sie ist nicht rot. Vielleicht bedeutet das ja, dass du nichts bereust. Doch irgendwie mag ich das nicht glauben. Ich will nicht wissen, wie dein Gesicht ausgesehen hat, bevor du … bevor du … Ach, Hugo.»

«Du hast keinen Brief geschrieben, nicht wahr? Ich habe gesucht, überall habe ich gesucht, doch ich habe keinen Brief gefunden, nicht einmal eine Notiz. Nein, du hast keinen Brief geschrieben. Ich könnte ihn gebrauchen, verstehst du? Ich könnte ihn wirklich gebrauchen. Ich will nicht auf jede Frage eine Antwort. Es sind so viele Fragen, und oft bin ich nicht sicher, ob es überhaupt die richtigen Fragen sind. Doch bei manchen Fragen ist das Fehlen der Antwort so niederschmetternd, dass ich es kaum aushalte. Vor allem beim grossen Warum. Ich … Ich könnte einen Brief wirklich gut gebrauchen.»

«Was soll ich erwidern, wenn die Nachbarn sagen, dass sie dich schon lange nicht mehr gesehen haben? Das wird ihnen auffallen. Früher oder später wird es ihnen auffallen, und irgendwann wird jemand fragen. Auch Olga wird fragen, vor allem Olga. Was soll ich Olga sagen? Was soll ich allen Leuten sagen, wenn sie fragen? Soll ich erzählen, du seist verreist? Du bist noch nie allein verreist. Soll ich sagen, du seist erkrankt? Dann wollen sie dich sicherlich besuchen. Ich kann doch so schlecht lügen. In der Nachbarschaft könnte ich vielleicht noch irgendeine Geschichte auftischen oder mich herausreden. Olga könnte ich hingegen kaum belügen. Ich glaube, ich habe Olga noch nie belogen. Sogar dich habe ich häufiger belogen als sie. Wenn Olga nach dir fragt, benötige ich eine Antwort. Aber welche? Was soll ich bloss sagen?»

Als Milly ein weiteres Mal die Treppenstufen nach oben steigt und in die Küche geht, ist draussen vor den Fenstern das Licht aus dem Tag gewichen. Sie starrt hinaus auf die Konturen, die sich vor dem Dunkelblau des Abendhimmels abzeichnen, und versucht, die Formen zuzuordnen. Selbst nach längerem Hinschauen kann sie nicht erkennen, was Baum und was Hausdach ist. Milly nimmt ein Glas aus dem Schrank und füllt es mit Wasser, trinkt es in hastigen Zügen leer und stellt es ins Spülbecken. Normalerweise würde sie es abwaschen, abtrocknen und zurück in den Schrank räumen. Doch nun lässt sie es stehen und schaut zu, wie ein Tropfen an der Aussenwand des Glases hinunterrinnt.

Sand

Sie ist froh, dass Noah bei Hanna ist, am unteren Rand der oberen Stadt in jenem riesigen Haus, das sie mit ihrem Mann bewohnt. Eigentlich liebt sie es, mit ihm an den Strand zu gehen, mit nackten Füssen durch den Sand zu laufen und bei jeder Welle, die an Land schwappt, ein bisschen mehr einzusinken. Wenn sich sein kindliches Kreischen mit den Rufen der Möwen mischt, hat sie jeweils den Eindruck, die Vögel und der Junge würden miteinander kommunizieren. Doch heute ist es besser, dass sie allein hier ist.

Während Nina den rudimentär asphaltierten Weg zum Strand geht, schaut sie sich immer wieder um. Der warme Wind lässt kleine Sandwolken entstehen. Wie unbeschwert tanzende Geister bewegen sie sich, ohne Ziel zwar, aber anmutig und selbstbewusst. Abgesehen von diesen Geistern ist niemand zu sehen. Ihr ist schon lange aufgefallen, dass sie sowohl am Strand als auch in der unteren Stadt immer weniger Menschen begegnet. Dennoch ist sie jedes Mal aufs Neue erstaunt und betrübt. Der Kontrast zu den Erinnerungen, die sie aus ihrer Kindheit ins Jetzt gerettet hat, scheint stetig grösser zu werden.

Als sich der Untergrund von Asphalt zu Sand wandelt, verlangsamt Nina ihre Schritte. Sie zieht ihre Schuhe aus und hängt sie an die Latten des zerfallenen Zauns. Während sie hinunter zum Meer geht, vermeidet sie es, zu jener Stelle zu blicken, an welcher der Delfin im Sand lag. Sie weiss nicht, ob sie sich wünscht, dass er noch da ist oder dass nichts mehr von ihm zu sehen ist. Keine der beiden Möglichkeiten gefällt ihr.

Mit jedem Schritt wird das Bild klarer, diffuse Schemen werden zu klaren Formen. Die Haut hängt in Fetzen vom Gerippe, der einst so elegante Körper ist zu einer Ansammlung von Einzelteilen verkommen. Noch bevor Nina einen Gedanken fassen kann, steigen ihr Tränen in die Augen. Sie nähert sich dem surrealen Gebilde, setzt einen Fuss vor den anderen, mit grosser Vorsicht, wenngleich es hier längst nichts mehr gibt, das sie noch zerstören könnte. Einen Meter vor dem toten Delfin sinkt sie in die Knie, als wäre sie von einer Pistolenkugel getroffen worden.

Nina streckt ihre Hand aus. Ihre Finger beginnen zu zittern, und mit jedem Zentimeter, den sich die Hand den Überresten des Delfins nähert, wird das Zittern heftiger. Bevor sie den Körper berühren kann, lässt sie die Hand in ihren Schoss sinken und starrt auf den Delfin, auf das, was von ihm übriggeblieben ist. Hin und wieder wird ihr Blick von Tränen getrübt, dann blinzelt sie einige Male. Sie betrachtet die merkwürdigen Formen, die Art und Weise, wie die dünnen Knochen nach aussen ragen. Sie ist nicht sicher, ob es bloss die Männer waren, die den Körper so zugerichtet haben, ob streunende Hunde vorbeigekommen sind oder ob die Flut zur Zersetzung des Leibes beigetragen hat. Es besteht kein Zweifel daran, dass es der gleiche Delfin ist wie drei Tage zuvor. Doch er sieht nicht mehr aus wie ein Delfin. Nichts an dem Gebilde im Sand erinnert an einen Delfin.

Vom Mann, der an jenem Tag reglos im Sand lag, fehlt jede Spur. Offenbar ist er nicht tot, oder die anderen Männer haben ihn mitgenommen. Was immer mit ihm passiert sein mag, es ist nicht von Belang. Nina verabscheut ihn so sehr wie die sechs übrigen Männer. Wo leben sie? Was muss das Leben ihnen zugemutet haben, dass sie jegliche Moral einfach abzuschütteln vermochten, als sie den Delfin erblickten und in ihm nur ein grosses Stück Fleisch erkannten? Was tun sie jetzt? Und was ist, wenn sie zurückkommen?

Beunruhigt schaut sich Nina um, dreht den Kopf zaghaft, als befürchte sie, die Männer befänden sich direkt hinter ihr, lauernd, hungrig. Da ist niemand. Dennoch sind sie da, sind präsent, wenn auch nur als Entwürfe. Sie sieht die ungepflegten und verlebten Gesichter, die glasigen Augen, tief in den Höhlen hockend, mit stechendem Blick und aufgeplatzten Adern. Ein paar Männer tragen Bärte, auch diese ungepflegt, borstig, struppig. Bei einem scheint der Bart direkt in eine Tätowierung am Hals überzugehen, ein wüstes Konglomerat aus Haut und Haar und Tinte. Der Mann starrt sie an, sein Nasenflügel zuckt. Dann beginnt er zu grinsen, süffisant und boshaft. Als er sich auf sie zubewegt, schreckt Nina hoch, greift sich eine Handvoll Sand und wirft ihn in Richtung des bärtigen Mannes, begleitet von einem spitzen Schrei. Der Sand fliegt ungehindert fort. Da ist niemand, den der Sand hätte treffen können, keine Männer, nichts. Trotzdem gelingt es Nina nur mit Mühe, ihr Zittern unter Kontrolle zu bringen.

Benommen steht sie auf, geht ein paar Schritte rückwärts. Während sie sich vom Ufer und vom Delfin entfernt, blickt sie sich wiederholt um. Jedes Mal liegt der tote Körper an der gleichen Stelle. Jedes verdammte Mal. Immer wütender wendet sie ihren Kopf, immer energischer tritt sie auf. Doch der Delfin bleibt liegen. Sie will ihn wegdenken, will ihn zurück ins Meer treiben, mit der Kraft ihrer Gedanken oder mit einer anderen Form der Energie, doch es gelingt nicht. Natürlich gelingt es nicht. Der Delfin bleibt liegen, und Nina geht von ihm weg, immer schneller, bis sie seine Überreste nicht mehr richtig erkennen kann.

Sie ist längst am Zaun vorübergegangen, als sie umkehren muss, um ihre Schuhe zu holen. Ein letztes Mal wirft sie einen Blick zum Meer. Der Delfin ist nur noch ein Schatten. Es könnte ebenso gut eine Ansammlung von angeschwemmtem Abfall sein. Aber Nina weiss, was es ist. Und weder die Flut noch streunende Hunde könnten daraus etwas anderes machen.

Weisse Hemden

«Ach, Hugo.»

Während Milly neben ihm liegt, ruht ihr Arm auf seinem Bauch. Sie spürt sein kühles Fleisch durch das dünne Hemd, doch je länger sie ihren Arm liegen lässt, desto weniger kalt wirkt der Körper unter ihrer Haut. Sie kann Hugo warm machen, zumindest teilweise kann sie Hugo wieder warm machen. Der Gedanke lässt sie lächeln. Trotzdem spürt sie, wie sich Tränen in die Augenwinkel drängen.

«Ich erinnere mich noch an deinen Unfall damals. Du hast diesem Daniel beim Umzug geholfen. Ich habe ihn nie gemocht. Er hat eine falsche Art gehabt. Jedenfalls bist du an jenem Abend nicht nach Hause gekommen, und irgendwann habe ich mir Sorgen gemacht. Ich habe dann bei diesem Daniel angerufen, doch da ist nur ein kleines Mädchen zu Hause gewesen. Es hat gesagt, dass seine Eltern im Spital seien, wegen dem Mann, der den Unfall hatte. Ich habe sofort gewusst, dass du das warst. Ich bin mit dem Bus ins Spital gefahren, und während der Fahrt bin ich so wütend gewesen, dass mich niemand informiert hat. Als ich angekommen bin, ist mir am Empfangsschalter mitgeteilt worden, in welchem Zimmer du gelegen bist. Ich bin weitergerannt, so schnell wie ich nur konnte, und dann bin ich vor der Tür gestanden, habe sie aufgestossen, bin ins Zimmer gestolpert, und da hast du gelegen, in diesem riesigen Bett, neben diesen blinkenden Maschinen. Niemand sonst ist da gewesen, nur du. Als ich dich dort liegen gesehen habe … Nicht zum ersten Mal, aber so deutlich wie selten zuvor ist mir bewusst geworden, wie unvorstellbar ein Leben ohne dich ist. Und ich habe einmal mehr erkannt, dass ich das nicht will. Ich habe kein Leben ohne dich gewollt.»

Sie ist zu lange in der gleichen Position gelegen und spürt nun, wie sich ihr Körper versteift. Langsam bewegt sie ihre Glieder, streckt sich und sucht wieder nach einer bequemen Haltung.

«Eigentlich müsste ich wütend sein, sehr wütend. Ich müsste dir böse sein, dafür, dass du einfach aufgehört hast, einfach gegangen bist und mich zurückgelassen hast, mich zurückgelassen hast in diesem Leben, in dem ich ohne dich gar nicht sein will. Doch ich bin dir nicht böse, nicht wirklich. Ich verstehe es nicht. Aber böse sein kann ich dir nicht.»

Milly geht nach oben, trinkt eine Tasse Tee, schaut durch das Fenster hinaus aufs Meer. Die Wellen rollen heran, wie jeden Tag. Sie mag die stetigen Bewegungen der Wellen, mag die Verlässlichkeit. Sie stellt die halbvolle Tasse auf den Tisch und geht zurück in den Keller.

«Weisst du was? Ich habe mich geirrt. Ich bin wütend. Ja, ich bin dir böse! Und es ist … es ist mein verdammtes Recht, wütend zu sein! Was fällt dir ein? Warum hast du das getan? Nenn mir einen guten Grund dafür! Einen einzigen! Kannst du nicht. Nein, kannst du nicht. Und weisst du, warum du mir keinen guten Grund nennen kannst? Weil es keinen gibt. Es gibt keinen guten Grund, gab keinen guten Grund und hätte nie einen guten Grund gegeben. Wahrscheinlich war da irgendetwas, das dich veranlasst hat, und vielleicht weiss ich davon, vielleicht auch nicht. Aber ganz bestimmt war es kein guter Grund.»

Sie krümmt ihre Finger, zerrt am Baumwollstoff, hält ihn umklammert. Als sie loslässt, sieht das Hemd an jener Stelle ganz zerknittert aus. Sie streicht es wieder glatt.

«Da war etwas. Etwas, das dich unglücklich gemacht hat. Da muss etwas gewesen sein, und es muss schlimm gewesen sein, denn wäre es nicht schlimm gewesen, wärst du noch hier und ich müsste nicht mit … mit einem kalten Körper reden. Ich wünschte, du hättest etwas gesagt. Ich weiss nicht, ob es etwas an den Tatsachen geändert hätte. Wahrscheinlich hätte es nichts geändert. Aber immerhin wüsste ich nun, was es war, das dich unglücklich gemacht hat. Es ist fürchterlich, wenn man fürchterliche Dinge weiss. Noch viel fürchterlicher ist es allerdings, wenn man die fürchterlichen Dinge nicht kennt – aber weiss, dass sie da sind. Oder da waren.

Früher haben wir uns immer alles erzählt. Damals, in jungen Jahren, habe ich jeden Gedanken mit dir geteilt, und ich glaube, du hast deinerseits jeden Gedanken mit mir geteilt. Irgendwann haben wir damit aufgehört, oder wir haben einfach weniger gedacht. Jedenfalls hat das Teilen der Gedanken stetig nachgelassen, bis es nur noch sehr sporadisch aufgetreten ist. Mir ist das nicht verborgen geblieben. Doch wahrscheinlich ist es mir bisher nie wirklich bewusst geworden. So wie damals, als die schöne grosse Kiefer auf dem Weg zum Strand gefällt worden ist. Ich habe immer wieder gedacht, dass etwas anders ist, dass sich etwas verändert hat. Doch erst nach mehreren Wochen habe ich erkannt, dass die Kiefer nicht mehr steht. Ich habe dir davon erzählt, wie mir das Fehlen des Baumes nicht aufgefallen war. Du hast dann nur mit den Schultern gezuckt. Dir war es natürlich sofort aufgefallen. Dir ist selten etwas entgangen. Aber meistens hast du es nicht als notwendig erachtet, darüber zu reden, wenn dir etwas aufgefallen ist. Ich habe das nie verstanden. Ich verstehe es noch heute nicht. Es ist doch schön, über derartige Dinge zu reden! Dadurch entsteht sofort eine Verbindung, da steckt echtes Teilen im Wort «Mitteilen». Man schafft sich einen gemeinsamen Raum, wenn man jemandem von einer Entdeckung oder einer Beobachtung erzählt. Dich hat dieser gemeinsame Raum mit der Zeit immer weniger interessiert, nicht wahr? Ich habe ihn manchmal vermisst, diesen gemeinsamen Raum, weisst du? Ich habe es schade gefunden, dass wir uns so selten darin begegnen konnten. Und jetzt bin ich allein hier.»

Milly entdeckt einen Mückenstich auf der Innenseite ihres Unterarms. Er ist gross, die Haut hebt sich weiss vom Rest ab. Mit dem Daumennagel der anderen Hand drückt sie ein Kreuz in die Erhebung. Seit ihrer Kindheit begegnet sie Mückenstichen mit dieser Massnahme. Sie weiss noch immer nicht, ob es sich um ein nutzloses Ritual handelt oder ob sich dadurch der

der Tischplatte gleiten, vor und zurück. Sie kann sich nicht erinnern, wie diese Delle entstanden ist.

«Nina?»

«Ja.»

«Was ist dann passiert?»

«Sie haben das Fleisch herausgeschnitten. Haben es mit ihrem dummen kleinen Messer aus dem grossen stolzen Körper getrennt. Sie haben sich anstrengen müssen, dennoch hat es zu einfach gewirkt. Immer wieder haben sie das Messer in den leblosen Körper gebohrt und jedes ergatterte Stück auf der Stelle verschlungen. Roh, blutig. Sie haben gekaut und gekaut, und während sie gekaut haben, da haben ihre Gesichter noch lächerlicher ausgesehen als ohnehin. Wie ich sie so vor mir gesehen habe, sind sie mir unerträglich fremd vorgekommen, ich habe keinerlei Gemeinsamkeit mit ihnen erkennen können. Wahrscheinlich habe ich mich so weit wie möglich von ihnen entfernen wollen, habe mich in eine andere Spezies verkriechen wollen, denn das, was sie gewesen sind, würde ich niemals sein wollen, auf keinen Fall.»

«Das klingt fürchterlich. Ich kann mir kaum vorstellen, wie das für dich gewesen sein muss. Wie fühlst du dich?»

«Ich weiss es nicht genau. Dort am Strand hatte ich zu wenig Kraft, um einen klaren Gedanken zu fassen, doch jetzt frage ich mich, was die Bilder mit mir machen. Die Bilder des Delfins, die Bilder der Männer, die Bilder der Wut und der hemmungslosen Gier. Zuerst war ich schockiert, war verängstigt. Dann kam auch bei mir Wut auf. Wut auf die Männer, Wut auf ihre Wut. Hätte ich gekonnt, hätte ich die Männer getötet, hätte ihrem erbärmlichen Dasein ein Ende bereitet. Doch irgendwann wich die Wut einer seltsamen Traurigkeit. Das Erbärmliche, es begann, mich zu erschüttern. Was muss mit einem Menschen geschehen, dass er so irr und selbstvergessen wütet? Was muss geschehen, damit das rohe Fleisch eines toten Delfins ihm wichtiger erscheint als seine eigene Menschlichkeit, wichtiger als sein Stolz? Eigentlich weiss ich, was geschehen ist. Wir haben uns in eine Lage manövriert, aus der wir uns nicht mehr befreien können. Und alles, was uns bleibt, um eine Befreiung zu versuchen, ist unsere Wut.»

«Was meinst du damit?», unterbricht sie Hanna. «Ich kann dir nicht folgen.»

«Ich kann meine Gedanken selbst nicht richtig einordnen. Sie strömen ziellos durch meinen Kopf. Ich hasse die Männer, die den Delfin so zugerichtet haben. Aber ein wenig kann ich sie verstehen, kann nachvollziehen, was sie antreibt. Es wäre einfacher, wenn ihr Verhalten mir vollkommen fremd wäre. Doch das ist es nicht. Zwar kenne ich die Gier nicht, auch diese Form von Hunger ist mir unbekannt. Die Frustration hingegen, die Ernüchterung … Ach … »

Nina ringt nach Worten, will weiterreden, sich erklären, aber die Sätze, die eben noch flüssig über ihre Zunge kamen, bleiben nun unvollendet hängen. Sie glaubte sich so hellsichtig. Jetzt greift die Unsicherheit wieder um sich.

«Hast du die Polizei gerufen?»

«Die Polizei?» Die Frage überrascht Nina. Und sie ist erstaunt, dass ihr bisher nicht in den Sinn gekommen ist, die Polizei zu informieren.

«Nein, habe ich nicht.»

«Warum nicht?»

«Keine Ahnung. Ich bin irgendwann aufgestanden und weggegangen. Habe den Delfin mit den Männern allein gelassen.»

«Du hättest sowieso nichts mehr tun können.»

«Wahrscheinlich nicht, nein. Aber vielleicht ja doch.»

Spaghetti

Milly weiss nicht mehr, wie viele Tage vergangen sind, seit sie Hugo gefunden hat. Dass es sowohl zwei als auch vier sein könnten, verunsichert sie. Es ist nicht so sehr der Verlust des Zeitgefühls, der sie beunruhigt. Schon früher kamen ihr Minuten manchmal wie Stunden vor, dann wieder Wochen wie Tage. Doch nun kann sie die verstrichene Zeit nicht einmal benennen, findet keine Anhaltspunkte, die eine Zuordnung erlauben würden. Sie hat nie verstanden, was Albert Einstein meinte mit «Zeit ist relativ». Sie kann mit der theoretischen Annäherung an praktische Dinge nur wenig anfangen, sieht keinen Sinn darin, die Zeit aus wissenschaftlicher Perspektive zu betrachten, denn die Zeit geht vorüber, ganz egal, ob sie es relativ langsam tut oder relativ schnell. Aber jetzt ist ihr die Zeit vollkommen entglitten, und Milly hat Mühe, sich in dieser Zeitlosigkeit zurechtzufinden.

Hin und wieder hat sie etwas getrunken, den Orangensaft aus der Plastikflasche mit den Plastikorangen auf dem Etikett, Wasser, zwei oder drei Mal hat sie sich sogar eine Tasse Tee gekocht. Gegessen hat sie in den vergangenen Tagen kaum etwas. Als ihr Magen zu laut knurrt, um ihn weiterhin zu ignorieren, beschliesst Milly, essen zu gehen.

Sie war noch nie hier, kennt es nur von aussen, vom Vorbeigehen oder Vorbeifahren. Dennoch ist ihr das kleine Restaurant sympathisch. Es liegt zwischen der oberen und der unteren Stadt, geradezu demonstrativ auf halber Strecke, als wolle man den Gästen eine neutrale Zone anbieten, ein wertfreies Niemandsland, einen Ort, an dem Begegnungen uneingeschränkt möglich sind. Als sie das Lokal betritt, ist jedoch niemand zu sehen, dem man begegnen könnte. Milly blickt sich um, prüft noch einmal das Schild beim Eingang, das darauf hinweist, dass das Restaurant geöffnet ist. Sie scheut sich davor, ein lautes «Hallo» in den leeren Raum zu rufen. Stattdessen räuspert sie sich.

Einige Sekunden lang steht Milly im leeren Restaurant und wartet darauf, dass etwas geschieht. Sie hat sich bereits abgewendet, als die Tür neben dem Tresen aufgeht und eine junge Frau eintritt. Sie hält drei Weinflaschen in den Armen, und als sie ihren Gast bemerkt, erschrickt sie und zuckt so heftig zusammen, dass Milly befürchtet, die Weinflaschen würden zu Boden fallen. Doch sie fallen nicht. Ganz ruhig stellt die junge Frau die Flaschen auf den Tresen, eine nach der anderen. Dann lässt sie ihre Schultern sinken und lächelt Milly an.

«Entschuldigen Sie, ich habe nicht bemerkt, dass Sie hereingekommen sind. Vielleicht sollte ich eine Glocke an die Eingangstür hängen.»

Milly ist überrascht vom Klang der Stimme der jungen Frau. Angesichts der schlanken, nahezu zierlichen Erscheinung hatte sie unbewusst eine hohe und dünne Stimme erwartet. Doch der kleine und schmale Körper beherbergt ein volles und warmes Organ, das viel älter klingt als die Frau aussieht. Milly versucht zurückzulächeln und ist nicht sicher, wie gut es gelingt.

«Ich … Ich dachte, es sei geschlossen.»

«Nein, ist es nicht. Sie sind herzlich willkommen.»

Milly möchte etwas erwidern, doch einen Moment lang vermag sie ihre Gedanken nicht in Wörter und Sätze zu überführen.

«Kommen Sie», sagt die junge Frau auffordernd. «Setzen Sie sich. Sofern Sie noch einen Platz finden.» Sie macht mit ihrem Arm eine ausladende Geste, nur um mit einem zaghaften Lachen klarzumachen, dass sie es ironisch meint. Milly sieht sich um. Sie mag nicht allein an einem der kleinen Tische sitzen.

«Darf ich an die Bar?»

«Natürlich dürfen Sie an die Bar», erwidert die junge Frau nach kurzem Zögern. «Wo immer Sie möchten.»

Milly steigt auf den hohen Barhocker und kommt sich vor wie ein kleines Kind, dessen Füsse nicht ganz zum Boden reichen.

«Was darf ich Ihnen bringen?», fragt die junge Frau, nachdem sie sich die Hände gewaschen hat.

«Ich glaube, ich habe Hunger», erwidert Milly. «Ist die Küche schon geöffnet?»

«Der Koch kommt erst gegen Abend», gibt die Frau zurück. «Aber wenn Sie mögen, könnte ich etwas für Sie zubereiten. Ein Sandwich vielleicht. Oder eine Portion Spaghetti.»

«Ach, ist schon gut. Das ist nicht nötig.»

«Kein Problem. Und wenn ich Sie so ansehe, muss ich sagen, dass es durchaus nötig ist.»

«Warum denn?», fragt Milly und ist von der Direktheit der jungen Frau überrascht.

«Ich wollte nicht respektlos klingen. Aber sie sehen hungrig aus. Und müde. Sie sehen aus, als könnten Sie eine Portion Spaghetti gebrauchen.»

«Wissen Sie was?» Milly befreit ihre Stimme von allem Zögerlichen. «Sie haben recht. Ich bin hungrig. Und eine Portion Spaghetti klingt gut.»

«Sehr schön. Kommt sofort. Was möchten Sie trinken?»

«Ein Wasser», antwortet Milly und bleibt mit ihrem Blick an den drei Weinflaschen hängen, die auf dem Tresen stehen.

«Er ist nicht schlecht», raunt die junge Frau mit ihrer tiefen Stimme und lässt ihren Kopf kurz in Richtung der Flaschen kippen. «Sehr unkompliziert. Würde gut zu Spaghetti passen, denke ich.»

«Wie spät ist es denn?»

«Spät genug für Wein. Drei Uhr. Falls Sie eine Zahl brauchen.»

«Nein, ich brauche keine Zahl. Und ja, ich nehme ein Glas.»

Milly lächelt, als die junge Frau zwei Gläser aus dem Regal nimmt. Sie mag das kleine Restaurant noch lieber als zuvor.

«Vor einigen Jahren war hier immer voll. Alle Tische besetzt, jeden Tag. Zumindest hat das Fred erzählt. Ihm gehört das ‹Oya›. Vielleicht stimmt das auch gar nicht. Kann gut sein, dass Fred die Wahrheit ausschmückt und poliert, damit sie schön glänzt. Seitdem ich hier arbeite, war das Restaurant jedenfalls nie voll. An den meisten Tagen kommen zwar Gäste. Aber es werden immer weniger.»

Sie stossen mit ihren Weingläsern an und nennen sich fortan beim Vornamen. Nina hält sich das Weinglas vor die Augen, dreht es kontinuierlich und schaut zu, wie sich Tropfen über das Glas bewegen. Milly schaut ihr beim Zuschauen zu, während sie mit dem Daumen den Stiel ihres Weinglases streichelt, als wäre er der Finger eines Menschen, der ihr viel bedeutet.

«Wie lange arbeitest du schon hier?»

«Im ‹Oya›? Seit etwa fünf Jahren.»

«Und lebst du auch hier?»

«Ja, wir wohnen in einem Haus in der unteren Stadt.»

«Wir?»

«Mein Sohn und ich.»

«Oh, du hast einen Sohn! Wie schön!»

«Sein Name ist Noah. Er ist acht.»

«Noah. Wie der aus der Bibel.»

«Genau, wie der aus der Bibel. Mit der Arche. Dass er so heisst, hat jedoch nichts mit der Bibel zu tun. Mein Sohn mag Schiffe, aber das dürfte ein Zufall sein.»

«Eine Arche wäre im Moment nicht die schlechteste Idee. Wenn man bedenkt, wie das Wasser steigt.»

«Stimmt. Ich frage Noah mal, ob er Lust hat, ein Schiff zu bauen.»

Nina lächelt, als sie das sagt, und Milly ist erstaunt, wie klar sich die bedingungslose Liebe der jungen Frau auf ihrem Gesicht abzeichnet. Sie ist nicht sicher, ob dies auch in ihrem Gesicht möglich wäre. Nachdem sie wohl zu lang ins Leere gestarrt hat, trinkt sie ihren Wein aus und stellt das Glas wieder auf den Tisch. Nina füllt es umgehend auf.

«So. Ich bringe dir jetzt deine Spaghetti.»

Während Milly isst, putzt Nina die Küche, räumt Geschirr in einen Schrank und bringt einen vollen Mülleimer nach draussen.

Als sie zurückkommt, legt Milly das Besteck in den Teller.

«Hat's geschmeckt?», will Nina erwartungsfroh wissen.

«Ganz grossartig», antwortet Milly. «Nochmals vielen Dank. Du bist ein Engel.»

«Das bezweifle ich. Aber schön, dass du das sagst. Komplimente werden immer seltener, wie es scheint.»

«Ja, das ist wahr. Ich erinnere mich nicht, wann ich zum letzten Mal jemandem Komplimente gemacht habe. Dabei sind Komplimente so wichtig. Sie sind Nahrung, nicht wahr? Auch wenn sie nicht so gut schmecken wie diese Spaghetti.»

«Das war ein weiteres Kompliment. Du möchtest aufholen, nicht wahr?»

Milly lächelt, und Millys Lächeln lässt Nina lächeln. Wie wenig es braucht und wie einfach es ist, denkt Milly.

«Noch ein wenig Wein?», fragt Nina mit aufmunterndem Blick.

«Danke, aber ich denke, es reicht. Ich bin es nicht gewohnt.»

«Man kann es sich angewöhnen.»

Nina grinst, und Milly lächelt zurück, schüttelt dann den Kopf und holt ihren Geldbeutel aus der Tasche, legt einige Scheine auf den Tisch.

«Das ist viel zu viel», sagt Nina mit ernster Miene.

«Nein», gibt Milly zurück. «Das stimmt so. Das ist genau richtig.»

Ihre Hand auf Noahs Kopf

«Mama!»

«Was?» ruft Nina erschrocken zurück, als Noah ins «Oya» stürmt.

«Juri zieht weg!»

«Juri zieht weg?»

«Ja, Juri zieht weg!»

«Wohin zieht er denn?», fragt Nina. Juri ist Noahs bester Freund, oder zumindest derjenige Freund, den er am längsten kennt, denn die beiden gingen zusammen zur Spielgruppe in der unteren Stadt, damals, als es die Spielgruppe in der unteren Stadt noch gab.

«Weit weg, hat er gesagt», erwidert Noah. Traurigkeit mischt sich in seine Stimme und schiebt das Aufgeregte beiseite. «Dorthin, wo die Berge sind.»

«Ach so», erwidert Nina und ist von ihrer Reaktion enttäuscht. Es war ihr stets ein Bedürfnis, sich keinerlei Anzeichen von Pessimismus anmerken zu lassen, wenn sie Noah die Entwicklungen in der Stadt und im Rest der Welt erklären wollte, und jetzt ist es ihr misslungen. Der Fluchtreflex der Menschen, die in der unteren Stadt wohnen, macht sie wütend, dann wieder traurig, aber vor allem ohnmächtig und müde. Sie legt ihre Hand auf Noahs Kopf, gräbt ihre Finger in seine Haare und ist sich nicht sicher, wen sie damit trösten will: ihn oder sich selbst.

Noah will nicht verstehen, wie Menschen die untere Stadt verlassen und an einen anderen Ort ziehen können. Er will nicht verstehen, wie Menschen dem Meer den Rücken kehren und die Luft und das Licht und den Klang einfach hinter sich lassen können. Er will nicht verstehen, wie Menschen Angst vor dem Wasser haben können. Und irgendwie kann Nina verstehen, dass Noah all das nicht verstehen will. Wenn sie sich anstrengt, kann sie die Realität ausklammern und sich vorübergehend in seine Situation hineinversetzen. Kann die beeindruckende Schönheit des Meeres und die ruhige Kraft des Wassers sehen und die übrigen Tatsachen ausblenden. Sie beneidet ihn um dieses bedingungslose Würdigen des Schönen und Guten, um dieses unerschütterliche Festhalten an einem Idealbild. Manchmal – auch jetzt – betrübt es sie, dass ihm diese Naivität nicht mehr lange erhalten bleiben kann. Dass die Unschuld verschwinden wird. Und sie fragt sich, wie Noah mit diesem Verlust umgehen wird. Wahrscheinlich besser, als sie es je könnte, denkt Nina und schiebt mit der Hand eine Haarsträhne aus seiner Stirn.

«Aber das Wasser ist doch gar nicht schlimm», sagt Noah. «Man kann ja auch darin baden.»

«Stimmt, eigentlich ist das Wasser nicht schlimm», gibt Nina zurück. «Das Wasser ist ganz wunderbar. Aber wenn es immer höher steigt, wird es gefährlich. Es macht die Häuser kaputt, es überschwemmt Plätze, es breitet sich immer mehr aus. Und plötzlich ist der Ort, an dem du zu Hause bist, nicht mehr bewohnbar.»

«Und dann?»

«Dann muss man eben umziehen.»

«Aber wieso denn in die Berge? Warum denn nicht nach oben.»

«Du meinst in die obere Stadt?»

Noah nickt.

«Ich weiss es nicht. Vielleicht, weil man es dort nicht so schön findet?»

«Ja, das kann sein. Es ist wirklich nicht schön dort. Nicht einmal bei Tante Hanna ist es schön, obwohl sie in diesem neuen grossen Haus wohnt.»

«Manchen Leuten gefällt es dort.»

«Mir würde es nicht gefallen.»

«Dann ist ja gut», erwidert Nina und ist tatsächlich erleichtert. Zumindest einen Moment lang.

«Müssen wir auch umziehen?»

Sie hat gewusst, dass die Frage früher oder später kommen würde. Vorbereitet ist sie trotzdem nicht.

«Nein, müssen wir nicht. Jedenfalls nicht im Moment. Vielleicht irgendwann. Das Wasser, es steigt immer mehr, verstehst du? Und daran wird sich nichts ändern. Aber solange es geht, bleiben wir hier. Das ist schliesslich unser Zuhause.»

«Warum steigt denn das Wasser immer mehr?», will Noah wissen.

Nina zögert. «Das ist eine gute Frage. Eigentlich ... Eigentlich sind wir selbst schuld.»

«Wir sind schuld?»

«Ja, wir Menschen. Weil wir der Natur keine Sorge getragen haben.»

«Und darum steigt jetzt das Wasser?» Normalerweise mag sie die Unschuld in Noahs Stimme, doch im Moment kann Nina sie kaum ertragen.

«Ja, irgendwie schon. Wir ...»

«Weil wir gemein zur Natur waren, ist die Natur jetzt gemein zu uns?»

«Naja ...», beginnt Nina. «So einfach ist es nicht.»

«Wie ist es dann?»

«Es ist ... Es ist kompliziert.»

«Ach so.»

Nina hat ihm schon einige Male gesagt, dass es kompliziert sei, wobei «es» jeweils andere Dinge meinte. Und sie ist nicht sicher, ob er diese Antwort tatsächlich als Erklärung akzeptiert oder ob er es leid ist, nachzuhaken. Sie müsste geduldig sein, müsste auf seine Fragen eingehen, müsste versuchen, ihm Dinge zu erklären, von denen sie weiss, dass er sie noch nicht verstehen kann. Sie müsste, es läge in ihrer Verantwortung als Mutter, es zu tun, aber sie tut es nicht, sie kann es nicht, auch jetzt nicht. Stattdessen legt sie erneut ihre Hand auf Noahs Kopf und lächelt ihn aufmunternd an, auch wenn ihr bewusst ist, dass das nicht genügt.

«Mama?»

«Ja, Noah?»

«Ach nichts.» Nina spürt, wie das Lächeln auf ihren Lippen verebbt. Sie vermutet, dass er sie und ihre Beschönigungen durchschaut, und schwankt zwischen Stolz und schlechtem Gewissen.

«Kann ich Juri besuchen gehen, wenn er am neuen Ort wohnt?», will Noah mit dünner Stimme wissen.

«Sicher», antwortet Nina etwas voreilig und schiebt umgehend eine Relativierung nach. «Falls sich irgendwann eine Gelegenheit ergibt, können wir ihn gern besuchen gehen. Es ist aber ziemlich weit weg, mehrere Stunden, selbst mit dem Auto. Und wir haben kein Auto.»

«Wir könnten uns vielleicht das Auto von Tante Hanna leihen.»

«Das könnten wir. Jedoch nur, wenn sie es nicht selbst braucht. Ausserdem müssten wir genügend Zeit haben. Im Moment wohnt er ja noch hier, und hier kannst du ihn jeden Tag besuchen.»

«Aber bald wohnt er nicht mehr hier, und dann kann ich ihn eben nicht mehr jeden Tag besuchen.»

Nina ist verblüfft, wie Noah ihren mühsam gezimmerten Argumenten mit überzeugenden Fakten entgegentritt. Auch ist ihr die Resignation in seiner Stimme nicht entgangen, schliesslich kennt sie diesen Tonfall aus ihren eigenen Worten nur zu gut. In einem ersten Reflex möchte sie ihm ein weiteres Mal ihre Hand auf den Kopf legen, lässt es aber bleiben.

«Es tut mir leid, Noah. Ich weiss, dass du Juri sehr gern magst. Und dass es dich traurig macht, dass er wegzieht.»

«Ich verstehe einfach nicht, warum Juri wegziehen muss.»

«Wahrscheinlich versteht es Juri ebenfalls nicht. Wahrscheinlich ist er genau so traurig wie du. Er muss schliesslich seinen Freund zurücklassen.»

Noah will etwas erwidern, schnappt dann nur nach Luft und

lässt seinen Kopf hängen. Als er fragt, ob er Juri besuchen dürfe, nickt Nina wortlos. Dieses Mal ist das aufmunternde Lächeln wirkungsvoller.

Nachdem Noah das «Oya» verlassen hat, schenkt sich Nina ein Glas Weisswein ein und stellt sich ans Fenster. Von hier aus kann sie den grossen Felsen am Meer sehen. Irgendwo dahinter liegt der Delfin, denkt sie, oder das, was von ihm übriggeblieben ist. Während das Bild der kümmerlichen Überreste des Tieres vor ihrem inneren Auge auftaucht, hallen die Schreie der Männer nach. Ihre Wut und ihre Brutalität lassen Nina noch immer erschaudern. Sie fragt sich, ob sie zu einem solchen Verhalten imstande wäre. Ob diese Rohheit, dieses Brutale auch in ihr schlummert und nur darauf wartet, geweckt zu werden. Sie kennt dieses Gebaren als etwas stereotypisch Männliches, eine archaische Gewalt, die sie bei Frauen noch nie registriert hat. Aber vielleicht ist sie bisher lediglich den falschen – also richtigen – Frauen begegnet. Oder den falschen – wirklich falschen – Männern.

Irgendwann wird Noah so alt sein wie die Männer vom Strand. Irgendwann werden sich auch in ihm gewisse männliche Regungen und Verhaltensweisen entwickeln, vielleicht weniger stark ausgeprägt, vielleicht heftiger. Irgendwann wird seine Stimme, in der sie so oft Unschuld hört, von erwachsener Härte und Nüchternheit dominiert sein. Nina mag dieses Irgendwann gar nicht erleben müssen.

Sie trinkt das Weinglas in einem Zug leer und schenkt noch einmal nach. Die alte Wanduhr neben dem Tresen steht auf halb vier. Nina wartet, bis der Minutenzeiger den nächsten kleinen Sprung macht.

Gemüseeintopf mit Erbsen

«Weisst du noch, wie wir damals in Paris gewesen sind? Natürlich weisst du es noch, warum solltest du es vergessen haben?»

Milly klopft einige Male mit der flachen Hand auf Hugos Schulter, als würde sie ihn zu seinem Erinnerungsvermögen beglückwünschen wollen.

«Wie hat das Hotel geheissen? Ich kann mich nicht erinnern. Es ist klein gewesen, hat nur wenige Zimmer gehabt, und die sind ebenfalls klein gewesen, zumindest unseres. Der Name des Hotels will mir nicht einfallen. Ich … Ist ja egal. Man sollte bei Erinnerungen nicht immer auf die Details achten. Obwohl, die Details machen ja die Erinnerungen aus. Ohne die Details könnte man auch einen Reiseführer aufschlagen oder ein Bild im Internet suchen. Das grosse Ganze ist nicht persönlich. Das Objektive ist nicht persönlich. Erst die Details machen die Dinge persönlich. Erst mit den Details erwachen die Dinge zum Leben.»

In einer Ecke an der Decke ist eine Spinne damit beschäftigt, ein Netz zu bauen. Milly beobachtet das Tier, ist beeindruckt von der Selbstverständlichkeit, mit der es arbeitet. Früher hatte sie sich vor Spinnen geekelt, sie waren zu klein und zu unberechenbar, hatten zu viele Beine und zu wenig Gesicht. Doch in den letzten Tagen sind ihr Spinnen und Insekten vertrauter geworden. Es ist gut, nicht das einzige lebende Wesen im Haus zu sein.

Hugo hatte auf ihre Angst vor Spinnen stets respektvoll reagiert, hatte sie weder ausgelacht noch belächelt. Sie mochte diesen Wesenszug, dieses grundsätzlich Gutmütige. Da war wenig Bösartiges in ihm, kaum Aggression. Es waren aber nicht nur negative Emotionen, die ihm fehlten. Milly wäre vermutlich dankbar für Zorn und Wut gewesen, wenn sie zugleich mehr Freude, Dynamik, Wärme, Liebe mit sich gebracht hätten. Doch allzu oft kamen von Hugo nur ein Schulterzucken und ein ratlos wirkender Blick.

Millys Gedanken kehren zurück nach Paris. «In welchem Arrondissement lag denn das Hotel? Im zehnten? Ich glaube, es war das zehnte Arrondissement. Oder das neunte? Ich weiss, es spielt keine Rolle. Aber es stört mich, dass ich mich nicht entsinnen kann. Ohne den Namen, ohne die Geografie bleibt das Hotel so theoretisch, so fremd. Es gehört nicht zu meiner Geschichte, zu unserer Geschichte. Es ist nicht viel mehr als eine Behauptung, nicht wahr? Oder genügt es, wenn man weiss, dass man da war? Wenn man die Wehmut spürt beim Erinnern? Denn die ist da, die Wehmut. Es waren schöne Tage, damals in Paris.

Unser Zimmer hat einen kleinen Balkon gehabt. Wir sind da draussen gestanden, haben auf Paris geblickt. Die Aussicht ist schön gewesen. Dennoch weiss ich noch, dass ich enttäuscht gewesen bin, dass wir den Eiffelturm vom Balkon aus nicht haben sehen können. Du hast den Arm um mich gelegt, hast mich zu dir herangezogen und gesagt, dass man den Eiffelturm auf allen Postkarten und in allen Reiseführern von Paris sehen könne. Den Eiffelturm sehen alle, hast du gesagt. Aber diesen Ausblick, den vom Balkon, den gebe es nur hier, nur für uns. Das hat so logisch geklungen, so tröstend. Vor allem ist es tief gegangen. So tief, dass ich mich noch heute daran erinnere, während ich den ganzen Rest, die Lage, den Namen, offensichtlich vergessen habe.»

Milly schluckt etwas hinunter, ein formloses Etwas, doch es bleibt im Hals hängen und sie muss husten. Sie schnappt nach Luft und spürt, wie ihr Herz schneller schlägt, nur wegen dieser Unregelmässigkeit der Atmung. Sie denkt daran, wie sich Hugo gefühlt haben muss, als das Seil ihm die Luft abschnürte. Würde man in diesem Moment nicht alles unternehmen, um wieder genügend Luft zu bekommen? Der Gedanke, dass man trotz dieser Panik unvermindert am Entschluss festhalten und tatsächlich in den Tod gehen kann, scheint ihr abwegig. Man muss doch erkennen, dass es ein Fehler war, denkt Milly. Man muss doch bereuen, muss zumindest zweifeln.

Sie ist nicht sicher, was schrecklicher wäre: dass Hugo seine Entscheidung im letzten Augenblick bedauerte. Oder dass er es nicht tat. Sie könnte ihn fragen, auch wenn sie keine Antwort erwarten kann. Aber sie fragt nicht. Stattdessen krümmt sie ihre Finger und macht Falten in Hugos weisses Hemd.

«Es ist warm gewesen, damals in Paris, sehr warm, da ist ein stetiges Flirren in der Luft gelegen. Trotzdem hat alles so leicht gewirkt, so unbeschwert. Die Vögel, die bunten Sommerkleider der Frauen, die Art und Weise, wie alte Männer mit ihren Fahrrädern durch die Gassen gefahren sind, das unvermeidliche Baguette im Gepäck. Die Seine ist am Abend wie flüssiges Gold durch die Stadt gezogen, und an allen Ecken sind Menschen gestanden, die sich entschieden hatten, vom Leben nur die guten Seiten zu sehen. Mag sein, dass ich mir alles viel zu schön und zu perfekt vorstelle. Womöglich sind da nur vereinzelte Sommerkleider, nur wenige Baguettes und Fahrräder zu sehen gewesen. Vielleicht geht mein Gedächtnis den Klischees auf den Leim. Aber ich weiss, dass wir dort glücklich gewesen sind. Ja, auch wir sind leicht gewesen.

Weisst du, was mir gerade einfällt? In jenen Tagen in Paris habe ich doch die Idee gehabt, ein Bistro zu eröffnen! Erinnerst du dich? Wir sind häufig in die Bistros gegangen, um zwischen unseren endlos langen Spaziergängen durch die Stadt etwas zu trinken. Und irgendwann habe ich gesagt, dass ich gern selbst ein Bistro eröffnen würde. Nicht in Paris, aber zu Hause. Nach unserer Rückkehr ist das Bistro noch einige Zeit lang ein Traum geblieben, ein Ziel, dem ich habe nachrennen können. Es ist so real gewesen, dieses Ziel. Ich bin überzeugt gewesen, dass ich bald mein eigenes Bistro aufmachen würde. Ich habe mir vorgestellt, wie ich vormittags die stillen Räumlichkeiten betreten und meine Fingerspitzen über die Stuhllehnen gleiten lassen würde. Ich würde die Tische putzen und die Dekorationen erneuern, den Kühlschrank und die Regale auffüllen, zwei oder drei Kuchen backen. Ich würde gespannt warten, bis die ersten Gäste kämen, und dann würde ich tief durchatmen und die Anspannung in meinen Schultern lösen können. Ich würde die Gäste bedienen, ihnen Kaffee bringen und vielleicht ein paar Croissants, womöglich ein Stück Kuchen. Ich würde mit ihnen über das Wetter reden und mich bedanken, wenn sie meinen Kuchen loben. Vielleicht würden weitere Gäste kommen, immer mehr, das Gemurmel im Bistro würde immer lauter und breiter werden, ein Teppich aus Stimmen, der die leise Musik im Hintergrund übertönt, mit einer ganz eigenen Melodie. Ich würde lachen mit den Gästen, und wenn sie auf ein ernstes Thema zu sprechen kämen, würde ich ein nachdenkliches Gesicht machen und ihnen zuhören, und sie würden reden, würden erzählen, vielleicht mehr, als sie eigentlich erzählen wollten. Das Reden, es würde ihnen leichtfallen, denn sie würden sich wohlfühlen in meinem Bistro. Und am Abend, wenn die letzten Gäste das Bistro verlassen hätten, würde ich am Tresen stehen und warten, bis der Nachklang ihrer Stimmen endgültig verstummt ist, bis es still geworden ist, und während des Wartens, da würde ich lächeln.

Am Anfang hast du mich noch unterstützt, mich sogar ermuntert, es tatsächlich zu tun. Doch bald hast du das Interesse verloren. Du hast mich nicht belächelt, natürlich nicht. Da ist kein Spott gewesen, in keinem Moment. Du wärst nicht in der Lage gewesen zu spotten. Dazu bist du viel zu anständig gewesen. Du hast bloss mit den Schultern gezuckt, wenn ich vom Bistro gesprochen habe. Hast mich mit einem wertfreien Blick angesehen und dann zu Boden geschaut. Hast aufgehört, mir zuzuhören. Und irgendwann habe ich aufgehört, darüber zu reden.»

Milly stösst sich mit dem Ellbogen von der Matratze ab und steht auf, betont langsam. Wenn sie von oben auf Hugo hinabschaut, sieht er aus wie ein schlafendes Kind, klein und friedlich. Sie würde ihn nicht wecken wollen.

***

Als ihr Magen knurrt, zuckt Milly zusammen und blickt unsicher zu Hugo hinüber, als befürchte sie, dass er sich vom Knurren gestört fühlen könnte.

«Er knurrt schon wieder. Ich habe Hunger. Ich hatte nie Hunger, all die Jahre verspürte ich keinen Hunger. Jetzt ist er plötzlich da, überfällt mich. Ich weiss nicht, wie ich mich verhalten soll. Klar, ich muss essen. Eine Alternative gibt es nicht. Es ist ganz einfach. Trotzdem beunruhigt mich diese Reaktion meines Körpers. Es ist ein Signal, und ich nehme es wahr, aber es fällt mir schwer, damit umzugehen. Ich will es ignorieren, das Signal, will es verdrängen, das Gefühl, doch es bleibt. Bald wird der Magen wieder knurren. Ich könnte ihn so laut schreien lassen, wie er will, aber womöglich ist es tatsächlich an der Zeit, etwas zu essen. Meine letzte warme Mahlzeit war vorgestern. Oder sind schon drei Tage vergangen? Ich war im Restaurant, habe ich dir ja erzählt. Es war angenehm da, das Essen war gut, und die Frau, die dort arbeitet, ist nett. Sehr nett. Du hättest sie auch gemocht. Sie ist keine von denen, die immer reden müssen, nur um ihre Stimme zu hören. Obwohl sie eine schöne Stimme hat. Ganz tief und warm. Habe ich dir von der Stimme erzählt? Egal. Ihr Name ist Nina. Sie kann gut reden. Und sie kann gut schweigen. Nicht so gut wie du. Natürlich nicht so gut wie du.»

Sie klopft mit der flachen Hand auf seinen Oberkörper, wie so oft in den vergangenen Tagen. Da ist eine Zärtlichkeit in diesen Bewegungen, Zuneigung. Sie lächelt Hugo an und stellt sich vor, wie es wäre, wenn er das Lächeln erwidern würde.

Nachdem sie die Tür hinter sich geschlossen hat, wartet sie einige Sekunden, horcht auf ein Geräusch im Haus, doch es bleibt still. Milly geht durch den kleinen Garten, berührt einige der langen Halme mit ihren Fingerspitzen, folgt dem Flug einer Biene, bis sie das Insekt aus den Augen verliert. Manchmal sassen Hugo und sie auf den alten Holzstühlen am kleinen Tisch vor dem Haus, und während das Tageslicht sich allmählich zurückzog, unterhielten sie sich. Meistens war es Milly, die redete, doch Hugo war präsent, er hörte zu, er antwortete, er argumentierte. In jenen Momenten hatte sie nie das Gefühl, dass er lieber woanders wäre. Das kam erst später.

Auf dem Weg zum Restaurant stellt sie sich vor, wie es gewesen wäre, mit Hugo dort essen zu gehen. Er ging nicht gern aus, doch das kleine Restaurant mit seinem leicht heruntergekommenen Charme und der allgegenwärtigen Wärme hätte ihm gefallen, davon ist Milly überzeugt. Auch wenn sie in den letzten Tagen häufig nicht sicher war, ob sie ihn tatsächlich so gut kannte, wie sie ihn zu kennen glaubte.

«Du siehst schon wieder hungrig aus», sagt Nina mit einem tadelnden Unterton, den sie mit einem Lächeln entkräftet.

«Darum bin ich hier. Wegen deinen Spaghetti.» Milly setzt sich wieder auf den hohen Stuhl am Tresen, als habe er sich bereits als Stammplatz etabliert.

«Du musst keine Spaghetti essen. Der Koch ist da, du hast freie Wahl.»

«Ach so. Ich habe mich aber sehr auf deine Spaghetti gefreut.»

«Er ist gut, der Koch.»

«Das bezweifle ich nicht», gibt Milly zurück und wundert sich darüber, wie entrüstet ihre Stimme klingt. «Sie haben mir sehr gut geschmeckt, deine Spaghetti, und ich wollte Nachschlag», fügt sie beinahe entschuldigend an.

«Er hat Gemüseeintopf gemacht.»

«Wer hat Gemüseeintopf gemacht?»

«Der Koch. Ganz frisch. Also der Gemüseeintopf. Nicht der Koch.»

«Aha.»

«Ich mache dir einen Vorschlag», sagt Nina und verleiht ihrer Stimme dabei einen geheimnisvollen Klang, als wären sie beide Teil einer Verschwörung, die einzigen Eingeweihten in einem geheimen Plan.

«Ich bringe dir einen Teller Gemüseeintopf. Wenn du ihn magst, dann isst du ihn. Und wenn du ihn nicht magst, koche ich dir Spaghetti. Abgemacht?»

«Abgemacht.» Milly will das Verschwörerische bewahren, doch die Ernsthaftigkeit, mit der Nina der Situation begegnet, lässt sie grinsen. «Gemüseeintopf. Warum nicht? Sind Erbsen drin?»

«Ob Erbsen drin sind?», fragt Nina.

«Ja. Sind Erbsen drin? Im Gemüseeintopf?»

«Ich bin mir nicht sicher. Willst du, dass Erbsen drin sind? Oder soll es keine Erbsen drin haben? Wie ist deine Haltung gegenüber Erbsen? Verabscheust du sie? Ekeln sie dich an? Bist du womöglich allergisch? Oder bist du ihnen zugetan? Würdest du nie einen Gemüseeintopf essen wollen, in dem Erbsen fehlen?»

Ninas Wortschwall überrumpelt Milly. Zwar erkennt sie den Humor darin, glaubt zumindest, ihn zu erkennen. Aber sie denkt, dass es für diese Art von Humor eine gewisse Vertrautheit als Voraussetzung bräuchte – eine Vertrautheit, die es kaum geben kann, wenn man sich nur flüchtig kennt.

«Ich … Ich mag Erbsen nicht so gern», erklärt Milly. «Aber es ist nicht schlimm, wenn Erbsen im Gemüseeintopf sind. Eigentlich ist es egal.»

«Weisst du was? Ich frage einfach den Koch.»

Nina trommelt mit ihren Fingern auf Millys Handrücken, wohl um sie zu beruhigen. Dann wendet sie sich ab und geht in die Küche. Dieses freundschaftliche, sanfte Trommeln, es erinnert Milly daran, wie sie jeweils auf Hugos Brust klopft, während er still im Hobbyraum liegt. Es ist merkwürdig, dass sie in diesem Moment, hier im Restaurant, an Hugo denkt. Sie hat ihn nicht mitgenommen, hat ihn draussen gelassen, vor dem Restaurant oder sogar im Hobbyraum. Jetzt ist er hier, und Milly weiss nicht, was sie mit ihm machen soll.

«Heute ist dein Glückstag», meint Nina fröhlich, als sie aus der Küche zurückkehrt. «Der Koch gibt häufig Erbsen zum Gemüseeintopf, doch er hat keine frischen bekommen können, darum hat er sie weggelassen. Du darfst dich also auf einen komplett erbsenfreien Gemüseeintopf freuen.»

Da ist ein Leuchten in Ninas Gesicht, und einen Moment lang denkt Milly, dass die junge Frau tatsächlich Freude darüber empfindet, ihr diese Nachricht überbringen zu dürfen. Sie wischt den Gedanken weg, findet ihn lächerlich. Dennoch ist sie gerührt von Ninas Art, fühlt sich privilegiert.

«Ich hätte mich auch auf einen erbsenhaltigen Gemüseeintopf gefreut», sagt Milly, obwohl sie etwas anderes denkt.

Es sind weitere Gäste im Restaurant, ein älterer Mann, der allein an einem Tisch sitzt, und eine Familie mit zwei Kindern. Der Mann isst offenbar eine Portion jenes erbsenfreien Gemüseeintopfs. Die Familie ist erstaunlich ruhig, auch die Kinder, vielleicht sechs und acht Jahre alt, reden kaum ein Wort und sitzen mit durchgestrecktem Rücken und vollkommen still auf ihren Stühlen. Milly hat wenig Ahnung von Kindern, aber sie weiss, dass Sechsjährige und Achtjährige äusserst ungern länger als einige Minuten ruhig auf einem Stuhl sitzen. Die Familie wirkt wie ein Standbild, und wenn eines der Kinder oder die Mutter nach dem Wasserglas greift, ist die Bewegung so unerwartet, dass Milly erschrickt. Der Vater hat zwar ebenfalls ein Glas mit Wasser vor sich stehen, doch er greift nicht danach. Er betrachtet es lediglich, als erwarte er, im Glas eine Antwort auf eine Frage zu finden, die ihn schon lange beschäftigt.

Milly schaut zu, wie Nina der Familie das Essen bringt, keinen Eintopf, sondern jeweils einen Teller mit Nudeln und Gemüse. Als sich Nina entfernt hat, sitzt die Familie weiterhin still auf den Stühlen. Alle starren den Teller vor sich an. Erst als der Vater etwas murmelt, beginnen sie zu essen, zaghaft und bedachtsam, nahezu ängstlich. Milly ist so fasziniert von der Szene, dass sie nicht bemerkt, dass Nina neben ihr steht.

«Seltsam», flüstert Nina.

«Ja», erwidert Milly. Sie fühlt sich ertappt und fragt sich, ob Nina vielleicht nicht die Familie meint, sondern die Art und

Weise, wie Milly die Familie anstarrt. «Naja, alle so, wie sie möchten.»

«Natürlich», gibt Nina zurück, noch immer flüsternd. «Aber die Kinder. Für die Kinder ist das doch schrecklich. Und so traurig. Das macht etwas mit den Kindern, glaube ich. Das werden die nie mehr los.»

«Vielleicht haben wir einen falschen Eindruck. Womöglich ist heute einfach ein merkwürdiger Tag für diese Familie.»

«Das glaube ich nicht. Sie sind nicht zum ersten Mal hier. Sie kommen hin und wieder vorbei, essen Nudeln und Gemüse, trinken Wasser. Es ist jedes Mal das gleiche Bild.»

«Die armen Kinder», sagt Milly und ist nicht sicher, ob sie wirklich so empfindet oder ob sie es lediglich gesagt hat, um Nina zustimmen zu können.

Die Familie isst schweigend und zügig, und als Milly einige Minuten später ihren Teller Gemüseeintopf in Empfang nimmt, hebt der Vater seine Hand und verlangt mit einem sonoren Grummeln nach der Rechnung. Kaum hat er bezahlt, erhebt er sich, seine Frau und die Kinder tun es ihm gleich, und wie in einer stummen Prozession schreiten sie zur Tür und verlassen das Restaurant. Als die Tür hinter ihnen ins Schloss fällt, blickt Milly Nina an. Sie möchte ernst bleiben, doch das Grinsen, das sich auf Ninas Gesicht ausbreitet, ist so echt und herzlich, dass Milly sich ebenfalls nicht mehr beherrschen kann und kurz auflacht.

«Das ist nicht nett», meint sie, nachdem sie sich wieder gefangen hat.

«Nein, nicht nett. Aber man muss auch nicht immer nett sein», findet Nina. «Wie ist der Gemüseeintopf?»

«Ganz grossartig», antwortet Milly und muss nicht einmal schwindeln.

«Er könnte noch ein paar Erbsen gebrauchen, nicht wahr?»

«Arbeitest du gern hier, im Restaurant?» Milly hat den Teller leer gegessen, und nachdem der ältere Mann das Lokal verlassen hat, sind die beiden Frauen allein.

«Es ist nicht schlecht», antwortet Nina nach kurzem Zögern. «Es ist nicht das, was ich mir von meinem Leben erträumt habe. Aber es ist okay. Und eigentlich bin ich gar nicht mehr sicher, was ich mir von meinem Leben erträumt habe.»

«Wirklich?», fragt Milly ungläubig. «Kann man seine Träume tatsächlich vergessen?»

«Nein, wahrscheinlich nicht. Aber man kann sie verdrängen, verstecken, verstauen, in irgendeiner Schublade.»

«Ja, das kann man. Und irgendwann öffnet man dann diese Schublade wieder. Und ist erstaunt, was man darin findet.»

«Möglich, ja.» Nina klingt zaghaft.

«Ich habe einst davon geträumt, ein Bistro zu betreiben», fährt Milly fort. «Eine Zeit lang drehten sich meine Gedanken einzig und allein um dieses Bistro. Hugo und ich … Hugo ist mein Mann … Also war mein Mann … Er lebt nicht mehr … Schon lange …»

Milly hält inne. Sie hat Hugo nicht erwähnen wollen, er ist von allein aufgetaucht, so plötzlich, dass sie seinen Tod reflexartig wegzuschieben versuchte. Sie hofft, dass Nina nicht nachfragt, und redet möglichst rasch weiter.

«Jedenfalls, Hugo und ich, wir waren in Paris, und ich hatte mich in die Bistros verliebt, fand sie bezaubernd, so charmant und lebendig, kleine Universen mit runden Tischen. Und dann, in den Wochen danach, dachte ich unaufhörlich daran, selbst ein Bistro zu eröffnen. Das waren nicht nur Tagträume. Ich machte konkrete Pläne, überlegte mir, wo ich die passenden Räumlichkeiten finden könnte und wie das Namensschild vor dem Lokal aussehen würde. Ich sah alles bereits vor mir. Wenn ich die Augen schloss, konnte ich mich im Bistro bewegen, konnte meine Fingerspitzen über die Tischplatten gleiten lassen und die Weingläser im Regal anordnen. Ich konnte die Bilder an der Wand sehen, und wenn eines schräg hing, rückte ich es lächelnd gerade. Ich konnte das Klappern von Geschirr hören, das scharrende

Geräusch, das entsteht, wenn ein Stuhl über den Boden geschoben wird. Ich konnte den Stammgästen das gewohnte Glas Wein bringen und jenen, die zum ersten Mal im Lokal waren, die Spezialität des Hauses empfehlen. Ich konnte das sanfte Dröhnen der Kaffeemaschine hören, konnte den Dampf sehen, wie er aus der Tasse stieg. Ich hatte zwar keine Ahnung, wie ich das Bistro hätte realisieren können, aber in meinem Kopf war es bereits vollkommen real.»

«Und dann?», hakt Nina nach.

«Ich weiss nicht. Wahrscheinlich ging ein Tag nach dem anderen vorüber, ohne dass etwas geschah. Und jeder Tag, der vorüberging, nahm einen Stein aus jenem Luftschloss, das ich mir gebaut hatte. Bis am Ende nicht mehr viel übrig blieb, nur noch eine Ruine.»

Nina streckt ihre Hand aus und legt sie auf Millys Arm.

«Das klingt traurig.»

«Ach, so schlimm ist es nicht», gibt Milly zurück, mit einem matten Lächeln im Gesicht, das kaum zu den Augen reicht. «Es ist nicht so, als könnte ich mich beklagen. Ich hatte ein gutes Leben, habe es noch immer.»

«Ob man traurig ist, hängt nicht zwingend davon ab, wie gut oder schlecht das Leben im Allgemeinen ist. Auch Menschen mit dem besten Leben – was immer das sein mag – sind hin und wieder traurig. Zum Beispiel, wenn sie jemanden verlieren, den sie lieben. Noah, mein Sohn, er ist kein trauriger Junge. Ein wenig ernsthaft vielleicht, aber nicht traurig. Doch nun, da sein bester Freund wegzieht, weint er. Weil sein Herz zerbricht. Oder vielleicht nicht zerbricht, aber zweifellos bröckelt.»

«Es ist nicht immer einfach, sich einzugestehen, dass man traurig ist.» Ihr fällt auf, dass sie in jenem Moment, als Nina davon gesprochen hat, wie es ist, jemanden zu verlieren, den man liebt, nicht sofort an Hugo gedacht hat. Erst jetzt, als sie sich an diesen Satz erinnert, ist Hugo da. Diese Verzögerung verunsichert sie.

«Vielleicht», unterbricht Nina ihre Gedanken. «Trotzdem ist es wichtig, traurig sein zu dürfen. So wie es wichtig ist, zu lachen, zu jubeln, zu schreien, zu weinen. Wir sind ja nicht nur eine Emotion. Wir sind die ganze Bandbreite.»

«Die ganze Bandbreite», wiederholt Milly.

Nina nickt. «Wir sind alles. Das ganze grosse Feld der Gefühle.» Nach einer kurzen Pause räuspert sie sich. «Aber was weiss ich? Eigentlich nichts. Eigentlich habe ich keine Ahnung, wer wir sind.»

«Ich finde, das klingt ziemlich vernünftig.»

«Ja?»

«Ja.»

«Ich glaube dir», sagt Nina grinsend. «Du hast mehr erlebt, mehr gesehen. Du bist klüger als ich.»

«Da bin ich mir nicht ganz sicher.»

«Wie ist es so in der unteren Stadt?», fragt Milly, nachdem Nina ihnen ein Glas Wein eingeschenkt hat. «Ich stelle es mir ziemlich schwierig vor, dort zu leben. Mit den … Mit den Demonstrationen.»

Nina zögert, als müsse sie sich ihre Worte sorgsam zurechtlegen. Sie blickt aus dem Fenster des «Oya», in jene Richtung, in der die untere Stadt liegt.

«Es ist immer eine Spannung in der Luft, dort unten. Viele von denen, die noch hier sind, verleihen ihrem Unmut Ausdruck. Sie gehen auf die Strasse, mit grossen Transparenten und grossem Zorn. Manchmal hallen ihre Rufe so laut von den Fassaden, dass ich sogar in unserem Haus bei geschlossenen Fenstern verstehen kann, was sie brüllen. Sie wollen gehört werden, wir alle wollen gehört werden. Doch die Kundgebungen entfalten keine Wirkung, sie verändern nichts, und das macht die Leute nur noch wütender.»

«Hat es nicht gestern schon wieder Verletzte gegeben?», fragt Milly, auch wenn sie die Antwort kennt.

«Ja, zwei. Eine Demonstrantin und einen Polizisten. Ich bin nicht sicher, was ich von den Kundgebungen halten soll. Einerseits verstehe ich die Demonstrierenden, kann ihre Motive nachvollziehen, auch ihre Gefühle. Sie fühlen sich im Stich gelassen, von der Regierung, wahrscheinlich von der ganzen Welt. Zwar gibt es sicherlich solche, die von anderen Orten anreisen, um zu demonstrieren. Diesen Krawalltourismus gibt es immer und überall. Aber die meisten Leute, die auf die Strasse gehen, wohnen hier, in einer der Strassen in der unteren Stadt. Jener Strassen, in denen sich der Müll stapelt, weil ihn niemand abtransportiert. In denen man an manchen Tagen knöcheltief im Wasser steht. In denen die Geschäfte schliessen, weil niemand mehr einkaufen mag. Jene Strassen mit den Häusern, aus denen die Hoffnung längst ausgezogen ist. Nur diese Menschen leben noch dort, harren aus, auch wenn sie es kaum aushalten können. Und weil sie es kaum aushalten können, demonstrieren sie, fordern Unterstützung, fordern Beachtung. Ich kann das gut verstehen. Ich bin ja eine von ihnen, mit dem Unterschied, dass ich nicht demonstriere. Was ich nicht verstehen kann, ist die Gewalt, die Zerstörung.»

Milly beobachtet Ninas Gesicht, sieht, wie sich die Muskeln anspannen, wenn sie redet. Nina wirkt konzentriert, sie wirkt engagiert. Vor allem wirkt sie wie eine Frau, die sich sehr viele Gedanken gemacht hat über die Situation in der Stadt, diese aber nie in Worte fassen konnte. Sie kennt Nina zu wenig gut, um einschätzen zu können, ob ein solcher Wortschwall typisch für sie ist. Doch es ist augenscheinlich, dass sich etwas löst, was sich angestaut hat.

«Da ist so viel Wut», fährt Nina fort. «Die Wut, die diese Menschen verspüren, sie ist zwar nachvollziehbar, ist gerechtfertigt. Aber deshalb mutwillig Teile jenes Ortes zu zerstören, den man mit seinen Aktionen eigentlich retten will, ist nur schwer zu begreifen. Manchmal gehe ich zum Meer, und in einer der Gassen brennen Mülltonnen neben zerschmetterten Schaufenstern.

Dann wieder liegen Möbel auf dem Gehsteig, schmutzige Kleidung und überall Abfall.»

Ninas Blick eilt vom Fenster zum Weinglas, dann zum Boden, dann zu Millys Augen und schliesslich wieder zum Fenster. Diese Rastlosigkeit, sie wirkt fremd, passt nicht zu Ninas sonst deutlich ruhigeren Art.

«Hin und wieder sieht man Leute aufräumen. Es sind keine Demonstrierende. Es sind Menschen wie ich, Menschen, die in der unteren Stadt wohnen und sich so lange wie möglich ein kleines Stück Lebensqualität bewahren möchten. Sie räumen den Dreck weg, die Spuren der Aggressionen, und dann stehen sie da, in den Strassen und Gassen, die ihre Heimat sind, zwingen sich zu einem Lächeln und warten, bis die nächste Welle des Zorns kommt. Manchmal helfe ich mit. Es fällt mir nicht leicht, vor allem, wenn mir die Sinnlosigkeit bewusst wird. Die Bemühungen werden stets wieder zunichtegemacht. Es ist ein unguter Kreislauf, und er ermüdet mich. Die Ungewissheit macht es nicht einfacher. Wüsste ich, dass in einem Jahr alles vorbei sein würde, könnte ich zweifellos entspannter reagieren. Doch es wird nicht vorbei sein. Es wird nicht besser werden. Es wird eher schlimmer werden.»

Aus Ninas Stimme dringt Resignation, und Milly möchte ihre Hand ausstrecken, sie auf Ninas Schulter legen oder auf den Unterarm. Es gelingt ihr nicht. Stattdessen krümmt sie ihre Finger und gräbt die Nägel in die Handfläche. Sie sucht nach tröstenden Worten, ist dann allerdings nicht sicher, ob tröstende Worte überhaupt nötig oder angebracht sind.

«Ich kann nicht wissen, wie du dich fühlst, aber ich kann es ein wenig nachvollziehen. Es muss furchtbar sein, wenn das Gewohnte verschwindet. Wenn sich das Leben, in dem man zu Hause ist, plötzlich verändert, tiefgreifend verändert. Ich glaube, ich könnte nicht damit umgehen, zu wissen, dass mein Haus in absehbarer Zeit nicht mehr bewohnbar sein wird.»

Milly bemerkt, wie ihr der Gedankengang entgleitet; was sich soeben noch so klar vor dem inneren Auge zeigte, löst sich auf und lässt eine abrupte Wortlosigkeit zurück. Sie sieht sich suchend um, bis ihr Blick einen kleinen Spielzeugroboter findet, der in einem Regal steht.

«Wie geht denn dein Sohn damit um?», fragt Milly.

«Noah macht es ganz wunderbar. Aber manchmal bringt er mich an meine Grenzen.»

«Warum?»

«Nun, gestern erzählte er, dass sein bester Freund wegzieht, und dann fragte er mich, ob wir auch wegziehen müssten. Ich hasse diese Frage. Ich stelle sie mir selbst viel zu oft. Dennoch wusste ich nicht, was ich ihm antworten sollte. Ich versicherte ihm, dass wir nicht wegziehen müssten, doch dann fügte ich ein Aber an, und noch eines, und noch eines. Ich mag ihn nicht traurig machen. Gleichzeitig will ich keine Illusionen aufbauen, denn wenn Illusionen zusammenstürzen, ist die Erschütterung ungleich grösser. Noah schien zufrieden mit meinen Erklärungen. Ich bin es nicht. Meine Erklärungen genügen mir nicht. Ich sehne mich nach einer echten Wahrheit, nach einer Art von Verbindlichkeit, in der kein Aber mehr notwendig ist.»

«Wie beantwortest du die Frage, ob ihr wegziehen müsst, für dich selbst?»

«Wenn kein Wunder geschieht, dann müssen wir wegziehen, das ist klar. Und es wird kein Wunder geschehen. Früher oder später werden wir die wichtigsten Dinge aus dem Haus schaffen und der Stadt den Rücken kehren müssen. Das ist die Realität. Aber ich bin gut darin, die Realität zu verdrängen.»

«Ist es nicht normal, dass du die Realität nicht wahrhaben willst oder kannst? Die Stadt ist schliesslich dein Zuhause.»

«Das ist sie. Ich liebe diese Stadt. Sie ist ein Teil von mir, wie ich ein Teil von ihr bin. Ja, sie ist mein Zuhause. Sie ist das Zuhause von Noah. Hier spielt unsere Geschichte, und ich will nicht, dass sich der Schauplatz unserer Geschichte ändert. Doch was soll ich tun, wenn das Hierbleiben nicht mehr möglich ist?»

«Ihr könntet in die obere Stadt ziehen, oder nicht?», entgegnet Milly.

«Wir haben kaum Bezug zur oberen Stadt, sie gefällt uns nicht, und vor allem haben wir nicht einmal ansatzweise genügend Geld, um dort zu leben.»

«So teuer kann es doch gar nicht sein», erwidert Milly und ist überrascht vom entrüsteten Klang ihrer Stimme.

«Doch, das ist es», erklärt Nina. «Hin und wieder liest man noch davon, dass günstiger Wohnraum entstehen soll, aber jedes Mal, wenn neue Wohnungen gebaut werden, sind sie teurer als die bestehenden. Es scheint, als habe die obere Stadt genauso wenig Interesse an uns wie wir an ihr.»

Nina blickt auf, ihre Augen halten inne, die Anspannung zieht sich aus ihrem Gesicht zurück und macht einem zaghaften Lächeln Platz.

«Es tut mir leid, dass ich dich mit meinem Gejammer behellige.»

«Es stört mich nicht im Geringsten», gibt Milly zurück. «Im Gegenteil. Ich höre dir gern zu.»

«Das ist schön. Danke.»

Höhenangst

Die Wolken hängen in dicken Fetzen über dem Meer, das Wasser wirkt dunkelgrau, die Wellen rollen stoisch rauschend ans Ufer. Nina blickt gern hinaus, wenn die Wildheit des Meeres nahezu greifbar wird. Die Marmorierung des Himmels erzeugt eine eigentümliche Körperlichkeit, die an wolkenlosen Tagen fehlt. Während Noah von der kleinen Anhöhe zum Strand hinunterrennt, folgt ihm Nina nur mit den Augen, sieht zu, wie er immer kleiner wird. Einige Meter vor dem Ufersaum hält er inne, dreht sich um und winkt ihr zu. Er brüllt etwas, doch das Rauschen des Wassers verschlingt seine Worte. Nina geht in seine Richtung, registriert bei jedem Schritt, wie der Sand unter ihren Füssen ein wenig nachgibt, wenn auch nicht so sehr, wie sie es erwarten würde. Allmählich dringt Noahs Stimme durch das Rauschen.

«Es ist alles ganz neu!»

«Es ist alles ganz neu?», wiederholt Nina.

«Ja, es ist alles ganz neu!»

«Was ist neu?»

«Das Wasser. Das Wasser, das hier an den Strand kommt. Es sieht zwar so aus wie das Wasser von gestern, aber es ist nicht das gleiche Wasser wie gestern. Das Wasser, das heute hier ist, das war noch nie da. Wenn es hierherkommt, dann geht es in den Sand hinein oder wieder zurück ins Meer und fliesst weiter, und danach kommt neues Wasser. Und das neue Wasser geht wieder in den Sand hinein oder fliesst weiter. Und dann kommt wieder neues Wasser. Und so geht das immer weiter.»

«Ja, so geht das immer weiter. Es verändert sich. Findest du das gut oder schlecht?», will Nina wissen und überlegt zugleich, wie ihre eigene Antwort lauten würde.

«Eigentlich ist das doch gut», antwortet Noah. «Es wäre doch seltsam, wenn es immer das gleiche Wasser wäre. Das wäre so, als würde man das Wasser in der Badewanne immer drin lassen und einfach wieder warm machen.»

«Ich würde nicht da drin baden wollen», sagt Nina lachend.
«Ich auch nicht.»
«Hat dir schon mal jemand gesagt, wie klug du bist, Noah?»
«Du hast das gesagt, Mama. Schon ganz oft.»

«Komm, Mama, wir gehen da rüber!» Noah zeigt in eine Richtung, doch es ist jene Richtung, die Nina meiden möchte. Sie will nicht mit Noah in jene Richtung gehen, denn dort liegt der Delfin am Strand, oder das, was von ihm übrig geblieben ist, was mittlerweile nicht mehr allzu viel sein dürfte. Einen Moment lang überlegt sie, ob es nicht sogar sinnvoll und lehrreich wäre, wenn Noah die Überreste des Delfins sehen würde. Sie könnte ihm den Lauf des Lebens erklären, könnte ihm die Natürlichkeit des Sterbens vor Augen führen. Doch der Anblick würde Noah vor allem verstören, und ausserdem wären da die Männer. Sie würden in ihrer Erinnerung immer und immer wieder auf den toten Delfinkörper einstechen, und mit diesem Bild im Kopf könnte sie Noah nicht überzeugend vom Lauf des Lebens erzählen.

«Warum gehen wir nicht dorthin?», schlägt Nina vor und deutet auf die andere Seite des Strandes.

«Ich will aber da rüber», beharrt Noah und stemmt seine Hände in die Hüften. Nina fragt sich, ob er diese Haltung bei ihr abgeschaut hat.

«Warum willst du denn da rüber?»

«Dort hat es manchmal einen See im Sand.»

Nina kennt den See. Wenn das Wasser genügend weit über den Strand gespült wird, sammelt es sich in einer kleinen Kuhle. Sie mag den See im Sand ebenfalls.

«Ich würde lieber auf die andere Seite gehen. Vor einiger Zeit habe ich dort einen richtig grossen Krebs entdeckt.»

«Wie gross?»

«Richtig gross», gibt Nina zurück und macht eine ungenaue Handbewegung.

«War der tot?»

«Nein, er hat sich bewegt. Ganz gemächlich. Hin und wieder blieb er stehen. Ich weiss nicht, warum er so langsam ging. Vielleicht war er verletzt.»

Sie hat schon mehrfach Krebse am Strand gesehen, auch solche, die etwas grösser waren als die anderen. Doch die Begegnung mit diesem richtig grossen Krebs hat es nie gegeben. Nina verspürt noch immer ein gewisses Bedauern, jedes Mal, wenn sie Noah belügt.

«Und jetzt willst du nachschauen, ob er noch da ist?»

«Nein», antwortet Nina. «Nein, er ist bestimmt nicht mehr da. Aber vielleicht ein anderer.»

«Sollen wir nachschauen?»

«Wenn du das gern möchtest.»

Sie schaut ihm nur kurz in die Augen und dann aufs Meer hinaus. Als Noah an ihr vorübergeht, folgt sie ihm, und während sie nebeneinander hergehen, legt sie ihm die Hand auf den Kopf. Sie wünscht sich, dass sie dort, auf der anderen Seite des Strandes, einen Krebs sehen, einen riesigen Krebs, grösser als alle anderen Krebse. Sie wünscht es sich nicht nur, weil es ihr schlechtes Gewissen beruhigen würde. Sie wünscht es sich nicht nur für Noah. Sondern auch für sich. Sie möchte einfach einen grossen Krebs sehen. Und keinen Delfin.

Noah wirkt nicht sonderlich enttäuscht, als er die wenigen Ektoskelette von kleinen Krabben betrachtet, die vor ihnen im Sand liegen. Er greift nach ihrer Hand.

«Nicht traurig sein, Mama. Vielleicht sehen wir beim nächsten Mal einen grossen Krebs.»

«Einen richtig grossen», sagt Nina leise und drückt Noahs Hand.

Sie setzt sich hin, gräbt ihre Füsse in den Sand und lässt ihren Oberkörper nach hinten kippen. Noah legt sich neben sie. Er schiebt seinen Kopf auf ihren Oberarm, seine Haare kitzeln an ihrer Wange, doch es stört sie nicht, im Gegenteil. Am Himmel schieben sich die Wolken schichtweise ineinander, hin und wieder schwebt eine Möwe stumm ins Bild, vom Wind getragen.

«Mama?»

«Ja, Noah?»

«Du hast doch Höhenangst, oder?»

«Ein bisschen.»

«Was ist, wenn ein Vogel Höhenangst hat? Der kann dann ja gar nicht mehr fliegen, ohne Angst zu haben.»

«Ja, das wäre ziemlich blöd», gibt Nina zurück. «Aber ich bin nicht sicher, ob Vögel Höhenangst haben können.»

«Wenn ein Vogel Höhenangst haben könnte, dann will ich, dass es ein Strauss ist. Der kann sowieso nicht fliegen.»

«Ja, ein Strauss. Oder ein Emu.»

«Was ist ein Emu?»

«Ein Laufvogel, etwas kleiner als der Strauss. Er lebt in Australien.»

«Der kann auch nicht fliegen?»

«Nein, kann er nicht.»

«Dann könnte er Höhenangst haben, ohne dass es ihn stören würde.»

«Könnte er.»

«Oder ein Pinguin.»

«Genau, ein Pinguin», wiederholt Nina grinsend.

«Oder ein Delfin.»

Nina zuckt zusammen, als sie das Wort hört. Sofort taucht das Bild auf, die kümmerlichen Überreste des einst so eleganten und geschmeidigen Körpers. Sie glaubt, ein aufkeimendes Zittern zu spüren, und spannt ihre Muskeln an, um sich möglichst nichts anmerken zu lassen.

«Aber …», sagt sie stotternd, «aber Delfine sind … Delfine sind keine Vögel.»

«Nein. Aber sie können auch nicht fliegen. Und auch nicht klettern oder Treppen steigen oder Lift fahren oder so. Sie kommen nie hoch hinauf. Also wäre es egal, wenn sie Höhenangst hätten.»

«Ja, Höhenangst ist für Delfine eines der kleinsten Probleme.»

«Haben Delfine denn andere Probleme?»

«Haben sie bestimmt. Vielleicht haben sie Angst, wenn ein grosses Schiff über ihnen vorüberfährt. Sie sind sicher traurig, wenn ein Freund stirbt. Und der Mensch ist für Delfine ebenfalls ein Problem.»

«Warum ist der Mensch denn ein Problem für Delfine?»

Nina ist berührt von der Unschuld in Noahs Frage. Zugleich betrübt es sie, dass er diese Unschuld verlieren wird. Und sie hadert damit, dass sie ihn in ihrer Rolle als Mutter immer wieder mit einer Realität konfrontieren muss, die ihn enttäuscht.

«Menschen sind nicht immer nett zu Tieren oder zur Natur im Allgemeinen.»

«Was machen sie denn mit Delfinen?»

«Zum Beispiel fangen sie Fische, mit grossen Netzen, und häufig bleiben auch Delfine in diesen Netzen hängen.»

«Dann könnten sie die Delfine doch einfach befreien.»

«Meistens sterben sie in den Netzen.»

«Aber könnten die Menschen denn nicht besser aufpassen?»

«Sie könnten vielleicht schon. Aber sie wollen wahrscheinlich nicht. Es würde Zeit und Geld kosten.»

«Das ist gemein», sagt Noah. Seine Stimme klingt noch tiefer als sonst.

«Ja, das ist es.»

«Manchmal macht doch das Wasser so kleine Bäche und Seen im Sand», sagt Noah und bereitet damit einem langen Schweigen ein Ende.

«Ja, das macht es», bestätigt Nina und hofft, dass er nicht fragt, warum und wo die Rillen und Kuhlen im Sand verlaufen, denn auf diese Fragen wüsste sie keine Antworten.

«Könnte man denn nicht ganz viele Bäche und Seen graben, überall am Meer? Man könnte doch richtig grosse Löcher buddeln, überall dort, wo es genügend Platz hat und keine Häuser stehen, oder? Dann könnte das Wasser in diese Löcher hineinfliessen und würde nicht immer weiter steigen.»

«Das ist eine gute Idee, Noah», erwidert Nina und ist im ersten Moment tatsächlich erstaunt über die einleuchtende Logik. «Aber ich glaube nicht, dass es so einfach ist. Es müssten riesige Löcher sein, gross und tief. Und die müssten weit ins Land hineingehen, viele Kilometer. Selbst mit tausend Baggern würde man es nicht schnell genug schaffen.»

«Woher weisst du das?»

«Ich weiss es nicht. Aber ich glaube nicht, dass es klappen könnte.»

«Vielleicht könnte man das Wasser aus dem Meer holen.»

«Wie denn?»

«So wie beim Schwimmbecken der Nachbarn von Tante Hanna. Dort ziehen sie das Wasser mit einem Schlauch heraus.»

«Sie pumpen es ab. Ja, bei einem Schwimmbecken funktioniert das. Aber das Meer kann man nicht abpumpen. Dafür ist es viel zu gross.»

«Die Menschen könnten irgendetwas erfinden.»

«Ich glaube, ganz viele Menschen haben schon versucht, das Problem zu lösen. Bisher ist es noch niemandem gelungen. Dass das Wasser steigt, hängt mit ganz vielen Dingen zusammen. Zum Beispiel mit dem Wetter und damit, dass es immer wärmer wird. Darum schmilzt das Eis an den kältesten Orten der Erde viel schneller als sonst, was dazu führt, dass der Meeresspiegel, also die Höhe des Wassers, immer mehr steigt.»

«Aber du hast mal gesagt, dass die Menschen schuld daran sind, dass das Wasser steigt.»

«Das ist auch so», gibt Nina zurück. «Wir Menschen machen ganz viele Dinge, die nicht gut für die Umwelt und die Luft sind. Wir erzeugen Abgase, wir verbrauchen viel zu viele Stoffe aus der Natur. Und weil die Natur nicht damit umgehen kann, wird es immer wärmer.»

«Und darum steigt das Wasser?»

«Ja, vor allem darum», antwortet Nina unsicher. «Aber es ist alles nicht so einfach.»

«Ach so.»

«Mama?»

«Ja?»

«Wieso ist mein Papa gegangen?»

«Ach, Noah …»

«Was denn, Mama? Ich frage ja nur.»

«Ich weiss. Du darfst fragen. Ich kann dir nur keine einfache Antwort geben.» Sie lässt ihre Hand über seinen Kopf gleiten.

«Warum muss denn alles so kompliziert sein?»

«Keine Ahnung. Dein Papa, er wollte … wollte nicht mehr hier sein.»

«Das ist gar nicht so kompliziert.»

«Nein, eigentlich nicht. Aber es ist eben auch nicht so einfach.»

«Ich verstehe das nicht.»

«Ich genauso wenig.»

«Wollte er denn nicht sehen, wie ich gross werde? Wollte er mich nicht kennenlernen?»

«Ich bin sicher, er wollte wissen, was für ein wunderbarer Mensch du bist. Aber gleichzeitig wollte er eben auch weg. Und das Wegwollen war stärker.»

«Und er hat nie gesagt, wohin er geht?»

«Nein, er hat nie gesagt, wohin er geht. Er hat nicht einmal etwas angedeutet. Er stand eines Tages in der Küche und meinte, dass er mit mir reden wolle. Aber er wollte nicht reden. Er wollte nur etwas sagen. Er wollte sagen, dass er gehen müsse.»

«Wieso musste er gehen? Er wollte es doch, oder?»

«Ja. Nein. Wahrscheinlich hatte er das Gefühl, dass ihm nichts anderes übrig blieb. Vielleicht zog ihn etwas weg, eine unsichtbare Kraft.»

«Eine unsichtbare Kraft?», hakt Noah nach und löst sich, winkelt den Arm an und legt den Kopf in die Handfläche.

«Naja, manchmal verspüren Menschen einen gewissen Drang, etwas zu tun. Manche Leute können nicht duschen, ohne zu singen. Andere müssen immerzu bergsteigen, müssen auf alle Gipfel klettern. Und manche Menschen können nicht gut für längere Zeit am gleichen Ort bleiben. So wie dein Papa. Er wollte immer unterwegs sein. Wahrscheinlich …» Nina räuspert sich und dreht sich zu Noah. «Wahrscheinlich ist er nur wegen dir so lange geblieben.»

«Wegen mir?»

«Er wollte vielleicht versuchen, ein Vater für dich zu sein. Aber er hat es nicht geschafft. Die unsichtbare Kraft war grösser.»

«Wir hätten doch mit ihm mitgehen können.»

«Ich glaube nicht, dass er das gewollt hätte. Und vor allem hätte ich das nicht gewollt.»

«Warum nicht?» Noahs Stimme klingt ehrlich entrüstet, und einen Moment lang weiss Nina nicht, ob und wie sie sich rechtfertigen soll.

«Ich … Ich wollte, dass du ein Zuhause hast. Ein echtes Zuhause, an einem schönen Ort. Ich wollte nicht, dass du jedes Jahr in eine neue Schule gehen musst, dir laufend neue Freunde suchen musst. Ich wollte, dass du glücklich bist. Bist du glücklich?»

«Ich weiss nicht genau, was das heisst.»

Zum ersten Mal fühlt sich Milly gestört vom Geruch, der von Hugos Körper ausgeht. Noch immer leicht süsslich, dringt da auch etwas Fauliges in ihre Nase und lässt sie zusammenzucken. Der Geruch wirkt vertraut, und sie versucht, ihn einzuordnen, doch es gelingt ihr nicht. Zunächst will sie ihn ignorieren, legt sich neben Hugo und bettet wie gewohnt ihre Hand auf seine Brust. Nach wenigen Sekunden richtet sie sich ruckartig auf und geht nach oben ins Badezimmer. Sie nimmt eines seiner Parfüms aus dem kleinen Spiegelschrank und schnuppert am Zerstäuber. Der Duft weckt diffuse Erinnerungen, und sie weicht zurück, hält sich mit der freien Hand am Rand des Waschbeckens fest und presst die Augen zusammen. Er trug nicht allzu häufig Parfüm, aber sie liebte es, wenn er es tat. Er wirkte dann jeweils ungleich geheimnisvoller, gerade so, als wäre er in gefährlicher Mission unterwegs, wie ein Agent. Er sah nicht aus wie James Bond, dafür war sein Körper zu schmächtig, die Schultern zu sehr nach vorn geneigt. Wenn er jedoch sein Parfüm trug und sein weisses Hemd, dann fühlte sich Milly sicher und hatte den Eindruck, dem Leben könnte ein Hauch Abenteuer innewohnen. Wenn Hugo später schnarchend neben ihr im Bett lag, war das Abenteuer längst vorüber. Aber eine Ahnung davon war dagewesen, und meistens genügte ihr das.

Sie nimmt das Parfüm mit hinunter in den Keller, kniet sich neben Hugo und sprüht ihn ein. Die Duftmoleküle senken sich hinab auf seinen Körper, und Milly fragt sich, ob das, was sie gerade tut, respektlos ist. Sie will nicht respektlos sein. Sie will einfach neben Hugo liegen, ohne sich von seinem muffigen Geruch verdriessen zu lassen.

«Du hättest es häufiger tun sollen, Hugo. Parfüm tragen, meine ich. Du hattest eine andere Ausstrahlung, wenn du Parfüm trugst. Vielleicht nicht komplett neu. Aber anders. Lebendiger, kraftvoller. Ich hatte jeweils den Eindruck, dass du dir selbst mehr wert warst in diesen Momenten, in denen du Parfüm und dein weisses Hemd trugst. Eigentlich hättest du es jeden Tag tun können, nicht nur zu besonderen Anlässen. Dann wäre jeder Tag etwas Besonderes geworden.»

Milly hält inne und starrt auf das kleine Fenster unterhalb der Decke, durch das ein wenig Tageslicht dringt. Sie reibt Unterlippe und Zähne einige Male aneinander, dann schüttelt sie den Kopf.

«Nein, wahrscheinlich wäre nicht jeder Tag etwas Besonderes geworden. Wahrscheinlich wäre bloss das Besondere entwichen. Wäre normal geworden, wäre im stetigen Gewühl und Getümmel des Alltags untergegangen, hätte alle Wichtigkeit und Bedeutsamkeit verloren. Ja, wahrscheinlich war es gut so, wie es war.»

Sie legt ihren Kopf an seine Schulter und atmet den Duft ein. Er hat sich längst mit dem unangenehmen Geruch vermengt, ist nur noch ansatzweise erkennbar, doch Milly bleibt unbeirrt neben Hugo liegen und sieht zu, wie ihre Finger auf seine Brust klopfen.

«Ich frage mich, ob die Situation in der unteren Stadt sich bald beruhigen wird. Oder ob es so weitergeht, Tag für Tag, Monat für Monat, so lange, bis das Wasser in den Strassen und Gassen steht. Diese Wut, ich verstehe sie nicht. Was soll sie denn bezwecken? Und wogegen lehnen sich diese Menschen überhaupt auf? Sie schreien, dass sie Hilfe von der Regierung wollen, aber die Regierung kann das Wasser ja auch nicht zurückdrängen. Ich kann nachvollziehen, dass sie frustriert sind, dass sie Angst haben. Aber warum müssen sie Scheiben einschlagen und Steine werfen? Sie protestieren dagegen, dass ihre Stadt kaputtgeht, dabei machen sie diese Stadt selbst kaputt. Es ist so paradox, so widersinnig. Und dann die Polizei, die auf der anderen Seite steht. Eigentlich müsste sie für Ruhe sorgen, doch jedes Mal, wenn ich sie in den Nachrichten sehe, wirkt sie noch aggressiver als die Demonstrierenden. So ist es nur eine Frage der

Zeit, bis der nächste Mensch stirbt. Der Zorn wird dadurch nicht kleiner. Im Gegenteil.

Letzte Nacht ist die ‹Beständigkeit der Dinge› von Salvador Dalí von der Wand gefallen. Es lag am Morgen auf dem Boden, das Glas zersplittert, mittendrin in den Scherben der Nagel, an dem es hing. Du hast das Bild nie gemocht, hast immer wieder gesagt, dass du es merkwürdig fändest, mit seinen schmelzenden Uhren und der kargen Landschaft, und als ich es heute früh entdeckte, glaubte ich im ersten Moment, dass du es von der Wand geworfen hättest. Natürlich ist das nicht möglich. Du bist nicht nach oben gekommen und hast den Nagel aus der Wand gezogen. Dennoch hatte ich dich zunächst in Verdacht. Und weisst du was? Es tut mir nicht einmal leid. Ich würde mir wünschen, dass du Nägel aus der Wand ziehen könntest. Dass du Bilder von der Wand werfen könntest. Dass du irgendetwas tun könntest, irgendetwas, das an Leben erinnert.»

Millys Blick bleibt an Hugos Augenbrauen hängen. Sie sind dicht und buschig, waren es immer, schon als Hugo noch ein junger Mann war. Damals standen sie im starken Kontrast zur glatten Haut seines Gesichts, und oftmals wirkte es, als wären die Augenbrauen lediglich aufgeklebte Fetzen. Die Disharmonie war ihr sympathisch, sie verlieh ihm einen ungewöhnlichen Charme, doch als Hugos Haut mit den Jahren an Struktur gewann, sich die ersten Furchen abzeichneten und der Kontrast allmählich nachliess, vermisste Milly die Disharmonie nicht. Wenngleich sie mit dem Normalen und Alltäglichen haderte, war sie froh um die Verlässlichkeit, um die Beständigkeit der Dinge.

«Wir hatten es gut, nicht wahr?»

Sie wartet ab und lauscht, als würde sie tatsächlich damit rechnen, dass Hugo sich äussert. Erst nach einigen Sekunden redet sie weiter.

«Ja, wir hatten es gut. Wir können zufrieden sein. Es war nicht immer einfach. Aber was ist schon einfach? Man braucht hin und wieder Hindernisse, muss an ihnen wachsen können.

Und sag jetzt nicht, dass ich trotzdem nicht grösser geworden sei. Ich weiss, dass ich klein bin. Du bist ebenfalls kein Riese, und in den letzten Jahren bist auch du stetig kleiner geworden. Aber wir sind dennoch gewachsen, nicht wahr? Sind aneinander gewachsen, miteinander gewachsen. Und ich glaube, wir konnten nur wachsen, weil wir einander hatten. Du warst mein Dünger. Ich war dein Dünger. Gemeinsam konnten wir aufblühen. Du würdest lachen, wenn du mich in dieser Weise reden hören würdest. Lach nur, Hugo. Du meinst es ja nicht böse.

Ich wollte dir diese Frage schon so lange stellen. Eigentlich habe ich sie dir bereits gestellt, immer wieder, doch du hast nie eine wirkliche Antwort gegeben. Du wirst es auch jetzt nicht tun, jetzt noch viel weniger als früher. Trotzdem muss ich sie stellen, die Frage. Bist du … Warst du glücklich? Mir ist bewusst, dass es keine einfache Frage ist. Man könnte eine einfache Antwort wählen, könnte es sich einfach machen und lediglich Ja oder Nein sagen. Aber selbst im überzeugtesten und lautesten Ja gibt es Grauzonen. Relativierungen. Einschränkungen. Es ist, wie wenn man sagen soll, ob die Welt ein schöner Ort sei. Wer uneingeschränkt Ja sagt, lässt dadurch all die fürchterlichen Dinge aussen vor, an denen wir und die Welt erkrankt sind. Wer hingegen uneingeschränkt Nein sagt, verkennt die unzähligen Dinge, die das Leben auf dieser Erde bereichern. Ich weiss nicht, ob du Ja oder Nein sagen würdest, wenn ich fragen würde, ob die Welt ein schöner Ort sei. Und ich bin nicht sicher, was du antworten würdest, wenn ich fragen würde, ob du glücklich warst. Für dich klingt das alles vielleicht unwichtig, klingt nach dem belanglosen Gerede einer alten Frau, die zu viel Zeit zum Nachdenken hat. Und womöglich ist es das auch. Aber mir ist das wichtig. Ich wollte schon früher immer wissen, ob du glücklich bist, glücklich warst. Gefragt habe ich dich dennoch nur sehr selten. Und jetzt, da ich keine Hoffnung mehr auf eine Antwort habe, ist mir die Frage noch wichtiger als zuvor.

Hin und wieder erwische ich mich dabei, wie ich die schönen, bereichernden und erfüllten Momente gegen die leeren, banalen und kargen abwäge. Ich stelle sie gegenüber, wie auf einer Liste mit Pro und Kontra. Bisweilen häufen sich die Kontras, dann suche ich vehement nach weiteren Pros, weil ich nicht glauben will, dass die unguten Momente in unserem Leben tatsächlich überwiegen. Dann wieder sind da so viele Pros, dass ich sie relativiere, weil ich mich selbst verdächtige, die Dinge zu beschönigen. Am Ende schiebe ich die imaginäre Liste stets zur Seite und weise mich zurecht. Sage mir, dass ich einfach zufrieden sein soll. Ich … Ich bin es ja auch. War es immer. Trotzdem gelingt es mir nicht, die Zweifel loszuwerden. Sie bleiben immer da, hocken im Hinterkopf. Und lassen sich nicht vertreiben.

Ich kann mich daran erinnern, wie ich dir die Frage einst gestellt habe. Ich glaube, wir haben zuvor eine kleine Diskussion gehabt, vielleicht sogar einen Streit. Nichts Schlimmes. Es ist meistens nichts Schlimmes gewesen, das uns zu Auseinandersetzungen veranlasst hat. Jedenfalls habe ich dir damals die Frage gestellt, ob du glücklich seist, und weisst du, was du zur Antwort gegeben hast?»

Milly hebt ihre Hand von Hugos Brustkorb und legt sie an seine kalte Wange.

«Du hast gefragt: Was spielt das für eine Rolle? Und ich kenne derartige Antworten von dir, du hast sie so oft gegeben, doch in jenem Moment hat es mir beinahe körperlich wehgetan, diese Worte zu hören. Was spielt das für eine Rolle? Es hat mich zugleich wütend und traurig gemacht. Das hat so resigniert geklungen. Was spielt das für eine Rolle? Es ist wichtig gewesen! Vielleicht hast du damals geglaubt, dass es mir nicht wichtig sei, aber das ist es gewesen. In jenem Moment habe ich jedoch den Eindruck gehabt, dass es dir nicht wichtig gewesen ist. Dass es für dich tatsächlich keine Rolle gespielt hat, ob du glücklich gewesen bist oder nicht.

Hast du mich geliebt?», flüstert Milly und starrt in die Ecke des Raumes. Sie liegt im Dunkeln, im Schatten eines hohen

Schrankes, in dem Hugo einige seiner Geräte aufbewahrte, die er noch zu reparieren gedachte. Während sie in die Ecke blickt, glaubt Milly, eine Bewegung wahrzunehmen, einen Schatten innerhalb des Schattens. Sie blinzelt einige Male, kneift die Augen zusammen, um besser erkennen zu können, was sie sieht. So sehr sie sich um Klarheit bemüht, so wenig stellt sich diese ein. Schliesslich wendet sie sich ab. Sie möchte etwas zu Hugo sagen, doch in diesem Moment klingelt das Telefon.

Als sie im Wohnzimmer nach dem Telefon greift, verstummt das Klingeln. Milly verharrt, die Hand hängt leicht zitternd in der Luft. Nach einigen Sekunden wendet sie sich ab, aber bevor sie wieder zurück in den Keller gehen kann, klingelt das Telefon erneut.

«Hallo?», sagt sie vorsichtig.

«Milly?»

«Olga», erwidert Milly erleichtert.

«Störe ich dich gerade? Du hast vorhin nicht abgenommen, als ich angerufen habe.»

«Nein, du störst nicht, Olga. Ich war nur gerade im Keller und war eine Sekunde zu spät am Hörer.»

«Dann ist gut. Wie geht es dir, meine Liebe?»

Milly mag die Art und Weise, wie Olga diese Frage stellt. Zwar ist es dieselbe Floskel, aber aus Olgas Mund klingen diese Worte so aufrichtig, als würden sie der Kehle eines Kindes entspringen. In ihrer lauten Stimme liegt eine Authentizität, die Milly immer wieder berührt.

«Gut. Doch, es geht mir gut», beantwortet sie die Frage und ahnt bereits, dass Olga nachhaken wird.

«Das klingt wenig überzeugend.»

«Ich wusste nicht, dass ich dich überzeugen muss.»

«Das musst du nicht, Milly. Ich will es dir einfach glauben können.»

«Du kannst es mir glauben, Olga.»

Erst jetzt erkennt sie, dass sie ihre Freundin anlügt. Sie vertraut Olga und will keine Geheimnisse vor ihr haben, will auch nicht lügen. Sie hätte sagen können, dass sie sich nicht besonders wohl fühle, könnte von Kopfschmerzen oder von einer diffusen Schwermut reden und würde damit zwar nicht aufrichtig sein, aber die Lüge zumindest ein wenig abschwächen. Doch sie korrigiert sich nicht, selbst dann nicht, als Olga ein weiteres Mal nachfragt, ob wirklich alles in Ordnung sei. Sie kann das Schulterzucken am anderen Ende der Leitung förmlich hören und ahnt, dass Olga in diesem Moment nach oben blickt, wie sie das häufig tut, wenn sie die Menschen und ihr Verhalten nicht verstehen kann.

«Wie geht es Hugo? Baut er wieder eine Maschine auseinander und weiss danach nicht mehr, wie er sie zusammensetzen muss?»

Millys Kehle schnürt sich zusammen, und vorübergehend verliert sie die Balance. Sie stützt sich an der nahen Wand ab, um nicht hinzufallen.

«Milly?»

«Ja. Ja. Hugo ist in seinem Hobbyraum.»

«Wo sonst.»

Nur

Sie sieht Milly schon, als diese noch weit vom Restaurant entfernt ist. Langsam, beinahe schleichend nähert sie sich, sieht sich dabei immer wieder um, als fühle sie sich beobachtet. Sie trägt eine dunkelblaue, dünne Jacke, die ihr deutlich zu gross ist, der Saum hängt auf Kniehöhe, und die Ärmel reichen weit über die Hände hinaus. Sie wirkt wie ein kleines Mädchen, das die Kleider der Mutter trägt. Dass sie in Wahrheit alt genug ist, um ihre Grossmutter sein zu können, lässt Nina schmunzeln. Sie freut sich, dass Milly erneut ins «Oya» zu Besuch kommt.

«Hungrig?», fragt Nina, nachdem sich Milly auf ihren gewohnten Platz am Tresen gesetzt hat.

«Nein, ganz und gar nicht. Ich habe soeben ein Marmeladenbrot gegessen, nein, sogar zwei. Aber ich nehme gern ein Glas Rotwein. Und schau jetzt bitte nicht auf die Uhr.»

Nina lacht. «Ich muss nicht auf die Uhr schauen, um zu wissen, dass es spät genug für Wein ist. Hast du etwas dagegen, wenn ich mir ebenfalls ein Glas einschenke?»

«Nein, natürlich habe ich nichts dagegen, ganz im Gegenteil.»

«Dafür geht der Wein aufs Haus.»

«Nein!», erwidert Milly entrüstet.

«Doch!», beharrt Nina und hebt ihr Glas.

«Das diskutieren wir noch. Prost.»

«Prost.»

Nina mag die Entschiedenheit und Strenge in Millys Stimme. Sie kann es kaum ertragen, wenn Menschen sich offenkundig widerstandslos in Dinge und Undinge fügen und glauben, nichts am Lauf der Zeit ändern zu können. Dieses Gebaren beobachtet sie viel zu oft, auch bei ihr selbst, und bei ihr selbst kann sie es noch viel weniger ertragen. Entsprechend erfreut ist sie, dass Milly nicht nur ruhig und zurückhaltend ist, sondern auch energisch werden kann.

Nach einem grossen Schluck stellt Milly ihr Weinglas ab und schaut Nina in die Augen. «Verzeih die Frage, ich hoffe, sie ist dir nicht unangenehm: Wo ist eigentlich dein Sohn, während du arbeitest?»

«Manchmal ist er hier, doch meistens ist er bei Hanna, einer Freundin. Sie wohnt in der oberen Stadt, in einem viel zu grossen Haus. Ihr Ehemann ist die meiste Zeit unterwegs, und weil Hanna nicht arbeitet, ist sie häufig allein. Sie ist froh, wenn ihr jemand Gesellschaft leistet, und Noah ist sehr gern bei ihr.»

«Das ist schön.» Milly nickt lächelnd.

«Ich wüsste nicht, was ich ohne Hanna tun würde. Noah ist erst acht Jahre alt, ich will ihn noch nicht über längere Zeit allein zu Hause lassen. Schon gar nicht im Moment, wo es bei uns in der unteren Stadt alles andere als ruhig ist.»

«Das ist es nicht.»

«Ein Nachbar sagte letzthin zu mir, dass er lieber in seinem Haus sterben wolle, als irgendwo anders hinzuziehen. Er ist keiner von denen, die demonstrieren. Er hat die Hoffnung, dass sich etwas ändert, längst aufgegeben.»

«Und du?», will Milly wissen.

«Hoffnung habe ich noch. Aber ich weiss nicht genau, worauf ich hoffe. Ich kann es mir nicht leisten, die Hoffnung aufzugeben. Und ich kann es Noah nicht antun. Ich will ihm so lange wie möglich ein einigermassen normales Leben bieten. Ich bin froh, dass er noch immer in die Schule gehen kann, und ich bin froh, dass ich hier im Restaurant arbeiten kann. Das ist nicht viel, aber es ist Normalität. Und ich will diese Normalität so lange aufrechterhalten, wie es nur geht.»

«Das kann ich verstehen. Es ist schwierig, etwas Gewohntes loszulassen. Es bricht stets ein Teil des eigenen Lebens ab, ein Teil des Ichs.»

«Ja, aber es geht mir nicht so sehr um mein Ich, verstehst du? Diese Normalität, ich will sie für Noah. Er hatte schon von Anfang an keine normale Kindheit. Alle anderen Kinder hatten eine Mutter und einen Vater. Er hatte nur mich.»

«Das solltest du nicht sagen.»

«Was? Dass er keinen Vater hatte?»

«Nein, ich meine dieses Nur. Er hatte dich. Da ist kein Platz für ein Nur.»

Millys Insistieren lässt Nina lächeln. «Dann ohne Nur. Aber du weisst, was ich meine.»

«Ich glaube zu verstehen, was du damit sagen willst, ja.»

Während Milly zur Toilette geht, betrachtet Nina das Weinglas, das Milly schon fast leer getrunken hat. Da sind Fingerabdrücke zu sehen, am Rand Spuren von Lippenstift. Nina ist nicht aufgefallen, dass Milly Lippenstift trägt, obwohl es ein leuchtendes Blutrot ist, das sich nun auf dem Glas abzeichnet.

Ihre Sympathie für Milly ist zwar ungebrochen, doch gleichsam anhaltend ist ihre Unfähigkeit, die Frau einzuschätzen. Sie ist etwa siebzig Jahre alt, doch sie redet nicht wie eine Siebzigjährige, sie hat nicht den Wortschatz einer Siebzigjährigen, sie stellt keine Fragen, die eine Siebzigjährige stellen würde. Nina ist nicht sicher, von wem sie ein falsches Bild hat – von Milly oder von siebzigjährigen Frauen. Sie kennt nur wenige Siebzigjährige. Von den vereinzelten Stammgästen im «Oya» fallen zwar viele in diese Altersgruppe, und in ihrer Nachbarschaft wohnen ebenfalls einige, doch zu niemandem von ihnen pflegt sie einen allzu intensiven Kontakt, Gespräche verharren an der Oberfläche wie Wasserläufer in einem Teich. Ihre Mutter hätte in zehn Jahren ebenfalls eine etwa siebzigjährige Frau sein können, doch diese Möglichkeit liegt längst unter einer dicken Staubschicht. Seit ihre Mutter vor fünfzehn Jahren aufgehört hat, älter zu werden, hat Nina den Kontakt zu älteren Menschen womöglich nicht bewusst eingeschränkt, aber auch nicht gesucht. In den wenigen Gesprächen mit Milly hat sie sich dennoch niemals ungeübt oder unbedarft gefühlt. Da war kein Gefälle festzustellen, keine unterschwellige Hierarchie. Sie waren einfach nur zwei Frauen. Auch wenn, wie Milly vielleicht sagen würde, dieses Nur gar nicht nötig wäre.

«Haderst du damit, dass Noah ohne Vater aufwächst?»

«Ich finde es schade», gibt Nina zögerlich zu, verblüfft über Millys Direktheit. «Ich hätte ihm gern eine Familie geboten. Hätte ihn gern in einer gewissen Art von Normalität aufwachsen lassen.»

«Aber die Entscheidung hast nicht du getroffen, oder?»

«Die Entscheidung, eine alleinerziehende Mutter zu sein? Nein, die habe ich nicht getroffen.»

«Tut mir leid, wenn ich indiskret war. Es geht mich nichts an.»

«Du warst nicht indiskret. Es ist einfach ein wunder Punkt.» Nina ist überrascht von ihrer eigenen Aussage. Sie hat das Dasein als alleinerziehende Mutter für sich selbst nie als wunden Punkt definiert.

«Das wundert mich nicht. Und ich will dir nicht zu nahe treten.»

«Du trittst mir nicht zu nahe. Wirklich nicht. Aber dieses Thema, es ist so gross und breit in meinem Leben, es nimmt so viel Raum ein. Natürlich ist das nachvollziehbar, und wahrscheinlich wäre es viel verwunderlicher, wenn es nicht so viel Raum einnehmen würde. Doch hin und wieder möchte ich mehr sein als eine alleinerziehende Mutter.»

«Du möchtest eine Frau sein.»

«Ich möchte eine Frau sein», bestätigt Nina, zugleich befremdet und animiert von der Klarheit der Worte. «Ich möchte eine Kämpferin sein, eine Künstlerin, eine Geliebte, ein Luder, eine Muse. Nein, eigentlich möchte ich nicht all das sein. Aber ich will nicht nur eine alleinerziehende Mutter sein.»

«Da ist es wieder, Nina. Dieses Nur.»

«Ja, ich weiss. Aber in diesem Fall geht es genau darum. Das Nur, es reduziert. Und ich will mich nicht reduziert wissen. Ich will mich nicht selbst reduzieren. Verstehst du?»

«Ich denke schon», antwortet Milly nach einem langen Schweigen. «Je länger ich darüber nachdenke, desto besser verstehe ich, was du meinst.»

«Du kannst es auch gut, oder?»

«Was kann ich auch gut?»

«Dich selbst reduzieren.»

Milly senkt den Blick, wischt mit den Fingern der rechten Hand irgendwelche unsichtbaren Objekte vom linken Handrücken. Dann schaut sie hoch und nickt kaum merklich.

«Du willst nicht darüber reden, oder?» Milly flüstert nahezu.

«Worüber?»

«Über die Gründe, die dazu geführt haben, dass Noah keinen Vater hat.»

«Naja», erwidert Nina. «Es ist nicht so, dass ich partout nicht darüber reden will. Es gibt bloss nicht allzu viel zu erzählen.»

Nina wartet ab, ob Milly nachfragt und sie auffordert, das Wenige dennoch zu erzählen, doch Milly bleibt stumm und schaut sie lediglich an, den Kopf zur Seite geneigt. Nach wenigen Sekunden kann Nina dem Blick nicht mehr standhalten, senkt ihren Kopf und redet weiter.

«Ich war verliebt. Er war es wohl auch. Dann wurde ich schwanger. Ich war noch immer verliebt. Er offenbar nicht mehr. Und selbst wenn er zunächst davon sprach, dass wir eine kleine Familie bilden würden, mochte oder konnte er offenbar kein Teil dieser kleinen Familie sein. Ausserdem wollte er reisen, unaufhörlich, wollte niemals länger als ein Jahr an einem Ort bleiben. Hier in der Stadt war er immerhin fast drei Jahre. Doch nach Noahs Geburt zog er sich immer mehr zurück. Und eines Tages sagte er mir, dass er gehen müsse.»

«Gehen müsse?», fragt Milly leise.

«Ja, er meinte, er halte es nicht mehr aus. Er sei eben nicht gemacht für ein solches Leben.»

«Das klingt nach einer ziemlich billigen Ausrede.»

«Mag sein. Aber ich denke nicht, dass er gelogen hat.»

«Warst du denn gemacht für ein solches Leben?», will Milly wissen, wieder mit dem energischen Unterton in ihrer Stimme.

«Nein», erwidert sie schulterzuckend. «Nicht wirklich.»

«Nein, warst du nicht. Aber du hast dir dieses Leben zu eigen gemacht. Du hast gelernt, das Beste aus den guten Dingen zu machen und mit den unguten Dingen weitestgehend klarzukommen. Du hast Verantwortung übernommen, für dein Leben und für das Leben deines Sohnes. Er hingegen ist gegangen. Und nicht, weil er musste. Sondern weil er wollte.»

«Es klingt so einfach, wenn du es sagst.»

«Es ist auch einfach. Zumindest für mich als Unbeteiligte. Der Blick von aussen, er ist in solchen Dingen nicht präziser, aber klarer. Gefühle können das Bild vernebeln. Mir kommen keine Gefühle in die Quere.»

«Mag sein, ja. Trotzdem kann man Gefühle kaum vom eigenen Leben trennen, nicht wahr? Sonst könnte man all die Freuden und Schmerzen des Daseins nach Belieben ein- und ausschalten. Könnte Liebeskummer ignorieren. Könnte das Trauern kontrollieren, wenn jemand stirbt. Aber das geht nicht. Man bleibt den Gefühlen ausgeliefert. Und ich glaube, das ist gut so.»

Milly erwidert nichts. Nina fällt auf, wie Millys Unterlippe sich bewegt, ein leichtes Zucken. Sie betrachtet ihr Gesicht, die helle Haut, die an vielen Stellen kleine Falten wirft, ohne faltig zu wirken. Sie malt sich aus, wie Milly in jungen Jahren ausgesehen haben mochte, und ist überzeugt, dass sie eine schöne Frau war. Stolz und ein wenig verwegen, zugleich mit einer unverminderten Zartheit und Eleganz. Ob die Traurigkeit im Blick schon damals da war, vermag sie nicht einzuschätzen.

«Alles okay?», fragt Nina leise. Milly nickt zögerlich.

«Ja. Ja. Alles okay.»

Mittlerweile sind drei weitere Gäste im «Oya» eingetroffen, Handwerker, durstige. Einer bestellt drei Bier, und als Nina die Gläser an den Tisch bringt, wartet sie auf flapsige oder despektierliche Sprüche, doch die drei Männer grummeln ein sonores

Danke, ein trauriger Chor aus drei Stimmen. Nina ist nicht sicher, ob sie erleichtert oder enttäuscht sein soll.

Als sie zum Tresen zurückkehrt, steckt Milly gerade ein Taschentuch in ihre Jackentasche. Auf ihren Augen liegt ein glänzender Film, die Schultern hängen nach vorn und der Kopf nach unten. Nina berührt sie sanft am Ellenbogen, und Milly zuckt zusammen.

«Milly, ist wirklich alles in Ordnung?»

«Ja. Bitte verzeih, wenn ich ein wenig zerstreut bin.»

«Du musst dich nicht entschuldigen. Hat dich etwas traurig gemacht?»

Milly schaut auf, der Blick wirkt unstet, obwohl sich die Pupillen nicht bewegen.

«Ich habe an Hugo gedacht. Meinen Mann. Er ist … Er ist tot.»

«Ja, ich weiss.»

«Aber … aber woher?» Milly stottert, während ihr Gesicht in alle Richtungen zu zerfliessen scheint.

«Du hast mir davon erzählt, wahrscheinlich beim letzten Mal, als du hier warst. Als du über das Bistro gesprochen hast.»

«Ach ja? Daran kann ich mich nicht erinnern. Ich …»

Erneut berührt Nina sie am Ellenbogen, und erneut zuckt Milly zusammen.

«Willst du davon erzählen?»

«Nein! Ja. Ich …»

«Nur wenn du willst.»

Millys Blick sucht nach Hilfe, doch Nina bezweifelt, dass er bei ihr findet, was er sucht. Sie füllt Millys Weinglas auf und versucht, aufmunternd zu lächeln, ohne herablassend zu wirken. Milly nickt und trinkt einen Schluck Wein. Einige Sekunden lang starrt sie aus dem Fenster und sieht dabei aus, als müsste sie Gedanken sortieren. Dann räuspert sie sich.

«Hugo, er war gesund, sehr gesund für sein Alter. Er war nie besonders sportlich, aber er machte täglich seine Spaziergänge über die Hügel hier oben, er achtete auf seine Ernährung, auf sein Gewicht. Ich war mir immer sicher, dass er hundert Jahre alt würde. Doch dann kam ich eines Tages vom Einkaufen nach Hause, und da lag er, in der Küche. Ich … Ich konnte zunächst nicht begreifen, was geschehen war. Ich sah zwar, dass er sich nicht mehr bewegte, ich spürte, dass er nicht mehr atmete. Dennoch sprach ich mit ihm, als erwartete ich, dass er etwas erwidern würde. Erst viel später rief ich meine Freundin Olga an und erzählte ihr, was geschehen war. Sie war es, die den Krankenwagen rief. Ich hatte gar nicht daran gedacht, es zu tun.»

«Du standest unter Schock. Das ist doch vollkommen verständlich», sagt Nina, erstaunt über die Teilnahmslosigkeit, mit der Milly die Ereignisse schildert. Beinahe wirkt es, als würde sie eine Geschichte erzählen, die nicht ihr, sondern einer anderen Frau widerfahren ist.

«Das kann sein, ja. Wahrscheinlich stand ich unter Schock. Dennoch mache ich mir noch heute Vorwürfe, dass ich damals falsch gehandelt habe. Auch wenn ich ihn nicht hätte retten können.»

«Das solltest du nicht. Vorwürfe sind im Prozess des Trauerns nicht hilfreich.»

«Trauern …»

«Es braucht Zeit, das Trauern. Aber das weisst du zweifellos besser als ich.»

Milly wischt etwas vom Tresen, vielleicht Krumen. Dann lächelt sie und bedankt sich. Sie holt ihren Geldbeutel aus der Tasche und blickt Nina an.

«Ich habe dir doch gesagt, dass der Wein aufs Haus geht.»

«Nein. Ich will das nicht. Du hast schon meinem Gejammer zuhören müssen, da will ich wenigstens für den Wein bezahlen.»

«Es war kein Gejammer, ganz und gar nicht.»

«Naja», erwidert Milly schulterzuckend, «wenn du meinst. Bezahlen will ich dennoch.»

Unkraut

Der untere Teil der Vogeltränke ist von Moos überwachsen, ein langer Riss zieht sich vom Boden bis weit über die Mitte des Betonsockels. Hugo meinte einst, dass die Vogeltränke entfernt gehöre, sie sei unansehnlich geworden und würde bald in sich zusammenstürzen, doch Milly wehrte sich dagegen, setzte sich für die Vogeltränke ein, als wäre sie ein antikes Denkmal von unschätzbarem Wert. Man räume ja alte Menschen auch nicht einfach weg, wenn die Risse in der Haut zu tief scheinen und sie auf immer wackligeren Beinen stehen. Hugo zuckte mit den Schultern, wie er es so oft tat. Das Schulterzucken war seine bevorzugte Reaktion in Situationen, in denen es sich aus seiner Sicht nicht zu diskutieren oder zu kämpfen lohnte. Er schulterzuckte sehr häufig. Die Vogeltränke blieb an ihrem Platz, steht noch heute dort, wo sie schon immer stand, und Milly fragt sich, ob sie den Sturm überstehen wird.

Als der Mann im Radio vorhin von der Sturmwarnung für den kommenden Tag gesprochen hat, hat seine Stimme besorgt geklungen. Es war keine künstliche Besorgnis, keine Inszenierung, sondern eine ehrliche Beunruhigung. Klar und ernsthaft hat er seine Worte formuliert, hat die meisten Sätze wiederholt und sich dabei noch klarer und ernsthafter ausgedrückt. Man müsse sich auf extreme Windgeschwindigkeiten einstellen, viel höher als üblich bei Stürmen in der Region. Auf keinen Fall solle man sich im Wald oder in unmittelbarer Nähe von Bäumen aufhalten. Es bestehe Gefahr durch umherfliegende Objekte und herabfallende Ziegel. Unbefestigte Gegenstände in Gärten, auf Balkonen und Terrassen solle man unbedingt festbinden oder ins Haus räumen. Die Uferzonen des Meeres seien zwingend zu meiden, es sei mit sehr hohen Wellen zu rechnen, die weit über das Ufer treten könnten.

Milly hat schon viele Stürme erlebt, die normalen und die heftigen, doch die Sorge in der Stimme des Radiosprechers lässt ein merkwürdiges Gefühl in ihr keimen. Es ist keine Angst; sie ist zu alt und lebt zu lange am Meer, um Angst vor dem Wetter zu haben. Dennoch ist ihr mulmig zumute, als sie damit beginnt, die einzelnen Gegenstände einzusammeln, die im kleinen Garten stehen und liegen, als hätte sie jemand achtlos hingeworfen.

Ein Plastikstuhl steht unter der kleinen Eiche, die ihre knorrigen Äste in alle Himmelsrichtungen ausstreckt. Es ist ein hässlicher Stuhl, das Weiss des Kunststoffs ist schon seit langer Zeit von einem blassen Grau verdrängt worden, das sich in Form von grossen Flecken ausbreitet. Der Stuhl sieht aus wie ein trauriges Relikt einer längst vergessenen Ära, und beim Gedanken daran, sich auf ihm niederzulassen, verspürt Milly einen gewissen Ekel. Eigentlich ist der Stuhl lediglich im Weg, mit seiner billigen Anmutung und seinen plumpen Formen stört er das Bild, doch nichts könnte Milly dazu bewegen, ihn wegzugeben oder zu entsorgen. Wie der Stuhl jetzt vor ihr steht, kann sie Hugo auf ihm sitzen sehen: in der Hand ein Glas Wein, im Gesicht ein Grinsen, zufrieden und entspannt. Hugo wusste selbst, dass es ein hässlicher Stuhl war. Aber es war sein hässlicher Stuhl.

Schräg hinter dem Haus, in der Ecke des Grundstücks, sind steinerne Bodenplatten kreisförmig angeordnet, die grauen Flächen nahezu vollständig überwuchert. Hugo wollte einen Sitzplatz anlegen, mit einer Feuerstelle in der Mitte und einem Dreiviertelrund aus Sitzbänken. Er bereitete das Projekt akribisch vor, zeichnete Pläne und schritt die Stelle immer und immer wieder ab. Er organisierte die Steinplatten von einem Freund, der in einem Bauunternehmen arbeitete, und begann, sie in die Erde einzulassen, eine um die andere. Ab und zu fluchte er, weil eine Steinplatte nicht passte oder nicht waagrecht auflag, doch meistens kam er gut voran. Milly brachte ihm Wasser, später Bier, schmierte Brote und schnitt Melonen auf. Er hatte fast alle Steinplatten verlegt, als Hugo plötzlich mitten in einer Bewegung innehielt und merkwürdige Laute hervorpresste. Was denn los sei, fragte Milly erschrocken, obwohl seine gekrümmte Haltung keinerlei Zweifel zuliess.

Die Rückenschmerzen gingen rasch vorüber, nach einigen Tagen verspürte Hugo höchstens noch ein leichtes Ziehen, und bald darauf war auch das verschwunden. Dennoch arbeitete er nicht weiter an seinem Sitzplatz. Wenn Milly danach fragte, erwiderte er jeweils, dass er ihn bald fertigstellen würde. Doch dieses Bald schob er stetig vor sich her, wie eine unwillkommene Mahlzeit oder einen unliebsamen Arzttermin, kümmerte sich lieber um eine alte Küchenmaschine oder ein defektes Kassettengerät. Irgendwann hörte Milly auf, ihn zu fragen, und schaute lediglich zur Ecke des Grundstücks, wo sich Unkraut durch die Ritzen zwischen den Steinplatten drängte und das Moos sich stetig ausbreitete.

Heute sind die Steinplatten kaum mehr zu erkennen. Wer nicht weiss, dass sie dort liegen, würde sie übersehen. Als Milly feststellt, dass sie ziemlich sicher die einzige Person ist, die von den Steinplatten im Garten Kenntnis hat, mag sie sich über diese Exklusivität nicht richtig freuen. Sie kniet sich hin, berührt das sichtbare Stück einer Platte mit ihren Fingern. Der Stein fühlt sich müde und kühl an unter ihrer Haut, durch die Furchen und Poren der Oberfläche wirkt er organisch, wie ein lebendiges Gefüge, das beständig altert und spröder wird. Milly denkt an die kalte Haut von Hugo unter ihren Fingern, an die ungeahnte Unnachgiebigkeit, die von seinem Körper Besitz ergriffen hat, an die neuen Widerstände, die veränderte Konsistenz. Einen Moment lang hat sie ein Bild vor sich, ein Bild von Hugo, der auf seiner Matratze im Keller liegt, in seinem weissen Hemd und der dunklen Hose. Sie kennt das Bild, es ist ihr mittlerweile vertraut geworden, hat sich als Realität etabliert, doch etwas ist anders, ungewohnt, etwas stört. Zwischen seinen Armen und seinem Oberkörper sowie zwischen seinen Beinen wachsen Grashalme empor, Unkraut wuchert über den Stoff, eine dünne Moosschicht breitet sich aus. Das Grün und Braun greift sich Raum, erobert Zentimeter um Zentimeter seines Körpers, bis er von Kopf bis Fuss von Blättern und Halmen übersät ist, ein Pflanzenwesen, ursprünglich und wild. Das Bild schwankt und bebt, und sie hat Angst, das Gleichgewicht zu verlieren und hinzufallen, doch dann verschwindet das Bild, löst sich auf und lässt Milly zitternd zurück.

In den Zweigen eines Rosenstrauchs hat sich eine Plastiktüte verfangen. Als Milly sie befreien will, bleibt sie mit der Hand im Geäst hängen, einige Dornen zerren an ihrer Haut. Sie reisst die Tüte mit einem Ruck aus dem Strauch und zerknüllt sie in ihrer Faust. An einer Stelle auf ihrem Handrücken tritt Blut aus, und Milly wehrt sich gegen ihr Verlangen, es abzulecken. Stattdessen schaut sie zu, wie der Tropfen an Volumen gewinnt, sich an Ort und Stelle ausdehnt und schliesslich dem Druck nicht mehr standhält, still aufplatzt und träge über die Haut rinnt. Das Leben fliesst aus ihr heraus, doch es fühlt sich nicht sonderlich aussergewöhnlich an.

Ein letztes Mal prüft Milly, ob sie Gegenstände vergessen hat, die dem Wind nicht trotzen würden. Am liebsten würde sie die kleine Eiche ebenfalls ins Haus räumen, denn mit ihren krummen Ästen und dem seltsam geneigten Stamm sieht sie nicht aus, als wäre sie für einen Sturm gerüstet.

Milly hätte Hugo gern an ihrer Seite gewusst, hätte gern mit ihm über den Sturm geredet und sich von ihm überzeugen lassen, dass es schon nicht so schlimm würde. Natürlich wird sie ihm nachher davon erzählen, wird den Klang der Stimme des Nachrichtensprechers schildern und die Art und Weise, wie er das Gesagte wiederholt hat. Sie wird ihre Hand auf Hugos Brust legen, wird seine Nase und seine Lippen im Profil betrachten. Sie wird froh sein, dass er dort liegt und nicht irgendwo sonst. Doch sie wird auch das Fehlen spüren. Diesen stechenden Schmerz, weder kalt noch heiss. Diese Ohnmacht. Und der Sturm wird nichts davon besser machen.

Beerdigung

«Ich liebe den Sturm und fürchte die Stille.» Das Zitat steht an der Wand des kleinen Schuppens am Strand. Nina hat den Satz wohl hundert Mal gelesen, in unterschiedlichen Gemütszuständen und Lebensphasen, doch in keinem Moment hat sie sich darin erkannt. Zwar liebt sie die Kräfte der Natur, die Wärme und die Kälte, die drehenden Winde, auch den Sturm. Die Furcht vor der Stille ist ihr hingegen vollkommen fremd. «Ich liebe den Sturm und liebe die Stille», hätte sie an die Wand geschrieben. Heute jedoch verspürt sie ein gewisses Unbehagen beim Gedanken an den bevorstehenden Sturm, denn laut Wetterprognosen soll es einer der heftigsten Stürme werden, die diese Region jemals erlebt hat. Das Wasser steigt, die Stürme werden stärker, das Rauschen vermischt sich mit dem Brüllen der Menschen, die hier Tag für Tag auf die Strasse gehen. Es ist ein grosser Lärm, hier und jetzt und überall. Die Momente der Stille, sie sind rar geworden.

«Ich liebe den Sturm und fürchte die Stille.» Irgendwann hat Nina die Urheberin des Zitats recherchiert, es stammt von Königin Christina von Schweden. Eine mutige Frau, eine eigensinnige Frau, die sich nur vor der Stille fürchtete, vor nichts und niemandem sonst. Christina von Schweden wäre zweifellos auch dem bevorstehenden Sturm unerschrocken entgegengetreten. Nina hingegen spürt, wie Furcht in ihre Glieder dringt. Aber vielleicht ist es keine Furcht, keine Angst, sondern Ohnmacht. In Anbetracht eines Sturms sind Menschen immer weitgehend ohnmächtig. Doch jetzt ist es eine Ohnmacht von ungewöhnlicher Tragweite. Sie gilt nicht nur dem Sturm, sondern allem, was bevorsteht. Nina denkt an Noah, an ihr Haus, an das «Oya», an Hanna, an die Menschen, die in der Stadt leben und arbeiten. Sie denkt an die Bilder in ihrem Kopf. Und alles, woran sie denkt, wirkt fragil, verletzlich, flüchtig. Ihre Ohnmacht gilt nicht den Dingen, die ihr bei Winden in Orkanstärke aus den Händen gerissen werden könnten. Sie gilt allem, was ihr entgleitet oder von ihr fortgezerrt wird, mit einer Kraft, gegen die selbst die mächtigsten Stürme Schwächlinge sind.

Vor ein paar Tagen fragte Noah, was mit ihm geschehen würde, wenn sie plötzlich sterben müsste. Zunächst versicherte sie ihm, dass sie nicht einfach so sterben würde, doch dann wurde ihr klar, dass sie damit seine Frage nicht beantwortete. Danach stotterte sie etwas von Hanna, von lieben Menschen, bei denen er wohnen würde. Sie suchte nach passenden Worten, fand aber nur banale Formen an der Wand oder auf dem Fussboden. Sie stammelte weitere gehaltlose Antworten, fügte Begriffe und Phrasen aneinander, ohne ihnen Sinn geben zu können. Schliesslich wurde sie still. Sie schaute Noah lange an, legte ihre Hand auf seinen Kopf. Dann schloss sie ihn in ihre Arme und hätte ihn am liebsten nicht mehr losgelassen.

Der Sand wirkt matt und farblos unter dem hellen Grau des bedeckten Himmels. Wie sie allein am Strand entlanggeht, fühlt sie eine wortlose Verbundenheit mit allem, was sie umgibt, mit den Farben und Formen. Die Wellen rollen heran, überschlagen sich und ergiessen sich über den Sand, vereinzelt auch über ihre nackten Füsse. Das Wasser ist kalt, doch Nina stört sich nicht daran.

Wie das Ziehen und Zerren der Natur mag sie es auch, den rauen Stoff in ihrer Hand zu spüren. Nina umklammert den Jutesack mit ihren Fingern, lässt ein Ende über den Sand gleiten. Ihre Schritte sind zaghaft. Hin und wieder sieht sie sich um, doch sie ist allein am Strand, niemand ist zu sehen, kein Mensch, kein Tier, nicht einmal eine Möwe. Ein weiteres Mal werden ihre Füsse vom Ausläufer einer Welle erfasst, und im letzten Moment hebt sie den Jutesack hoch. Er soll nicht nass werden, zumindest noch nicht.

Sie war etwa sieben Jahre alt, als Max starb. Max war wahrscheinlich ein Spatz, obschon weder Nina noch ihre Mutter mit Sicherheit bestimmen konnten, um welche Vogelart es sich bei dem winzigen Tier handelte. Nina hatte den zitternden Körper neben einem Gebüsch gefunden und sich umgehend daneben gesetzt. Ihre Mutter war dazugestossen und hatte den kleinen Vogel mit sorgenvoller Miene betrachtet, deren Ernsthaftigkeit Nina nicht vollends überzeugte. Er sei wahrscheinlich aus dem Nest gefallen, meinte die Mutter und schaute sich um. Sie könne kein Nest sehen, sagte sie rasch, sie sollten den kleinen Vogel am besten hierlassen. Nina sah jedoch keinen Grund, das schutzlose Tier seinem Schicksal zu überlassen. «Nein», sagte Nina, und sie kann den Trotz in ihrer Stimme noch heute hören. «Nein, das dürfen wir nicht», betonte sie und verschränkte ihre dünnen Arme vor der Brust. Ihre Mutter versuchte, sie zu überreden, doch Nina blieb stur. Der Vogel sei ganz allein, er sei verletzt und habe Angst. Sie wolle ihn mitnehmen, und wenn sie nicht dürfe, dann bleibe sie eben hier bei ihm. Ihre Mutter insistierte und erklärte, dass solche Ereignisse zur Natur gehörten. Aber sie selbst sei ja auch Natur, erwiderte Nina, und darauf wusste ihre Mutter nichts zu entgegnen. Also nahm Nina den Vogel nach Hause. Sie schnitt eine Kartonschachtel zurecht und legte ein Frotteetuch hinein, damit das Tier sich wohlfühlen konnte, doch der Vogel blieb nervös und zitterte unentwegt. Eigentlich wollte sie direkt neben der Schachtel übernachten, aber ihre Mutter verbot es ihr. Nein, sie brauche keine Matratze und auch keine Decke, widersprach Nina, doch, natürlich sei es im Keller warm genug, und nein, sie habe keine Angst. Dennoch verabschiedete sich Nina von ihrem gefiederten Freund und ging mit gesenktem Kopf ins Bett. Sie lag lange wach in jener Nacht, drehte sich von einer Seite zur anderen, in Gedanken einige Meter tiefer beim kleinen Vogel im Keller. Irgendwann fiel sie in einen traumlosen Schlaf und erwachte, als ihre Mutter zu ihr ans Bett trat.

Schlaftrunken und ein wenig verunsichert, konnte Nina nicht einordnen, warum sich ihre Mutter auf die Bettkante gesetzt hatte und sie mit einem ungewohnt ernsthaften Ausdruck anblickte. Als sie fragte, was los sei, wusste sie es wohl bereits, denn ohne eine Antwort abzuwarten, hakte Nina nach, ob mit dem Vogel etwas nicht in Ordnung sei.

Wieder sprach die Mutter von der Natur und vom Lauf des Lebens, dass sie den Vogel nicht hätte retten können, dass sie akzeptieren müsse, dass das Schicksal des kleinen Tieres nicht in ihren Händen gelegen hatte, doch Nina bekam kaum etwas davon mit, hörte nur ein Rauschen und Klirren in den Ohren und merkte erst nach einer Weile, dass sie selbst diese Geräusche verursachte. Es war kein Schrei, der ihrer Kehle entwich, eher ein gepresstes, unterdrücktes Stöhnen, beinahe gurgelnd. Sie wusste, dass ihre Mutter keine Schuld traf, aber es war keine andere Person zugegen, die ihre Wut hätte entgegennehmen können. Wenn sich Nina heute daran erinnert, wie sie ihren Zorn bei ihrer Mutter ablud, denkt sie zugleich daran, wie Noah dasselbe bei ihr zu tun pflegt, und ist gerührt von der Art und Weise, wie sich die Dinge fortsetzen oder wiederholen.

Nina begrub Max im kleinen Garten hinter dem Haus. Ihre Mutter stand neben ihr, während sie die Erde auf dem Grab flach klopfte und schliesslich das kleine Kreuz in den Boden trieb. Als Nina den warmen Körper ihrer Mutter umfasste und sich fest an ihn drückte, spürte sie, wie ihre Mutter zurückdrückte. Sie war schon damals dankbar dafür, doch erst später erkannte sie, wie tief diese Dankbarkeit verankert war.

Max war das erste, aber längst nicht das einzige Tier, das Nina im Garten vergrub. Eine Zeit lang bettete sie Mäuse, Blindschleichen, Eidechsen und Frösche zur Ruhe, so viele, dass das kleine Rasenstück hinter dem Haus bald einem Friedhof glich. Zunächst war jede Beerdigung noch etwas Besonderes, doch mit fortschreitender Zeit und Häufung wurde die Prozession immer mehr zu einem Automatismus, einem eingeübten Schauspiel, dessen Bedeutung stetig abnahm. Schliesslich hörte sie damit auf, tote Tiere zu begraben. Bis heute.

Als sie die Stelle erreicht, lässt sie den Jutesack und ihre Umhängetasche fallen. Nina kniet sich neben die Überreste des Delfins, der Sand wirkt grob an der Haut ihrer Knie. Sie starrt zu Boden, starrt so lange, bis die Augen wässrig werden und der Blick sich trübt.

Nina denkt an Max und wie sie ihn begrub, damals im schattigen Garten hinter dem Haus. Wie sie ihre Mutter bei sich wusste und sich deshalb, trotz aller Traurigkeit, nicht allein fühlte, sich zudem sicher war, dass sie das Richtige tat. Jetzt, da sie allein ist und ihre Mutter nur in weit zurückreichenden Erinnerungen anzutreffen vermag, hat sie keine Ahnung, ob sie das Richtige tut, weiss wie so oft nicht, was das Richtige ist oder sein könnte.

Sie zieht die mitgebrachten Gummihandschuhe an, hebt einen der grösseren Knochen hoch, dreht ihn zwischen ihren Fingern, hält ihn ganz nahe vors Auge und dann weit davon weg. Ein wenig zerfetztes Gewebe hängt am Knochen, trockenes Fleisch, ledrig. Als Nina am Knochen schnuppert, ist sie überrascht, wie wenig ausgeprägt der Geruch ist, was jedoch daran liegen könnte, dass ihre Nase verstopft ist. Sie legt den Knochen in den Jutesack und greift nach einem weiteren Überrest. Auch diesen betrachtet sie intensiv, studiert ihn, aber schon die nächsten beiden Knochen mustert sie nur noch beiläufig, und schliesslich räumt sie das, was vom Delfin übrig geblieben ist, mechanisch in den Jutesack, unterbricht ihre gleichförmigen Bewegungen nur dann, wenn sie zu viel Sand mitbefördert. Sie schüttelt den Sand ab, wie Erde von der Wurzel einer Pflanze, und macht weiter, bis all die kleinen und grösseren Teile im Jutesack liegen und nur einige Flecken und Spuren im Sand darauf hindeuten, dass an der Stelle etwas gelegen hat, dass dort etwas geschehen ist.

Als sie den Wald erreicht, spürt sie, wie die Luft sich verändert. Die Bäume absorbieren das Rauschen der Wellen und betten alle Geräusche in eine dumpfe Hülle. Andere Klänge treten hervor: das Rufen von Vögeln, das Knacken von Ästen, das Rascheln von Blättern und Zweigen. Nina lässt den Waldrand hinter sich und geht einige Dutzend Meter hinein ins Innere des

Waldes, dorthin, wo die Vegetation dichter und die Temperatur kühler ist. Sie blickt zurück und sieht das Meer und den Strand nur noch fragmentarisch zwischen den Bäumen. Nina legt eine Hand an einen Baumstamm, lässt die Finger über die Rinde gleiten. Sie deponiert den Jutesack neben dem Baum, nimmt die kleine Gartenschaufel aus ihrer Umhängetasche und beginnt zu graben. Hin und wieder hört sie ein ungewöhnliches Geräusch im Wald und zuckt zusammen, doch sie lässt sich nicht davon beirren und macht weiter, treibt die Schaufel immer wieder in die Erde, dringt tiefer ein in den Boden. Als das Loch etwa einen halben Meter misst, hält Nina inne und atmet durch, setzt sich einige Minuten lang hin. Dann gräbt sie weiter. Noch ist die Grube nicht tief genug.

Im Wald schwindet das Licht, und als das Loch endlich die nötigen Dimensionen erreicht hat, ist Nina überrascht, wie unerbittlich die Dunkelheit bereits um sich greift. Ohne lang zu zögern, legt sie den Jutesack in die Grube und schaufelt die Erde zurück ins Loch. Dann steht sie auf, greift nach dem nächstbesten herumliegenden Ast, und bricht ihn entzwei. Sie bindet die beiden ungleich grossen Teile zu einem Kreuz zusammen und rammt es in die lockere Erde. Und erst jetzt, in diesem Moment, in dem ihr Vorhaben vollendet scheint, denkt sich Nina, dass sie Beerdigungen eigentlich nichts abgewinnen kann. Dass sie die Prozedur nicht versteht. Dass sie schon beim Begräbnis ihrer Mutter nicht nachvollziehen konnte, inwiefern ihr diese feierliche Inszenierung beim Trauern und Abschiednehmen helfen sollte. Trotzdem ist sie überzeugt, dass es für den toten Delfin nur diese eine Möglichkeit gibt, keine Alternativen, keine Optionen. Vielleicht ist es nicht das Richtige. Aber es ist das Einzige.

Der Ast im Wohnzimmer

«Ich fühle mich sicher bei dir, noch immer. Draussen tobt der Sturm, mit aller Gewalt und grossem Getöse. Hier im Keller hört man ihn kaum. Es ist ein schönes Gefühl, dieses Gefühl der Sicherheit. Manchmal glaube ich, dass es eines der wichtigsten Gefühle ist. Wenn man sich sicher fühlt, kann man auch die schweren Momente des Lebens leichter ertragen. Ich habe Angst vor dem Sturm, vor den Urkräften der Natur, vor dieser rohen Gewalt. Doch weil ich mich sicher fühle, hier unten bei dir, kann ich meine Angst aushalten. Kann sie akzeptieren. Wenn es die Sicherheit nicht gäbe, wäre ich der Angst ausgeliefert. Ich wüsste nicht, wie ich das ertragen sollte.»

Milly hat zahlreiche Kerzen angezündet, so viele, dass der Keller heller beleuchtet ist als mit der üblichen Lampe. Das Licht ist anders, wärmer, weicher, und durch das stetige Flackern der Flammen liegt eine kaum greifbare Bewegung im Raum. Auch Hugo sieht anders aus. Sein Körper wirkt nahezu lebendig und so warm und weich wie das Licht der Kerzen. Als Milly wie gewohnt ihre Hand auf seine Brust legt, ist sie einen Moment lang überzeugt, dass sie seinen Herzschlag spüren kann. Sie zuckt zusammen, hebt nochmals die Hand und lässt sie dann wieder sinken. Der Herzschlag ist weg.

«Ich glaube, der Nachrichtensprecher mit der ernsten Stimme hatte recht. Dieser Sturm ist heftiger als die meisten. Bevor ich zu dir nach unten gekommen bin, habe ich aus dem Fenster geblickt, hinab zum Meer, zur unteren Stadt. Ich habe es nicht genau erkennen können, aber ich glaube, bei einem oder zwei Häusern hat der Wind das Dach weggerissen. Zumindest hat es so ausgesehen, als wäre das Dach verschwunden. Die Häuser am Meer, sie sind nicht so gut gebaut wie die hier oben. Es sind alte Häuser, sie haben viel erlebt, aber bisher allen Einwirkungen getrotzt, den Winden, der Feuchtigkeit, dem Salz, dem Sand, den Menschen sowieso. Sie haben der Zeit standgehalten, dieser unerbittlichen Zeit, die nichts und niemanden verschont. Doch vielleicht werden die Häuser müde, mögen sich nicht mehr wehren gegen die Zeit und gegen die Stürme. Ich könnte sie verstehen. Irgendwann wird man müde. Irgendwann schwindet die Kraft.

Ich bin froh, dass wir hier oben leben und nicht dort unten. Doch in die Dankbarkeit mischt sich schlechtes Gewissen. Wenn ich daran denke, wie die Menschen in der unteren Stadt in ihren Häusern sitzen und miterleben müssen, wie der Sturm an ihren Wänden und Dächern zerrt und alles zum Beben bringt, fröstelt es mich. Es muss fürchterlich sein, sich ausgeliefert zu wissen. So ohnmächtig zu sein. Sich nicht sicher fühlen zu können.»

Sie beobachtet eine der Kerzen, die unruhiger brennt als die übrigen. Je länger sie die nervöse Flamme betrachtet, desto mehr gleicht das Flackern einem Tanz, ungelenk, dilettantisch, dennoch elegant. Hugo und sie haben nie getanzt, kein einziges Mal. Hugo war davon überzeugt, ein schlechter Tänzer zu sein, also versuchte er es gar nicht erst. Milly weiss nicht mehr genau, ob sie sich in seine Weigerung fügte oder sich dagegen auflehnte. Wahrscheinlich hätte sie früher gern getanzt, wäre gern über eine Tanzfläche geschwebt, ganz nah bei Hugo, an seinen Körper gelehnt. Er hätte sein weisses Hemd tragen können, die gute Hose, das Parfüm. Er hätte gut gerochen, gut ausgesehen, bestimmt hätte er gut ausgesehen. Er hätte seinen Rücken gerade gehalten, hätte den Kopf ein wenig in den Nacken gelegt, gerade so, dass er ihr noch bequem in die Augen hätte schauen können. Er hätte gut getanzt, sie beide hätten gut getanzt, wenn sie es nur versucht hätten.

Sie hört ein krachendes Geräusch. Es klingt weit entfernt, aber Milly ist nicht sicher.

«Wir haben schon so viele Stürme erlebt, wir zwei, nicht wahr? Die meisten waren harmlos, aber einige waren stark, richtig stark. Ich erinnere mich, wie einmal ein Ast durch unser Fenster geflogen ist. Das Glas ist zersplittert, die Scherben sind auf dem Teppich im Wohnzimmer gelegen, und du hast mich getröstet, weil ich ausser mir gewesen bin vor Schreck und Angst. Du hast deine Hand auf meinen Kopf gelegt und sie langsam über meine Haare wandern lassen, und immer wieder hast du gesagt, dass alles gut sei, dass nichts passiert sei, nur ein kaputtes Fenster, nur ein paar Scherben, und dass ich keine Angst haben müsse. Später, der Sturm ist längst vorüber gewesen, hast du gefragt, woher der Ast gekommen war. Du hast nicht nur mich gefragt, sondern auch dich selbst, und du hast keine Antwort gewusst. Wir haben keinen Baum im Garten gehabt, dessen Äste so ausgesehen haben wie jener, der durch das Wohnzimmerfenster gekracht war. Wiederholt hast du gefragt, wie das hatte passieren können, und dabei hast du mechanisch den Kopf geschüttelt, wie ein Roboter. Die Scherben auf dem Teppich, das kaputte Fenster, der Ast im Wohnzimmer, all das hat dich nicht erschüttern können. Doch die Tatsache, dass du dir das Geschehene nicht hast erklären können, hat dich so sehr verstört, dass du aus dem Tritt geraten bist. Du hast dich aufs Sofa gesetzt und minutenlang auf das kaputte Fenster gestarrt, als würde dort demnächst ein grinsender Showmaster auftauchen, um uns zu erklären, dass alles nur ein Scherz gewesen sei und wir von einer versteckten Kamera gefilmt worden seien.

Später hast du darüber gelacht, über die Situation, auch über dich selbst, aber ich habe sehen können, dass keine Leichtigkeit in deinem Lachen gewesen ist. Ich habe ebenfalls nicht verstanden, wie es hatte geschehen können, habe mir den Ast im Wohnzimmer ebenso wenig erklären können wie du, aber ich habe es auch nie wirklich versucht. Du schon. Du hast Überlegungen angestellt, Zusammenhänge hergestellt. Du hast die Gärten der Nachbarn inspiziert, hast all die Bäume in der Umgebung auf abgebrochene Äste untersucht. Doch so sehr du dich bemüht hast, du hast keine Begründung finden können. Wenn du aufwachen könntest, würdest du heute noch in Ratlosigkeit und Erklärungsnot geraten.»

Milly klopft mit ihren Fingern auf Hugos Brust. Sie hört das Heulen des Windes und stellt sich einen Moment lang vor, wie es wäre, draussen im Sturm zu stehen, in weiter Ferne, irgendwo auf einem brachliegenden Feld, mitten im Nichts. Der Wind würde an ihr zerren, sie nach links und rechts schieben, und irgendwann würde er sie ergreifen, sie in die Luft heben und mittragen. Sie würde fliegen, rasch und ungebremst, vollkommen unkontrolliert. Zu Beginn wäre sie zweifellos erschrocken, ohnmächtig, wäre im Klammergriff einer lähmenden Angst gefangen, der Angst vor dem Moment, vor dem gegenwärtigen Geschehen. Doch mit jedem Meter, den sie über die Erde hinweggetragen würde, wäre eine Veränderung spürbar, eine Veränderung der Angst, weg vom Moment, hin zur Zukunft. Wohin trägt sie der Wind? Wird sie irgendwann irgendwo ankommen? Was erwartet sie dort? Wird sie aufprallen wie ein plumpes Objekt? Oder wird der Wind sie sanft niederlegen wie ein schutzloses Kind? Als sie an das Kind denkt, spürt Milly, wie ihre Lippen sich zu einem Lächeln formen und umgehend wieder erschlaffen. Der Sturm, er würde sie an eine Felswand schleudern, ganz gewiss. Milly schiebt ihre Finger unter den Kragen von Hugos Hemd und tastet den Saum ab, als läge darin eine wundersame Qualität.

«Es hat viele Stürme gegeben, aber wir … Wir hätten stürmischer sein können, nicht wahr? Doch wir haben bei geringsten Böen unsere Windjacken angezogen und den Moment herbeigesehnt, in dem der Sturm wieder abflachen würde. Haben Schutz gesucht in einem entwaffnenden Schweigen. Haben uns zurückgezogen, in einen Unterschlupf, in dem wir zwar nichts sehen, uns aber sicher fühlen konnten. Vielleicht war das auch gut so. Vielleicht waren wir nicht gemacht für Stürme. Vielleicht waren wir wie die Häuser unten am Meer, so verletzlich, so angreifbar. Aber womöglich … Womöglich hat uns bloss der Mut gefehlt. Der Mut, hinzustehen und uns aufzulehnen, gegen den Sturm und gegeneinander. Möglicherweise hätten wir die Kraft aufgebracht, hätten einen Sturm nach dem anderen überstanden, wären zwar durcheinandergewirbelt, aber nicht beschädigt worden. Wären stärker geworden mit jedem Windstoss, dem wir hätten standhalten können. Wer weiss. Was nützen diese Gedanken? Sie ändern nichts. Und eigentlich widerstrebt es mir, sie zu denken. Wir hatten es gut, nicht wahr?»

Millys Hand liegt regungslos auf Hugos Brust. Sie hebt einen Finger, dann den nächsten, dann einen weiteren, bis sich alle Finger nach oben recken, wartend, lauernd. Schliesslich fallen sie wieder hinab auf die Brust. Der Sturm lässt ein Knacken durch das Haus fahren, und Milly hält den Atem an. Weitere merkwürdige Geräusche bleiben aus, also atmet Milly weiter.

Monster

«Noah! Noah!»

«Mama!»

«Noah! Wo bist du?»

«Ich bin hier! In der Küche!»

«Was? Wo bist du?»

«In der Küche! Unter dem Tisch!»

«Warte … Ich komme!»

«Mama?»

«Noah! Ich bin gleich bei dir …»

«Es ist so laut!»

«Was?»

«Mama!»

«Noah! Endlich …»

Dann sitzen sie nebeneinander, unter dem Tisch in der Küche. Noah klammert sich an Ninas angewinkeltes Bein, und Nina drückt Noah an sich, mit aller Kraft. Erst sein mühevolles Ächzen lässt sie ihren Griff lockern. Er zittert, sein ganzer Körper bebt, als stünde er unter Strom. Noah sagt etwas, doch Nina kann ihn nicht verstehen. Es ist tatsächlich laut, sehr laut. In das Heulen des Windes mischt sich ein ungewohntes Grollen, das Nina weder lokalisieren noch ergründen kann. Sie legt den Kopf schräg, hält ihn nahe an Noahs Gesicht und fragt ihn brüllend, was er gesagt habe. Er wiederholt seine Worte, zumindest nimmt sie an, dass es die gleichen Worte sind, und sie geht davon aus, dass sie ihn richtig versteht, denn der Satz, den er gesagt hat, ist der gleiche Satz, den auch ihre innere Stimme beständig vor sich hin stammelt. Ich habe auch Angst, möchte sie erwidern, aber sie ist nicht sicher, ob dieses Eingeständnis Noah beruhigen oder noch mehr ängstigen würde, also bleibt sie stumm und drückt ihn fester an sich.

Der Sturm hat früher begonnen als erwartet. Nina war noch im «Oya», putzte die Tische, obschon niemand im Lokal war und auch niemand gekommen wäre. Bereits in den Tagen zuvor war der Sturm das beherrschende Thema gewesen, jeder Gast hatte seine Meinung kundgetan, obwohl es bei einem drohenden Sturm nicht um Meinungen hätte gehen sollen. Nina hatte zugehört, genickt, hatte die sorgenvollen Gesichter gespiegelt, die lapidar gezuckten Schultern. Doch als der Sturm begann, erkannte sie, dass all die Gäste, die sich in den vergangenen Tagen dazu geäussert hatten, nun in ihren Häusern sassen, bei jenen Menschen, bei denen man sitzen will, wenn ein Sturm tobt, nur sie nicht; nur sie war nicht dort, wo sie sein sollte und wollte. Also hängte sie das «Geschlossen»-Schild an das grosse Frontfenster, verriegelte die Türen und lief los, nahezu unbeeindruckt von den Böen, die sie einmal nach links, dann wieder nach rechts taumeln liessen, die sich ihr entgegenstellten und sie bald darauf von hinten nach vorn schoben. Dass Noah ausgerechnet heute nicht bei Hanna sein konnte, sondern allein zu Hause war, hatte sie bis dahin nicht realisiert. Als sie ihm in jenem Moment entgegenrannte und dabei ungeahnte Kraftreserven mobilisierte, konnte sie die Heftigkeit, mit der das schlechte Gewissen an ihr nagte, kaum aushalten.

Sie rief seinen Namen schon weit vor dem Haus. Selbst bei Windstille wäre ihre Stimme nicht bis zu ihm vorgedrungen, doch im Heulen des Sturms konnte sie sich selbst kaum hören. Trotzdem brüllte sie ein lang gezogenes «Noah!» nach dem anderen. Als sie zu Hause eintraf, lag ein unförmiges Holzgebilde vor dem Eingang, ein Gestell oder Regal, an einer Stelle hing noch ein Stück Kunststoff. Sie zerrte das Gebilde zur Seite und öffnete die Tür, rannte hinein und rief weiter nach Noah.

Nun, da sie gemeinsam unter dem Tisch kauern, ist das Heulen und Grollen des Sturms ohrenbetäubend und furchteinflössend, doch ungleich mehr Angst macht ihr das Knacken und Knarren, das vereinzelt durch die Schallwand dringt. Auch Noah zuckt jedes Mal zusammen, wenn er es hört, gräbt seine Finger in ihr

Fleisch. Nina stellt sich vor, woher das Knacken rühren könnte, fragt sich, welche Wände und Balken der Sturm so stark angreift. Sie malt sich aus, wie sich kleine Spalten bilden, wie die einzelnen Fasern des Holzes auseinandertreiben und nicht mehr zueinanderfinden. Ein weiteres Knacken drängt ihre Gedanken fort, es ist lauter als die bisherigen. Einige Sekunden später ertönt ein gewaltiges Krachen, dröhnend und scheppernd. Dann folgt ein heftiger Knall.

Ihr fällt nicht sofort auf, dass die Lautstärke des Sturmgeheuls zugenommen hat. Erst als sie die leichte Bewegung der Küchentür registriert, die zum Ess- und Wohnzimmer hinausführt und sich eigentlich nicht selbstständig bewegen sollte, erkennt sie, dass etwas anders ist.

«Bleib hier», ermahnt sie Noah, doch er kann oder will sie nicht verstehen, denn als sie aufsteht, richtet auch er sich auf und greift nach ihrer Hand. Sie versucht, ihn zu überzeugen, sich wieder unter dem Tisch zu verstecken, doch Noah schüttelt den Kopf und drängt sich noch näher an sie heran. Schliesslich lenkt sie ein, gibt ihm aber zu verstehen, dass er hinter ihr bleiben soll, während sie sich der Tür zum Ess- und Wohnzimmer nähert. Deren leichte Bewegung ist eher ein Zittern, und jetzt, wo sie nur noch zwei Schritte entfernt ist, kann Nina das Klappern hören. Sie denkt kurz an einen schlechten Film, einen zweitklassigen Horrorstreifen, dessen Titel sie schon beim Abspann vergessen hat. Eine Szene ist ihr geblieben, eine Szene, in der das Filmmonster, ein psychopathischer Serienmörder, an einer Tür rüttelt, hinter der sich eine junge Frau vergeblich bemüht, ruhig zu bleiben, und kurz nach ihrem panischen Schrei fliegt die Tür auf und der Serienmörder steht vor ihr, raunt irgendetwas und hebt dann seine Hand, in der ein Messer aufblitzt. Nina ist sicher, dass hinter der Tür kein Messermörder wartet. Aber ein Monster durchaus.

Sie sieht nicht viel. Was sie sieht, ist jedoch mehr als genug, denn sie erkennt, was fehlt. Nur einige Augenblicke lang vermag sie die Tür einen Spalt breit aufzustemmen, dann zieht sie ihren Kopf zurück. Ihr Gesicht scheint seine eigene Horrorgeschichte zu erzählen, denn als Noah sie ansieht, weicht er ruckartig einen Schritt zurück. Nina geht ihm entgegen und nimmt ihn in den Arm.

«Wir müssen in den Keller», sagt sie, ihr Mund ganz nah an seinem Ohr. «Sofort.»

«Warum?», will Noah wissen, natürlich will er das wissen, doch sie mag es ihm nicht erklären, nicht in diesem Moment, also zieht sie ihn einfach mit. Zunächst stemmt er sich mit seinem kleinen Körper dagegen, doch zum Glück hat sie mehr Kraft und mehr Masse als ein achtjähriger Junge. In der derzeitigen Situation hätte sie wohl einen ausgewachsenen Mann mitziehen können, angetrieben von der Angst, die in ihren Adern pulsiert. Sie läuft durch den Korridor, Noah noch immer hinter sich herziehend, reisst die Tür zum Keller auf und bleibt kurz stehen. Sie mag den Keller nicht, hat ihn nie gemocht. Sie geht nur hinunter, wenn es unbedingt sein muss, etwa dann, wenn der Strom ausfällt, denn der Sicherungskasten befindet sich am Ende der Treppe. Auch eine Waschmaschine steht im Keller, doch Nina hat sich eine neue angeschafft und ins Badezimmer gestellt.

Die rationale Feststellung, dass im Keller weder beängstigende Kreaturen noch wilde Tiere oder andere böse Geschöpfe lauern, beruhigt sie nicht. Die Angst vor dem Keller ist ungebrochen, doch jetzt, mit dem tobenden Sturm im Ohr und dem stumm zitternden Noah neben ihr, scheint ihr keine Alternative zu bleiben. Sie schaltet das Licht an, nimmt zusätzlich die Taschenlampe aus einem kleinen Regal an der Wand und geht gemeinsam mit Noah hinunter, Stufe um Stufe.

«Die Wand ist weg? Also wie?»

«Weg. Einfach weg. Nicht mehr da. Ein Teil liegt noch irgendwo im Zimmer. Der Rest ist irgendwo.»

«Aber … Das geht doch gar nicht.»

«Offenbar geht es doch.»

«Und die Sachen im Zimmer? Da sind Stühle und Bücher und Blumen drin. Und meine Spielsachen! Sind meine Spielsachen auch weg?»

«Ich weiss es nicht, Noah. Ich weiss es nicht.»

«Ich gehe nachschauen.»

«Nein! Das wirst du auf keinen Fall tun», erwidert Nina. «Das ist viel zu gefährlich. Der Sturm ist zu stark. Wir schauen nach deinen Spielsachen, wenn das Unwetter vorüber ist.»

Noah protestiert, doch als von oben ein weiteres Krachen zu hören ist, verstummt er.

«Bestimmt dauert es nicht mehr lange. Wir müssen nur noch ein wenig Geduld haben und hier unten ausharren.»

«Es ist so dunkel. Sogar wenn das Licht brennt, ist es dunkel.»

«Ja. Es ist eine alte Glühbirne. Bestimmt ist sie schon dreissig Jahre alt, wahrscheinlich älter. Die kann man heute nirgends mehr kaufen. Aber sie hält noch.»

«Sie ist trotzdem nicht hell.»

«Nein, das ist sie nicht. Aber sie ist besser als nichts. Es kann sein, dass irgendwann der Strom ausfällt.»

Nina schaltet die Taschenlampe ein, leuchtet kurz in Noahs Gesicht und dann wieder weg.

«Aber dann sind wir vorbereitet.»

Noah zeigt ein breites Grinsen. Nina ist froh, es zu sehen.

«Mama?»

«Ja, Noah?»

«Wenn die Wand weg ist … Also, wenn dort oben alles kaputt ist, dann können wir gar nicht mehr hier wohnen, oder? Dann müssen wir doch zuerst alles reparieren.»

«Ich glaube nicht, dass wir das selbst reparieren können. Vielleicht haben wir Glück und es passiert nicht viel mehr. Vielleicht ist es am Ende nur diese eine Wand. Dann wäre alles nicht so schlimm.»

«Und was ist, wenn doch mehr passiert?» fragt Noah, die Stimme dünn und zittrig.

«Ich weiss es nicht, Noah.»

Nachdem Nina das kleine Fenster, hinter dem ein enger Schacht an die Erdoberfläche führt, geschlossen hat, ist das bedrohliche Singen des Sturms etwas leiser. Noch immer bildet es eine unheilvolle Geräuschkulisse, die zwar längst nicht mehr so ohrenbetäubend ist wie oben in der Küche, aber dennoch den gesamten Keller ausfüllt. Obwohl die Glühbirne warmes Licht in den Raum wirft, wirken die feuchten Mauern um sie herum kalt und abweisend. Eine Bewegung lässt Nina zusammenzucken. Sie kann die Ursache zunächst nicht erkennen, hat aber den Eindruck, dass es das Zittern eines Mauersteins war. Dann wiederholt sich die Bewegung, und Nina ist erleichtert, als sie erkennt, dass es sich um eine Spinne handelt. Sie fürchtet Spinnen nicht, auch nicht solch grosse Exemplare wie jenes, das sich nun rasch über die Mauer bewegt und schliesslich in einer schattenfinsteren Ecke verschwindet. Wenn die Spinne hier wohnt, ist sie ebenfalls in Gefahr, und Nina fragt sich, ob das Tier davon weiss. Ob es spüren kann, wie der Sturm tobt und an den Wänden zerrt. Ob es spüren kann, wie das Wasser steigt. Wie die Angst der Menschen in der Luft hängt, gasförmig und bitter. Sie denkt an den Delfin am Meer und legt sich in ihrem Kopf eine rudimentär geformte Theorie zurecht, wonach alle Geschöpfe ausser den Menschen über ein unsichtbares Netz miteinander verbunden wären. Möwen und Fische, Spinnen und Delfine, Mücken und Katzen, sie alle würden Botschaften übermitteln, könnten Warnungen austauschen, und nicht nur das, sie könnten Gefühle teilen, jedes Tier könnte den Schmerz eines anderen spüren, nicht in gleicher Form und Intensität, eher wie eine vage Ahnung. Nina geht in die Hocke, starrt in die Ecke, in der die Spinne verschwunden ist, doch das Tier tritt nicht mehr aus dem Schatten hervor.

Noah berührt sie an der Schulter. «Wie lange dauert es noch?»

«Ich weiss es nicht», antwortet Nina und fragt sich, wie häufig sie sagen kann, dass sie es nicht weiss, bevor Noah entweder an ihrer Aufrichtigkeit oder an ihrer Intelligenz zu zweifeln beginnt.

«Wir sind schon so lange hier unten.»

«Nein, sind wir nicht», gibt Nina zurück, leicht gereizt vom nörgeligen Unterton in Noahs Stimme. «Wir sind noch nicht einmal eine Stunde hier. Etwas länger wirst du es schon aushalten müssen.»

«Aber ich will nicht hier sein.»

«Glaubst du denn, dass ich hier sein will?», fährt Nina ihn an. «Glaubst du im Ernst, mir macht es Spass hier unten?»

«Nein», gibt Noah kleinlaut zurück, doch Nina lässt sich davon nicht beirren.

«Ich hasse den Keller! Verstehst du? Ich hasse ihn! Ich habe Angst im Keller! Unter normalen Umständen würde ich keine Minute hier unten bleiben! Aber es sind keine normalen Umstände. Ja, ich habe Angst im Keller. Aber noch mehr Angst macht mir der Sturm.»

«Ich habe auch Angst, Mama.»

«Ich weiss, Noah.» Sie atmet einige Male durch, dann legt sie ihre Hand auf Noahs Kopf und räuspert sich. «Wir müssen jetzt einfach ausharren und Geduld haben. Zusammen schaffen wir das. Ja?»

«Ja, Mama.»

Sollen und müssen

«Milly! Wie geht es dir, meine Liebe?»

«Es geht mir gut, Olga. Wie geht es dir?»

«Nicht gut! Ich bin noch völlig von Sinnen. Dieser Sturm hat alles durcheinandergebracht. Ich weiss gar nicht, wo mir der Kopf steht.»

«Ja, er war sehr heftig.»

«Heftig? Nein, das war kein heftiger Sturm. Das war ein schrecklicher Sturm, ein grauenhafter Sturm, ein Monster. Geht es dir wirklich gut, meine Liebe?»

«Ja, Olga, mir geht es gut.»

«Das kann ich fast nicht glauben. Hat dir der Sturm denn keine Angst gemacht?»

«Ein wenig mulmig war mir schon zumute. Aber Angst? Nein, Angst hatte ich keine. Und jetzt ist er ja vorüber.»

«Ja, zum Glück. Nun geht es ans Aufräumen. Unser Garten sieht schrecklich aus, ganz schrecklich. Wie auf einem Schlachtfeld. Alles liegt zerstreut. Ausserdem ist ein Baum umgestürzt.»

«Oh nein! Ein grosser Baum?»

«Nur ein mittelgrosser. Ich habe keine Ahnung, was es für ein Baum war. Ich kenne mich da nicht so aus. Jedenfalls liegt er jetzt auf der Wiese. Mein Mann wollte ihn selbst zersägen und wegräumen, aber ich habe ihm gesagt, dass wir den Gärtner kommen lassen. Du weisst ja, wie es ist mit meinem Mann. Mit seinem Rücken. Er darf keine schweren Lasten heben, ganz bestimmt nicht irgendwelche dicken Äste oder halbe Baumstämme.»

Olgas Mann heisst Leo, doch sie spricht seinen Namen nie aus, redet stets nur von ihrem Mann. Er ist sehr dünn, nicht nur dann, wenn er neben Olga steht. Sein Gesicht ist lang und knochig, seine Haut ist bleich, und die Vorstellung, wie er einen umgestürzten Baum zur Seite räumt, belustigt Milly so sehr, dass ihr ein leises Kichern entfährt.

«Was ist so lustig?», will Olga wissen.

«Nichts», versichert Milly hastig.

«Warum hast du denn gelacht?»

«Da ist ein Vogel im Garten, der sich tollpatschig aufführt.» Milly staunt, wie leicht ihr die Lüge fällt, und einen Moment lang verspürt sie eine ungewohnte Art von Stolz, als sei ihr etwas gelungen, das ihr zuvor verwehrt geblieben ist. Die Lüge war absolut unnötig, denn hätte Milly ihr den wahren Grund für ihr Kichern offenbart, hätte Olga zweifellos mitgelacht. Milly kann sich nicht erklären, warum sie gelogen hat.

«Wie sieht es denn bei euch im Garten aus?», will Olga wissen.

«Ach, nicht so schlimm. Es ist jedenfalls kein Baum umgestürzt. Aber ein grosses rotes Plastikteil ist hier gelandet.»

«Ein Plastikteil?»

«Ja, es sieht aus wie eine grosse Muschel. Ich glaube, es ist etwas für Kinder. Ein Planschbecken oder so.»

«Woher ist das denn gekommen?»

«Ich habe keine Ahnung. Bei uns in der Nachbarschaft hat es ja keine kleinen Kinder.»

«Traurig», sagt Olga knapp. Milly denkt zunächst, sie falsch verstanden zu haben.

«Was ist traurig?»

«Keine Kinder.»

Olga und Leo haben vier Kinder, allerdings sind sie längst erwachsen und wohnen in verschiedenen Städten und verschiedenen Ländern, aber in jedem Fall sehr weit weg von ihrem Elternhaus. Keines der vier Kinder hat bisher Nachwuchs gezeugt, doch Milly ist nicht sicher, ob das der Grund für die Traurigkeit ist, mit der Olga das Fehlen von Kindern kommentiert. Sie fragt nicht nach und lenkt das Gespräch wieder auf das Planschbecken.

«Ich werde das Plastikteil jedenfalls an die Strasse stellen. Vielleicht vermisst es jemand und ist froh, es wiederzubekommen.»

«Ist es schwer, dieses Plastikteil? Wenn es schwer ist, dann soll es Hugo an die Strasse stellen. Sein Rücken ist noch nicht so kaputt wie der meines Mannes, oder?»

«Nein», erwidert Milly und spürt ein leichtes Brennen in den Augen. «Nein, sein Rücken ist nicht kaputt. Aber ich mache es. Das schaffe ich schon.»

«Ist denn Hugo schon wieder im Hobbyraum? Hockt er dort unten im Keller und lässt dich allein aufräumen nach der ganzen Katastrophe? Meine Liebe, das darfst du dir nicht gefallen lassen.»

Millys Hand klammert sich heftiger um den Telefonhörer, bis der Kunststoff knackt.

«Alles gut, Olga. Es ist alles in Ordnung. Nur keine Angst, ich lasse mir nichts gefallen.»

«Dann ist gut. Du bist eine wundervolle Frau, liebe Milly. Ich glaube, dein Hugo weiss gar nicht, was er an dir hat.»

«Ach, Olga, ich …»

«Keine Widerrede», fällt Olga ihr ins Wort. «Sei nicht immer so bescheiden.»

Bescheiden. In diesem Wort erkennt sich Milly nicht wieder, es ist keine adäquate Beschreibung ihres Charakters. Ungleich besser würde es zu Hugo passen, würde seinem Wesen zumindest in Teilen gerecht werden. Sie hatte diese Bescheidenheit bei Hugo nie als besondere Qualität angesehen, sondern sie eher als Unzulänglichkeit erachtet, als Schwäche sogar. Hin und wieder hatte sie Hugo darauf angesprochen, doch er hatte jeweils mit den Schultern gezuckt und keine Veranlassung verspürt, sich vertieft mit dem Thema auseinanderzusetzen. Bescheiden. Dass Olga sie nun mit diesem Begriff charakterisiert, überrascht Milly. Anders als früher, anders als bei Hugo, klingt es nicht mehr gänzlich negativ, und weil sie weiss, dass Olga es als Kompliment gemeint hat, fühlt sich Milly ein wenig geschmeichelt.

«An eurem Haus hat der Sturm keine Schäden hinterlassen?», will Olga wissen.

«Nein, mir ist nichts aufgefallen. Bei euch?»

«Fast nichts. Eine Holzplanke hat sich gelöst, und ein kleines Kellerfenster ist zu Bruch gegangen. Das ist alles.»

«Das und der Baum.»

«Ja, genau, der Baum. Oh, ich muss den Gärtner anrufen.»

«Und ich sollte das grosse rote Plastikteil an die Strasse stellen.»

«Das Sollen und Müssen hört nicht auf, meine Liebe.»

«Nein, es hört nicht auf. Noch nicht.»

Orenji Ōgon

Das grosse Fenster wirkt grotesk. Die zweigeteilte Fläche erstreckt sich über geschätzte zehn Meter in der Breite und etwa drei Meter in der Höhe. Dahinter würde man das Wohnzimmer sehen, wenn nicht der ebenso überdimensionale Rollladen heruntergezogen wäre. Nina steht neben einem sehr hohen und sehr dünnen Mann aus Metall, zweifellos ein Kunstobjekt, zweifellos sehr teuer, wie alles hier. Sie starrt auf das Haus, auf die langen Linien und die geometrischen Formen, auf den grauen Beton, und als ihr Blick in der spiegelnden Fläche des riesigen Fensters auf ihren Körper trifft, auf die hängenden Schultern und den gesichtslosen Kopf, zuckt sie zusammen. Sie würde den dünnen Mann gern fragen, was er von diesem Gebäude hält und ob er darin zumindest ansatzweise eine Art von Seele erkennt, doch sie fürchtet, dass jemand sie hören könnte, ein Gärtner vielleicht oder sogar Hanna, die vor einigen Minuten mit Noah an der Hand hinter dem Haus verschwunden ist, um ihm einen neuen Fisch im Teich zu zeigen. Sie blickt den dünnen Mann von der Seite an und stellt sich vor, wie er sich zu bewegen beginnt, sich in ein Gespräch mit Nina verwickeln lässt und dabei immer animierter über den Stand der Dinge diskutiert. Er würde mit seinen dürren Armen gestikulieren, würde hinaus aufs Meer zeigen und dann in einer ausladenden Bewegung auf den Garten deuten. Er würde mit seinen schmalen Schultern zucken, ein mildes Lächeln würde sich in seinem Gesicht ausbreiten und alsbald wieder einer nachdenklichen Miene Platz machen, und wenn er könnte, würde er sich auf den akkurat geschnittenen Rasen setzen und seinen Kopf schütteln, ganz langsam. Sie könnte sich neben ihn setzen und ihrerseits den Kopf schütteln, sodass sie im verständnislosen Kopfschütteln miteinander verbunden wären. Nina sieht ihn hoffnungsvoll an und wartet, aber der dünne Mann rührt sich nicht.

Noah kommt angerannt. Er ruft etwas, und im ersten Moment hat Nina Angst, dass er sich verletzt hat oder sich fürchtet. Seine Körpersprache erzählt jedoch eine andere Geschichte, und als er bei ihr ankommt und unaufhörlich weiterredet, erkennt sie, dass diese Geschichte vom neuen Fisch im Teich handelt. Er sei riesig, dieser Fisch, dick und orangefarben, manchmal könnte man meinen, er leuchte, und die anderen Fische im Teich seien jetzt gar nicht mehr so gross wie früher. Noahs Mimik ist ein beeindruckendes Schauspiel aus Begeisterung und Erstaunen, so leidenschaftlich und aufrichtig, dass Nina ihn darum beneidet. Sie lächelt ihn an, dann lächelt sie Hanna an, die mittlerweile zu ihnen gestossen ist, und Hanna lächelt zurück. Das gegenseitige Lächeln sollte Behaglichkeit auslösen, aber Nina fühlt sich darin nicht wohl, fühlt sich eingeschüchtert, wie ein Tier, das in die Enge getrieben und argwöhnisch beobachtet wird. Sie weiss, dass Hanna sie nicht argwöhnisch beobachtet, sie weiss, dass sie es gut meint. Es war schliesslich Hannas Idee, dass Noah und Nina vorübergehend bei ihr und Thom, ihrem Mann, in diesem riesigen Haus wohnen könnten. Nina zögerte zunächst, wollte das Angebot reflexartig ablehnen, doch Hanna insistierte und betonte, dass es absolut kein Problem sei, dass sie und Noah herzlich willkommen seien und so lange bleiben könnten, bis sie etwas Neues gefunden hätten. Und jetzt schaut Hanna und lächelt, und Nina fühlt sich nicht willkommen, sondern fehl am Platz.

Später schaut auch Thom und lächelt. Nichts in seinem Gesicht deutet jedoch darauf hin, dass er es gut meint, er bemüht sich nicht einmal, sein Lächeln authentisch wirken zu lassen. Es ist wahrscheinlich das gleiche Lächeln, das er Geschäftskontakten zeigt, die er nicht mag und von denen er sich irgendwelche Vorteile oder Gefälligkeiten erhofft. Nina versucht, etwa so zurückzulächeln, wie sie es von Menschen erwarten würde, die Thom irgendwelche Vorteile oder Gefälligkeiten bieten könnten und sich zugleich von ihm irgendwelche Vorteile oder Gefälligkeiten erhoffen, doch sie bezweifelt, dass es ihr gelingt. Die unwürdige Szene wird von Hanna beendet, die von ihrem Mann wissen will, wie sein Tag war. Er ist offensichtlich überrascht von dieser Frage, ist sie nicht gewohnt, und nachdem er kurz über eine Antwort nachgedacht hat, kommt sie in wortloser Form und beschränkt sich auf ein lapidares Schulterzucken.

Weil Hanna ihrem Mann nicht mitteilt, dass Nina und Noah vorübergehend bei ihnen wohnen würden, geht Nina davon aus, dass sie bereits darüber diskutiert haben. Sie bedankt sich bei ihm für die Gastfreundschaft, und auch darauf antwortet er mit einem Schulterzucken. Einige Sekunden später findet er doch noch einige Worte.

«Ist ja nur vorübergehend. Ein paar Tage.»

«Ähm … Ja, natürlich, nur ein paar Tage. Bis wir eine Bleibe gefunden haben.»

Nina will noch etwas ergänzen, will erklären, dass sie eigentlich im Hinterzimmer des «Oya» hätten unterkommen wollen und dass Hanna angeboten habe, nein, dass Hanna richtiggehend darauf gedrängt habe, dass sie bei ihnen wohnten, dass schliesslich genügend Platz vorhanden sei in diesem grossen Haus und dass Noah sich im Haus sowieso schon wohlfühlen würde, dass Freundinnen genau in solchen Situationen füreinander da sein sollten, aber Nina sagt nichts, denn sie will sich nicht rechtfertigen, nicht vor ihm, sie will nicht mit Hannas Motiven argumentieren, und ausserdem ist ihr bewusst, dass Thom sich nicht für ihre Ansichten interessieren würde. Während Nina ihn anstarrt, versucht Hanna, ihre Sicht der Dinge in Worte zu fassen. Thom winkt ab und teilt in förmlichem Ton mit, dass er sich in sein Arbeitszimmer zurückziehe.

«Wir wollen euch nicht zur Last fallen. Vielleicht wäre es doch besser, wenn wir einige Tage im ‹Oya› bleiben würden. Das Hinterzimmer ist nicht so klein, es würde …»

«Sei nicht albern», fällt ihr Hanna ins Wort. «Ihr bleibt hier. Beachte ihn einfach nicht. Er macht gerade eine schwierige Phase durch, hat viel um die Ohren, geschäftlich, meine ich. Und weil der Sturm auch sein Büro verwüstet hat, ist er im Moment häufiger zu Hause. Aber ihr werdet ihn sowieso fast nie sehen, er hockt immer in seinem Arbeitszimmer.»

«Aber es ist sein Haus. Euer Haus. Wenn er nicht will, dass wir hier sind, dann gehen wir.»

«Nina. Es ist gut. Ich bin froh, dass ihr hier seid.»

Beim Abendessen wirkt Thom erstaunlich zugänglich, erklärt Noah sogar, dass es sich beim neuen Fisch im Teich um einen Orenji Ōgon handle, einen metallisch glänzenden Nishikigoi aus der Gruppe der Hikari-mujimono. Noah hört schweigend zu, nickt mit leicht geöffnetem Mund, und Nina ist nicht sicher, ob es der ungewohnte Klang der japanischen Wörter ist, der ihn beeindruckt, oder die Tatsache, dass Thom überhaupt mit ihm spricht.

Dieser redet weiter über seine Kois, erzählt davon, dass ihm ein besonderes Exemplar noch fehle, ein Sanke, und zwar einer, bei dem die schwarze Sumi-Zeichnung neben und nicht in der roten Hi-Zeichnung liege, Tsubo sumi nenne man das, sagt Thom und hebt seinen Zeigefinger, plump und linkisch, als wäre das Heben des Zeigefingers eine Bewegung, die er trotz wiederholten Übens noch immer nicht zu meistern vermag.

Nina hat keine Ahnung, wovon Thom redet, und vermutet, dass auch Noah dessen Ausführungen nicht folgen kann, doch ihr Sohn fragt mit ehrlichem Interesse und einem ungewohnten Selbstbewusstsein, warum Thom denn unbedingt einen Sanke mit Tsubo sumi brauche, was Thom zu einem verblüfften Lachen bewegt. Die Zucht von Sanke sei besonders anspruchsvoll, wahrscheinlich sei keine andere Art so schwierig zu züchten wie die Sanke, und die Fische mit Tsubo sumi seien besonders edel.

«Ich mag den neuen Fisch, den orangefarbenen.»

«Orenji Ōgon.»

«Ja, den.»

«Der ist halt nichts Besonderes.»

«Ich finde schon. Und wenn ich finde, dass er etwas Besonderes ist, dann ist er doch auch etwas Besonderes, jedenfalls für mich.»

«Aber er ist nichts Besonderes. Es spielt keine Rolle, was du denkst.»

Damit ist das Gespräch über Kois für Thom offensichtlich beendet, denn er schaufelt sich noch einige Gabeln Reis in den Mund, wischt sich die Lippen mit der Serviette ab, nickt Hanna zu und steht auf, um wortlos wieder in seinem Arbeitszimmer zu verschwinden.

«Tut mir leid», flüstert Hanna. Nina legt ihr die Hand auf den Arm.

«Muss es nicht.»

«Habe ich etwas Blödes gesagt?», fragt Noah vorsichtig. Die beiden Frauen blicken sich kurz an.

«Nein, natürlich nicht», beschwichtigt ihn Hanna. «Ganz und gar nicht. Thom hat etwas Blödes gesagt, nicht du. Ausserdem hast du recht. Der orangefarbene Fisch ist wirklich sehr schön.»

«Orenji Ōgon.»

«Ja, der. Er ist etwas Besonderes.»

Noah lächelt. Es fällt ihm leicht, dieses Lächeln, er muss sich nicht bemühen. Nina möchte es ihm gleichtun, doch sie merkt, dass ihr die Muskeln in ihrem Gesicht nicht gehorchen, also greift sie hastig nach ihrem Weinglas und trinkt es leer.

Am nächsten Tag steht Nina mit Noah am Fischteich und beobachtet die Kois. Hin und wieder blickt sie über ihre Schulter und hin zum Haus. Durch das grosse Küchenfenster sieht sie Hanna und Thom, wie sie miteinander diskutieren, zunächst nur angeregt, aber rasch ziemlich energisch, nahezu zornig. Hanna gestikuliert mit beiden Armen, Thom nur mit einem. Sie kann nichts hören, aufgrund der dicken Verglasung bleibt das Gespräch der beiden ein stummes Schauspiel. Doch Nina weiss genau, worum es geht und welche Argumente Hanna und Thom durch den Raum schleudern.

«Die sind alle etwas Besonderes», unterbricht Noah ihre Gedanken. Seine Stimme klingt noch tiefer als sonst.

«Was?», gibt Nina verwirrt zurück.

«Die Fische. Die sind alle etwas Besonderes.»

«Sie sind schön, ja.»

«Nicht nur schön. Etwas Besonderes. Alle. Auch die kleinen grauen Fische dort.»

Nina hat keine grosse Lust, sich mit Noah über die Besonderheit dieser Fische zu unterhalten, doch sie mag sein Insistieren, ist beeindruckt von seiner Weigerung, sich mit lapidaren Bemerkungen von Erwachsenen zufriedenzugeben.

«Weisst du, wer auch etwas Besonderes ist?»

«Wer denn?», fragt Noah.

«Du.»

«Ich weiss.»

«Ach ja?»

«Ja. Jeder Mensch ist etwas Besonderes. Du bist auch etwas Besonderes.»

«Danke.»

«Hanna auch. Sogar Thom.»

«Sogar Thom?»

«Ja. Aber die Fische mag ich lieber.»

«Das kann ich verstehen.»

«Warum hat Hanna ihn geheiratet?», will Noah wissen, nachdem er seinen Blick eine Weile lang dem Weg des Orenji Ōgon hat folgen lassen.

«Vielleicht liebt sie ihn. Oder hat ihn damals geliebt.»

«Aber er tut immer so, als wäre es ihm nicht wichtig, dass man ihn liebt.»

«Wie meinst du das?»

«Naja, meistens ist er ja nicht zu Hause. Und wenn er zu Hause ist, dann ist er eigentlich doch nicht da. Manchmal schaut er sich um, als ob er etwas sucht.»

«Womöglich tut er das», gibt Nina zu bedenken.

«Was denn?»

«Keine Ahnung. Vielleicht etwas, über das er sich freuen kann.»

«Er könnte sich ja darüber freuen, dass er mit Hanna verheiratet ist. Aber er ist nicht einmal lieb zu Hanna.»

«Nein, das ist er nicht.»

«Seine Fische sind ihm viel wichtiger als seine Frau. Und sie sind ja schön, die Fische. Trotzdem ist das nicht richtig so.»

Der Orenji Ōgon und die anderen Kois schwimmen ihre Runden im Teich. Als Nina ein weiteres Mal zum Küchenfenster blickt, steht Hanna regungslos hinter der Scheibe. Thom ist nicht zu sehen. Zögernd hebt Nina ihren Arm und ihre Mundwinkel. Hanna tut es ihr gleich, zumindest in Bezug auf den Arm.

Später stehen die beiden Frauen und der sehr hohe und sehr dünne Mann aus Metall nebeneinander im Garten. Der Mann ist der einzige der drei Anwesenden, dem das Schweigen offensichtlich nicht unangenehm ist. Hanna und Nina geben sich derweil grosse Mühe, ihre Blicke auf ferne Landschaften zu lenken, damit sie sich nicht kreuzen.

Nina spürt die kalte Präsenz der grossen Fensterfläche in ihrem Rücken. Sie kann nur vermuten, dass Thom hinter der Scheibe steht, abgeschirmt vom heruntergezogenen Rollladen, und verstohlen nach draussen späht. Doch selbst wenn er nicht da wäre, würde sie sich unwohl fühlen. Es ist nicht die ungeheuerliche Grösse des Hauses, die ihr missfällt. Auch nicht das offensive Zurschaustellen von Reichtum und Prunk. Es ist vor allem die Abwesenheit von Wärme, von Seele in den Räumen. Sie war schon viele Male hier, jedoch höchstens für ein paar Stunden, und in denen war ihr die Kargheit nie richtig bewusst geworden. Jetzt kriecht die Sterilität und Leere wie ein Virus unter die Haut, lähmt ihre Glieder und lässt das Blut erkalten.

«Ich will nicht, dass ihr unseretwegen streitet.» Obwohl Nina flüstert, zuckt Hanna zusammen.

«Mach dir deswegen keinen Kopf. Lass das meine Sorge sein.»

«Es soll überhaupt keine Sorge sein.»

«Manchmal können wir uns die Dinge eben nicht aussuchen.» Hanna blickt Nina an.

«Manchmal schon.»

«Ich möchte einfach, dass ihr euch hier wohlfühlt.»

«Ich bin nicht sicher, ob wir uns hier wohlfühlen», gibt Nina nach kurzem Zögern zurück.

«Ihr … Wegen Thom?»

«Nein. Ja. Auch wegen Thom. Wegen der ganzen Situation. Wegen dem Haus.»

«Was ist mit dem Haus?»

«Es ist …», beginnt Nina stotternd und sucht nach Worten, in die sich ihre Gedanken möglichst behutsam verpacken lassen. «Es ist so gross. Zwar ist es schön, dass so viel Platz da ist. Aber …»

«Was denn?», fragt Hanna ungeduldig, als Nina das Aber in der Luft hängen lässt. Nina schaut kurz in Hannas Augen und gleich wieder weg, heftet ihren Blick an eine Stelle am Horizont.

«Ich fühle mich klein in diesem Haus. Unpassend, verloren. Ich weiss nicht genau, wie ich es erklären soll.»

«Es tut mir leid, dass dir unser Haus nicht zusagt.» Eine unbekannte Distanz dringt in Hannas Stimme und lässt sie fremd klingen. Sie wendet sich ab und blickt zur Fensterfront.

«So habe ich das nicht gemeint, Hanna.»

«Wie hast du es dann gemeint?»

«Ich bin es nicht gewohnt, in einem solchen Haus zu leben. Bei uns ist alles alt und klein und schief. Hier nicht. Das ist nicht die Welt, die ich kenne.»

«Dann leben wir offenbar in verschiedenen Welten, du und ich.»

Nina legt Hanna eine Hand auf den Arm und wartet, bis sich ihre Blicke wieder gefunden haben.

«Ich will mich nicht mit dir streiten.»

«Wir streiten doch nicht, Nina.»

Das Lächeln in Hannas Gesicht wirkt wie eine unvollendete Skizze, ein rudimentärer Entwurf, der vom Scheitern erzählt. Sie hält das unfertige Lächeln einen Moment aufrecht, bevor sie es ermatten lässt. Hanna wendet sich ab und geht zurück zum Haus. Nina bleibt neben dem sehr hohen und sehr dünnen Mann aus Metall stehen und blickt ihn an.

«Sag etwas», flüstert sie. «Sag irgendwas.»

El Principio

Auf dem schmalen Gehsteig liegt ein Stück Stoff, dunkelblau, wahrscheinlich eine Jacke. Eigentlich könnte Milly sie aufheben, könnte den Staub vom Stoff klopfen und das Kleidungsstück mitnehmen, es jemandem schenken oder vielleicht sogar behalten. Sie könnte es zum kleinen Gebrauchtwarenladen bringen und die greise Besitzerin fragen, ob sie es verkaufen wolle. Sie könnte es zumindest auf das kleine Mauerstück neben der Strasse legen, damit man es besser sehen kann. Doch Milly tut nichts davon, sie lässt das Stück Stoff liegen, nicht unbedingt, weil sie desinteressiert oder zu faul wäre, sondern weil sie sich nicht einmischen will, weil sie sich nicht berechtigt fühlt, die Geschicke dieser Jacke in die Hände zu nehmen. Würde sie die Jacke aufheben, würde sie zu ihrer Angelegenheit werden, und Milly hat keinen Bedarf an neuen Angelegenheiten.

Wie Milly den hellblauen Himmel betrachtet, der sich über die Stadt und über das Meer spannt, mag sie kaum glauben, dass nur wenige Tage zuvor dieser entsetzliche Sturm getobt hat. Die Spuren sind noch deutlich zu sehen. Selbst in der oberen Stadt mit ihren modernen und vermeintlich robusten Bauten sind die Schäden offensichtlich. Vereinzelt hängen Fensterläden schief an den Fassaden, in den Gärten sind Bäume umgekippt, Trennwände liegen auf dem Boden.

Ungleich heftiger sind die Folgen allerdings in der unteren Stadt. Milly sieht nur den kleinen Teil, der sich bis zum Meer erstreckt. Zudem ist aus dieser Distanz nicht viel zu erkennen. Doch es ist klar, dass dort unten mehr zu Bruch gegangen ist als Fensterläden oder Ziegelsteine. Gleich bei mehreren Häusern liegt anstelle des Daches eine Plastikplane über dem Giebel, bei einem weiteren Gebäude scheint das gesamte obere Stockwerk eingestürzt zu sein. Die Verletzlichkeit dieser Bauten war ihr zwar bewusst, doch diesem Bewusstsein wohnte bisher stets etwas Theoretisches inne, so wie man verinnerlicht hat, dass die menschliche Haut dünn und empfindlich ist, aber erst dann begreift, was das bedeutet, wenn eine tiefe und blutende Wunde es vor Augen führt. Milly lässt ihren Blick auf der unteren Stadt ruhen, dann richtet sie ihn wieder auf die Strasse und geht weiter. Sie hat Hunger.

Das «Geschlossen»-Schild fällt ihr erst auf, nachdem sie erfolglos an der Eingangstür gezogen hat. Verunsichert bleibt Milly stehen, die Hand noch immer am Türgriff. Sie schaut durch das Frontfenster, bemerkt erst jetzt, dass im Innern kein Licht brennt und kein Mensch zu sehen ist. Auf einer vergilbten Tafel neben der Tür stehen die Öffnungszeiten, von Hand geschrieben, in einer äusserst eleganten, kunstvollen Schrift. Milly liest aufmerksam, liest ein zweites Mal. Eigentlich weiss sie auch ohne die Hinweistafel, dass das «Oya» geöffnet sein müsste. Doch ihr Wissen und die notierten Zeiten wirken wie Behauptungen, überzeugende und fundierte Behauptungen zwar, aber dennoch nutzlos, denn das, was zählt, ist offensichtlich das «Geschlossen»-Schild. Dieses «Geschlossen»-Schild ist im Moment die einzige Tatsache, noch konkreter als ihr Hunger.

Sie kann das nicht gut. Mit Unerwartetem umgehen, auf Hindernisse reagieren. Häufig verharrt sie dann, fühlt sich machtlos im Gefüge der Zeit, als wäre sie gefangen und würde von unsichtbaren Kräften am Weiterkommen gehindert. Ihre Finger klammern sich am Türgriff fest wie Fremdkörper, und als sie es bemerkt, zieht sie die Hand erschrocken zurück und starrt sie an, betrachtet die unzähligen Linien auf der Haut, manche schmal und fein wie ein blondes Haar, andere tiefe Furchen, trostlose Täler, die sich über die Handfläche erstrecken und schliesslich im Nichts verlaufen. Milly krümmt die Hand. Die Täler werden noch tiefer.

Noch einmal schaut sie auf das «Geschlossen»-Schild. Es hat nichts von seiner ernüchternden Aussagekraft verloren, und als sie sich dumm vorkommt, weil sie so nutzlos an der Eingangstür steht, räuspert sich Milly viel zu laut und wendet sich ab. Sie überlegt, ob sie ein anderes Restaurant aufsuchen soll, vielleicht sogar jenes beim grossen Einkaufszentrum, obwohl sie die offene Architektur, die hallenartige Akustik und die kühlen Materialien nicht mag. Aber das Essen soll gut sein, hat Olga einmal gemeint, und Olga ist in kulinarischer Hinsicht überaus kritisch. Dennoch hadert sie mit dem Gedanken, zum Einkaufszentrum zu gehen und sich inmitten unzähliger fremder Menschen an einen Tisch zu setzen. Vielleicht sollte sie einfach nach Hause zurückkehren, sich einen Teller Nudeln kochen und Dosentomaten dazugeben.

«Milly?»

Ihr Name fällt so unvermutet, dass sie aufschreit. Sie dreht sich um und blickt zur Eingangstür, doch dort ist niemand zu sehen. Erst als die Stimme ein zweites Mal nach ihr ruft, kann Milly sie lokalisieren.

«Hast du Hunger?», fragt Nina, die ihren Oberkörper so weit aus einem Seitenfenster lehnt, dass Milly befürchtet, sie könnte herausstürzen. Hastig bejaht sie die Frage, worauf Nina das Fenster schliesst, kurz darauf hinter der Glastür erscheint und sie entriegelt.

«Was ist mit euren ganzen Sachen?»

«Naja, einiges ist zerstört. Das meiste haben wir in den Keller gebracht, der ist mehrheitlich trocken geblieben. Ein paar Kleider und sonstige Gegenstände haben wir in unsere Koffer gepackt, die liegen jetzt im Hinterzimmer. Viel haben wir sowieso nicht.»

«Das muss schrecklich für euch sein.» Milly hebt eine Hand an ihre Wange.

«Ja. Nein. Irgendwie ist mir noch nicht ganz klar, was geschehen ist. Seit dem Sturm … Seit dem Sturm funktioniere ich einfach, wie eine Maschine, die von Kaffee, Wasser und Wein angetrieben wird.»

«Das ist bestimmt anstrengend.»

«Du meinst wegen dem Wein?»

«Nein!» Milly erkennt erst an Ninas Grinsen, dass sie scherzt. Trotzdem bleibt Milly ernst. «Nein, die ganze Situation. Du musstest ja auch für deinen Sohn da sein.»

«Das bin ich auch sonst.»

«Natürlich. Aber es ist zweifellos ein Ausnahmezustand.»

«Ausnahmezustand. Ja, das ist wohl das passende Wort. Sie fehlen mir zurzeit öfter, die passenden Worte. Auch wenn ich Noah etwas zu erklären versuche. Ich weiss stets, was ich sagen will. Aber nicht, wie ich es sagen soll. So viele Begriffe sind nicht mehr auffindbar. Als ob der Sturm nicht nur das Haus, sondern auch meinen Wortschatz zerstört hätte. Ausnahmezustand ist gut. Ein gutes Wort, ein treffendes Wort. Danke, dass du es für mich gefunden hast.»

Milly fällt nichts ein, das sie darauf erwidern könnte, also sagt sie nichts, nickt höflich und senkt den Blick.

Nina erzählt von den Tagen bei ihrer Freundin Hanna, von Thom und von den Fischen im Teich. Milly fragt hin und wieder nach, sehnt sich nach einer gewissen Genauigkeit in den Beschreibungen, nach Anhaltspunkten, die es ihr erlauben, sich die Geschehnisse besser vorzustellen. Sie braucht Details, um sich ein Bild machen zu können. Ihr Leben scheint ihr nur noch eine Ansammlung von groben Entwürfen zu sein. Die Erzählungen von Olga, die rudimentär geschilderten Neuigkeiten im Radio und im Fernsehen, ihre verblassenden Erinnerungen – alles wirkt schemenhaft. In ihren Gesprächen mit Hugo verspürt sie die ersehnte Genauigkeit, und sie ahnt, dass es nicht gesund sein kann, sie nur dort zu finden.

«Wie reagierte denn deine Freundin auf das Verhalten ihres Mannes?»

«Hanna? Sie stritt sich mit ihm, zweifellos auch über die Tatsache, dass Noah und ich da waren. Ich hörte sie nicht richtig, aber beobachtete sie zumindest. Es brauchte nicht viel Fantasie, um die Stimmung zu deuten, die in diesem lächerlich grossen Haus lag. Ich mag das nicht. Streiten. Ich streite nicht gern, bin nicht sonderlich gut darin. Doch das Streiten von anderen ist ebenso unangenehm. Vor allem, wenn ich selbst die Auslöserin bin.»

«Konntest du mit deiner Freundin darüber sprechen?»

«Ja.» Nina hält inne, lässt ihren Blick zu Boden fallen. «Das machte die Sache nicht besser. Im Gegenteil.»

«Wie meinst du das?»

«Da war eine Distanz», erklärt Nina. «Wir standen nebeneinander, aber zugleich weit voneinander entfernt. Hanna und ich sind schon so lange befreundet. Sie ist ein Teil meines Lebens, ein selbstverständlicher Teil. Und ich bin nicht sicher, ob in dieser Selbstverständlichkeit nicht auch Bequemlichkeit liegt, verstehst du?»

Milly weiss nicht, ob sie nicken oder den Kopf schütteln soll, also neigt sie ihn zur Seite.

«Wir hatten stets eine enge Bindung. Doch ich habe nie hinterfragt, wie gut diese Bindung die Zeit überdauert hat. Ich merke einfach, dass sie anders ist als früher. Gerade so, als wäre sie abgenutzt worden. Ausgeleiert. Wie wir dort nebeneinander vor diesem riesigen Haus standen, wurde mir klar, dass da weniger Nähe ist zwischen ihr und mir. Sie geht ihren Weg, ich gehe meinen Weg. Doch die beiden Wege verlaufen nicht parallel. Nicht mehr.»

«Wie reagierte Noah auf die Situation mit Hanna?», fragt Milly, um das entstandene Schweigen aufzulösen.

«Ich bin nicht sicher, ob er überhaupt viel davon mitbekam. Er war vor allem begeistert von den Fischen. Ich glaube, in den drei oder vier Tagen, die wir dort wohnten, war er dauernd am Teich. Manchmal spielten wir miteinander, ein Brett- oder Würfelspiel. Doch kaum waren wir mit einer Runde fertig, lief er wieder zum Teich. Er war ja schon oft bei Hanna, aber die Fische schienen ihn damals wenig zu interessieren. Dieser Ausnahmezustand, wie du ihn nennst, der macht etwas mit ihm.»

«Er macht wohl etwas mit uns allen.»

«Ja, wahrscheinlich. Aber bei Noah wird es so greifbar. Manchmal zieht er sich zurück, in einen Unterschlupf oder eben zu den Fischen. Er wirkt dann ganz klein, kindlicher als sonst. Dann wieder scheint er an der Schwelle zu einer nächsten Lebensphase zu stehen. Klar, er wächst, er wird älter, entwickelt sich laufend. Aber im Moment gleicht seine Entwicklung eher einem Taumeln. Und ich stehe daneben und bin nicht sicher, ob ich ihn auffangen könnte, wenn er hinfallen würde.»

«Das könntest du bestimmt.»

«Ich hoffe es. In letzter Zeit hadere ich jedoch immer häufiger mit mir selbst. Gestern fragte Noah, was er sagen solle, wenn er weggehe und zurückkomme, denn er könne ja nicht sagen, dass er nach Hause komme, weil dort, wo wir im Moment wohnten, nicht unser Zuhause sei. Ich erwiderte, dass das ‹Oya› zwar nicht wirklich unser Zuhause sei, wir es aber vorübergehend als solches bezeichnen könnten, wie eine Art Spiel, doch er konnte meinem Vorschlag nichts abgewinnen. Er wollte eine richtige Lösung, brauchte eine klare Antwort. Die konnte ich ihm nicht geben. Ich schlug vor, dass er einfach sagen solle, er komme ins ‹Oya›. Zunächst fand er die Idee gut. Nachdem er den Satz einige Male wiederholt hatte, verlor er den Gefallen daran. Er wollte weiter diskutieren, doch ich hatte weder die Kraft dazu noch Interesse daran. Er könne sagen, was er wolle, es sei mir egal, sagte ich ihm, oder nein, ich sagte es nicht, ich schleuderte ihm die Worte entgegen, viel zu laut und viel zu gehässig. Ich bemerkte es, aber ich hörte nicht auf. Im Gegenteil. Ich bellte und bellte, wie ein Hund. Warum er auf dieser Frage herumreiten müsse, fuhr ich ihn an, es spiele keine Rolle, wie er es nenne, wir hätten wirklich grössere Probleme als das, und ob ihm eigentlich nicht klar sei, wie übel die Situation sei, wie beängstigend, wie beschissen.»

Nina verstummt, lässt das letzte Wort im Raum hängen und beisst sich auf die Unterlippe. Ihr Blick geht zur Decke, auch wenn es dort nichts zu sehen gibt. Milly verunsichert, dass Ninas Wortschwall so plötzlich versiegt ist.

«Du darfst dir keinen Vorwurf machen. Es ist ein Ausnahmezustand, vergiss das nicht.»

«Ja. Aber ich konnte sehen, dass ihn die Heftigkeit meiner Worte erschreckte, womöglich auch der Ausdruck in meinem Gesicht. Ich hatte ihn verletzt. Doch ich konnte mich nicht entschuldigen, nicht in dem Moment. Ich weiss nicht, ob ich mich im Recht fühlte oder ob ich mir darüber gar keine Gedanken machte. In jenem Augenblick war ich einfach unfähig, einen Schritt in Noahs Richtung zu machen. Erst zwei, vielleicht drei Stunden später ging ich zu ihm hin. Er las gerade in einem Buch, und ich nahm es ihm aus der Hand, legte es zur Seite und umarmte ihn, drückte ihn an mich. Ich versuchte, ihm die Situation begreiflich zu machen, meine Gefühle, meine Ängste zu erklären. Nicht nur ihm, auch mir selbst.»

«Ist es vor allem wegen eurem Haus?», will Milly wissen.

«Ja, im Moment ist es vor allem das Haus. Innert weniger Stunden hat es sich von einem Zuhause zu einem Problem gewandelt, zu einer Belastung. Beim Ess- und Wohnzimmer fehlt eine Wand, eigentlich sogar zwei, und was sich noch im Zimmer befindet, ist schmutzig und beschädigt. In meinem Schlafzimmer sieht es ähnlich aus, in Noahs Zimmer ebenfalls.»

«Und wie geht es jetzt weiter?»

«Selbst wenn wir wollten oder es uns erlauben könnten, ist das Haus zu wenig stark beschädigt, um es seinem Schicksal zu überlassen. Ausserdem will ich es ja reparieren, will es wieder bewohnbar machen. Doch Hammer und ein paar Nägeln reichen dazu nicht aus. Wir müssen Fachleute kommen lassen, vielleicht sogar ein Bauunternehmen. Ich weiss nicht genau, was die Reparaturen kosten würden. Aber ich bin sicher, dass ich sie nicht bezahlen könnte, nicht einmal ansatzweise. Vor allem darum ist das Haus ein Problem geworden.»

Nina fragt mit einer Handbewegung, ob Milly noch mehr

Wein wolle. Sie protestiert zunächst halbherzig, nickt dann aber. Während die beiden Frauen an ihren Gläsern nippen, blickt Milly sich um. An einer Wand hängen Plakate, Ankündigungen von längst vergangenen Konzerten und Ausstellungen. Ein grosses Poster zeigt ein rotes Fragezeichen, das offenbar aus vielen einzelnen Sätzen besteht, wahrscheinlich Fragen, doch Milly kann sie nicht entziffern. «El principio del fin», steht auf einem anderen Plakat, «der Anfang vom Ende». Unterhalb der Buchstaben schaut ein alter Mann auf das Meer hinaus. Milly wundert sich, was er dort sieht. An einer Stelle, wo sich Wasser und Himmel begegnen, ist ein Fetzen Papier aus dem Plakat herausgerissen worden. Vielleicht ist es das, denkt sie. Vielleicht sieht er genau dorthin. Vielleicht sieht er, was nun fehlt.

«Es ist schön im ‹Oya›.» Milly wendet sich wieder Nina zu. «Trotzdem könnt ihr doch nicht hier leben.»

«Ach, das Zimmer ist ganz in Ordnung. Zwar klein und dunkel, etwas feucht und staubig. Aber die Matratzen sind bequem, es ist warm genug in der Nacht, und wir schlafen gut.»

«Wie lange wollt ihr denn hierbleiben?»

«Nur ein paar Nächte. Bis wir etwas gefunden haben.»

«Und in eurem Haus gibt es wirklich keine Möglichkeit?»

«Naja, die Küche ist unversehrt geblieben, aber zu eng. Und der Keller. Ich will nicht im Keller schlafen. Ich werde versuchen, in den nächsten Tagen ein wenig aufzuräumen und vielleicht sogar einiges zu reparieren.» Ninas Stimme klingt monotoner als zuvor, matt und abwesend.

«Ich könnte dir helfen.»

«Nein, das musst du nicht.» Nina schüttelt heftig den Kopf und wirkt sogleich wieder präsenter. «In gewisser Weise tust du es bereits. Ich bin froh, dass du hier bist. Ich mag unsere Gespräche sehr.»

«Ich auch.»

Milly trinkt ihr Glas leer und stellt es neben den Teller, in dem noch vereinzelte Spaghetti liegen, wie tote Würmer auf Asphalt.

Der Mann auf dem Plakat an der Wand schaut noch immer aufs Meer hinaus, auf das Loch im Papier. Milly überlegt, worum es sich bei «El principio del fin» handeln könnte. Um einen Film womöglich oder ein Theaterstück. Ein Buch. Eine Ausstellung, mit Fotografien, mit Bildern des Meeres oder von Menschen, die aufs Meer starren, weil man dort bisweilen Antworten findet, die verborgen geblieben wären, wenn man auf einen Baum oder an eine Hauswand geschaut hätte. Sie könnte Nina fragen, doch der Moment erscheint ihr unpassend, also lässt sie ihren Blick auf dem Loch im Plakat ruhen.

Perspektiven

Nachdem Milly die Tür hinter sich geschlossen hat, spült Nina die Gläser, wischt mit dem Putzlappen einige Male über den Tresen und lässt ihren Blick über die Stuhllehnen gleiten. Sie fragt sich, ob sie sich Milly gegenüber zu sehr öffnet, ihr zu viel von ihrem Innenleben offenbart. Gleichzeitig fühlt sie, wie ihr jedes Wort, das ihr über die Lippen kommt, guttut. Vielleicht redet sie deshalb so viel, wenn Milly da ist. Schicksal ist ein Begriff, mit dem sie wenig anfangen kann, sie glaubt nicht an eine unausweichliche Bestimmung. Dennoch wird sie den Eindruck nicht los, dass es einen Grund gibt, weshalb Milly in ihr Leben getreten ist.

Sie mag die Gespräche tatsächlich sehr. Nicht zuletzt deshalb, weil sie helfen, das Unfassbare fassbar zu machen. Wenn sie allein mit ihren Gedanken ist, wirkt alles diffus und verworren. Wenn sie aber mit Milly redet, wird das Geschehene konkret. Gleichzeitig hat sie nicht den Eindruck, bewertet oder gar beurteilt zu werden. Milly hört lediglich zu, aufmerksam, dennoch neutral. Etwas, das Nina bei Unterhaltungen mit Hanna wahrscheinlich häufig fehlt.

Nina schiebt ein paar Stühle zurecht, hängt den Putzlappen auf und schaut sich im «Oya» um. Was sie sieht, ist ihr vertraut, ist ihr nah. Trotzdem bleibt es vor allem ein Ort, an dem sie arbeitet. Das Haus am Meer hingegen ist Noah und ihr ein Zuhause, es ist ihr Refugium, dort fühlen sie sich aufgehoben, sicher. Aber die Sicherheit, sie ist abhandengekommen, ist weggeweht worden vom Sturm. Dass sich das Wasser scheinbar unaufhaltsam der Türschwelle nähert, daran hat sich Nina gewöhnt. Sie hat gelernt, sich damit abzufinden, dass die Zeit nicht zu ihren Gunsten arbeitet. Und sie weiss, dass sie auf lange Sicht nicht in ihrem Haus werden leben können. Diese Art der Endlichkeit ist ihr nicht fremd, auch nicht die Angst, die sie mit sich bringt. Die Trägheit, mit welcher der Meeresspiegel steigt, hat diese Angst jedoch relativiert, hat das Unausweichliche weit in die Zukunft geschoben. Ihnen blieb noch Zeit. Doch der Sturm hat auch diese Zeit mitgerissen.

Wenn sie jeweils vom Ufer aufs Meer hinausblickt, kann sie unzählige Stellen am Horizont anvisieren, und jede dieser Stellen verkörpert eine mögliche Richtung, in die sie sich aufmachen könnte, ein mögliches Ziel, das sie erreichen würde, wenn sie wollte. Wohin sie schaut, sieht sie Freiheit, sieht unterschiedliche Perspektiven, sieht Wege, auch wenn sie diese nicht gehen will. Beim Gedanken an ihr Haus, an ihr Zuhause, sieht sie nichts dergleichen. Die einzige Entscheidung, die sie treffen muss, ist der Zeitpunkt, in dem Noah und sie gehen müssen.

Eine Spaziergängerin

Beinahe wie eine Spaziergängerin bewegt sich die Spinne über Hugos Körper, geht ohne Hast dem rechten Bein entlang, klettert über die Falten in der Hose zum Hemd, ändert ihre Richtung, nähert sich dem Kragen. Auf der Höhe der Brusttasche bleibt die Spinne stehen und schaut; die Spaziergängerin hat einen Aussichtspunkt erreicht und lässt mit ihren vielen Augen den Blick schweifen. Als Milly sich bewegt, schreckt die Spinne zurück und eilt dann weiter, erklimmt den Kragen und steigt kurz vor dem Ohr nach oben auf Hugos Gesicht. War sie bisher fasziniert vom Spaziergang des Tieres, findet Milly dessen Verhalten nunmehr äusserst respektlos. Erzürnt wischt sie die Spinne von Hugos Wange und wirft ihr einige verächtliche Worte hinterher, während das Tier sich eilig hinter einem Schrank versteckt. Dann lässt Milly ihren Arm auf Hugos Brustkorb sinken, etwas weiter oben als sonst, damit sie sein Gesicht berühren kann, seinen Kiefer, sein Ohr. Seine Haut ist kalt, doch unter ihrer Hand wird sie allmählich wärmer.

«Früher habe ich mich immer vor Spinnen gefürchtet, erinnerst du dich? Oder nein, ich hatte nicht wirklich Angst vor ihnen. Aber ich habe sie eklig gefunden. Die merkwürdigen Beine. Die feinen Haare auf dem Rücken. Und dann diese Unberechenbarkeit. Ich hatte stets den Eindruck, dass Spinnen Böses im Schilde führen und mir übel gesinnt sind, obwohl ich wusste, dass ich ihnen vollkommen egal bin und sie vor allem versuchen, mir aus dem Weg zu gehen. Es ist mir nicht gelungen, Spinnen zu vertrauen, ich habe sie nicht einschätzen können.

Am liebsten habe ich Spinnen gemocht, die in ihrem Netz hocken. Die warten, bis ihnen eine Mücke oder ein anderes Insekt in die Falle geht. Dort, in ihrem Netz, an ihrem angestammten Platz, habe ich sie einschätzen können. Wenn ich eine Spinne in ihrem Netz betrachtet habe, bin ich erstaunt gewesen über die Perfektion, mit der die Natur diesen kleinen Körper geformt hat, über die wunderlichen Zeichnungen auf dem Rücken, über die Symmetrie der Gliedmassen. Ausserhalb des Netzes jedoch war mir jede Spinne eine Feindin. Ich frage mich, wann sich das gewandelt hat und warum. Heute sind mir Spinnen nicht mehr unangenehm. Sie sind einfach da. Sollen sie auch dürfen.»

Milly lässt ihre Fingerkuppen über Hugos Wangen gleiten.

«Doch in deinem Gesicht haben sie nichts verloren.»

«Wahrscheinlich sollte ich nicht fragen. Wahrscheinlich müsste ich einfach akzeptieren, im Wissen, sowieso keine Antwort zu erhalten. Doch die Frage lässt mich nicht los. Ich wundere mich, ob du schon früher mit diesem Gedanken gespielt hast. Ob du daran gedacht hast. Ob es ein Thema gewesen ist, vielleicht sogar etwas, das dich bedrückt hat, immer wieder. Du ... Du hast nie etwas gesagt. Hast dir nichts anmerken lassen. Bist jeden Morgen aufgestanden und jeden Abend schlafen gegangen und hast dazwischen nie erwähnt, dass du betrübt gewesen bist oder traurig. Aber da muss doch ... Da muss doch etwas gewesen sein, oder nicht? Manchmal denke ich, dass da ein geheimer Raum gewesen ist, ein verstecktes Hinterzimmer in deinem Innern, vergleichbar mit deinem Hobbyraum. An der Wand ist ein grosser Schrank gestanden, hoch und breit, mit unzähligen kleinen Schubladen, und in diesen Schubladen hast du deine Geheimnisse aufbewahrt, die ganz banalen Geheimnisse, jedoch auch jene, die dein Wesen geprägt haben, die auf dir gelastet haben wie schwarze Steine. Aber womöglich ist da kein Schrank gewesen. Kein Hinterzimmer. Vielleicht hast du mir alles gezeigt. Und mehr ist nicht da gewesen.»

Die Spinne kommt wieder hinter dem Schrank hervor, sachte nähert sie sich, ist von der hektisch Fliehenden wieder zur Spaziergängerin geworden. Milly versucht, sich in deren Lage zu versetzen, sich vorzustellen, was sie sieht und wahrnimmt. Es ist eine befremdliche Welt, die sich der Spaziergängerin offenbart, eine ominöse Anordnung von wuchtigen Formen, steil nach oben drängenden Strukturen, grob und einnehmend. In dieser unwirtlichen Umgebung bewegt sie sich mit einem tief verankerten Selbstbewusstsein, aber auch mit der gebotenen Vorsicht. Fast alles, was ihr begegnet, ist grösser als sie selbst, überragt sie um ein Mehrfaches, doch es besteht kein Anlass zur Ehrfurcht, sie ist nicht eingeschüchtert. Sie weiss sich zu orientieren in ihrem Umfeld. Unbeirrt navigiert sie durch diese Ansammlung von skurril wirkenden Gebilden, und nur ganz selten gerät sie aus dem Tritt, verliert die Kontrolle, zum Beispiel dann, wenn sie eines dieser skurrilen Gebilde erklimmt und plötzlich von einem riesigen Objekt weggewischt wird.

Die Spaziergängerin hat keine Eile. Hin und wieder bleibt sie stehen, nicht verunsichert oder argwöhnisch, sondern eher als Ausdruck einer gewissen Bequemlichkeit. Sie blickt in die Richtung des gewaltigen Sockels, der sich auf dem Boden ausbreitet und auf dem dieses unförmige Etwas liegt, dieser zerklüftete Körper, reglos und so kalt wie die Luft in diesem Raum. Die Spaziergängerin ist neugierig, möchte hinaufsteigen, zunächst auf den Sockel und dann auf den Körper, möchte von einem Ende zum anderen gehen, möchte die Veränderungen unter ihren Beinen registrieren, möchte die verschiedenen Materialien spüren. Doch kurz vor dem Sockel bleibt sie stehen, hält inne, wartet ab. Sie hat es zuvor schon versucht, und der Versuch endete in einer Weise, die alles andere als angenehm war. Die Spaziergängerin legt eines ihrer Beine an den Sockel, doch dann dreht sie ab und geht seitwärts weg, bis sie einen grossen Kubus erreicht, hinter dem sich ein enger und dunkler Gang auftut, in dem die Spaziergängerin Zuflucht findet.

Milly kennt dieses Gefühl der Kleinheit. Auch sie ist winzig in Anbetracht der Welt, in Anbetracht der Stadt, der Menschen, der Häuser, der Bäume, des Meeres, der Winde, der Natur. Die Dimensionen sind ausufernd, geradezu einschüchternd, doch Milly fehlen die Unbekümmertheit und das Selbstbewusstsein der Spaziergängerin. Wenn Milly einen Spaziergang macht, tut sie es mit dumpfem Misstrauen. Sie hält sich fern von stark frequentierten Pfaden und achtet darauf, Begegnungen mit anderen Menschen zu vermeiden. Wahrscheinlich war das schon immer so, doch in jüngster Vergangenheit hat sich dieses Verhalten intensiviert. Die Spinne spinnt ihr Netz, um sich zu ernähren, es ist lebenswichtig. Millys Netz ist alt und instabil, porös und löchrig, und falls es einst über eine ausreichende oder sogar beträchtliche Stärke verfügt hat, ist diese längst verloren gegangen.

Da ist Olga. Ob Olga aus Mitleid, Gewohnheit oder Trägheit im Netz verbleibt, ist Milly nicht sonderlich wichtig, sie ist nur froh, dass sich Olga noch nicht befreit hat. Da ist auch Nina, irgendwie, und dass die junge Frau in ihrem Netz aufgetaucht ist, erachtet Milly als grosses Glück, und sie mag nicht wirklich an einen Zufall glauben. Sie schätzt den Austausch mit Nina: die Worte, aber ebenso die Stille dazwischen, versüsst vom Wein. Doch es sind nicht nur die Gespräche, die eine ungeahnte Tragweite erhalten haben, sondern auch das Vertrauen und die Vertrautheit, die sich in ihnen zeigen. Ein weiteres Gefühl greift sich Raum, doch Milly kann es nicht benennen. Es ist zu diffus, zu wenig greifbar und zudem zwiespältig, zugleich schön und aufwühlend.

«Sie tun mir so leid», sagt Milly leise. Sie hat sich aufgesetzt, ihren Kopf in die Hände gelegt, ihr Rücken berührt Hugo am Oberschenkel.

«Nina und ihr kleiner Sohn. Noah heisst er. Die beiden wohnen jetzt in diesem kleinen Zimmer im Restaurant, während ihr Haus leer steht, mit herausgerissenen Wänden wie offene Wunden eines verletzten Tieres. Es muss schrecklich sein, das Zuhause zu verlieren, selbst wenn es nur vorübergehend ist. Menschen brauchen einen Ort, an dem sie ganz zu sich zurückkommen können. Einen Ort, an dem sie alle Masken ablegen können. Einen Ort, an dem sie ihre eigene Luft atmen, ihre eigenen Strukturen errichten, ihren eigenen Regeln folgen. Ich will mir gar nicht vorstellen, wie es ist, wenn dieser Ort fehlt. Das Zuhause ist ein Teil der Identität, denkst du nicht auch? Wir beide sind mit diesem Haus verbunden, wir sind ein Teil davon, aber vor allem ist es ein Teil von uns. Wir kennen den Duft in jedem Zimmer, wir wissen, wie sich das Holz an den Wänden anfühlt, oder die kalten Mauern im Keller. Wir haben die Geografie des Hauses so tief verinnerlicht, dass wir nachts durch die dunklen Räume schleichen können und uns nicht anstossen, oder zumindest nur selten. Das Haus ist in unseren Poren, in unserem Blut. Es ist unsere Heimat, nicht wahr? Nicht diese Stadt, nicht dieses Land, nein. Dieses Haus.»

Sie sieht sich im Hobbyraum um, betrachtet den grossen Arbeitstisch, das breite Regal, in dem unzählige Geräte und andere Objekte stehen wie in einem unordentlichen Museum. Das Regal und die Schränke beherbergen eine merkwürdige Sammlung, eine heterogene Mischung aus irren Reliquien, und eigentlich bestünde die Möglichkeit, dass sie von unschätzbarem Wert sind. Doch Milly ist überzeugt, dass nichts davon kostbar ist, und muss sich hüten, die Dinge in den Regalen nicht als Schrott zu bezeichnen. Als sie vorhin davon gesprochen hat, dass sie jedes Zimmer in diesem Haus kennt, hat sie diesen Raum nicht bedacht, hat ihn ausgeklammert, obschon sie sich gerade in ihm befindet. Sie kennt sich hier nicht aus. Wenn sie die Augen schliesst, setzen sich die einzelnen Teile des Hobbyraums nicht wieder zu einem Ganzen zusammen. Alles zerfliesst und löst sich auf, und alles, was bleibt, ist Hugo, Hugo auf der alten Matratze, neben ihr.

«Nina wirkte heute im Restaurant gar nicht sonderlich traurig. Sie redete nicht mehr oder weniger als sonst, scherzte sogar. Nur hin und wieder verharrte ihr Blick an einem Punkt im Nichts, sie schaute mit leeren Augen, schien vollkommen abwesend. Aber nach wenigen Sekunden kehrte sie zurück, räusperte sich und sprach weiter, als wäre nichts gewesen.»

Milly bemerkt, wie sie Ninas Verhalten imitiert: den verharrenden Blick, die Art und Weise, wie das Sehen sich zu einem gläsernen Starren wandelt, die reglose Haltung des Kopfes, das Räuspern am Ende der kurzzeitigen Katatonie.

«Ich habe natürlich bemerkt, dass es ihr nicht gut geht, dass sie nicht glücklich ist. Wie sollte sie auch? Sie hat jedes Recht dazu, unglücklich zu sein. Es ist eine fürchterliche Situation, in der sie und ihr kleiner Junge stecken. Ihr Haus ist unbewohnbar, bei ihrer Freundin konnten sie nicht bleiben. Es ist schrecklich! Das kann doch nicht sein, dass sie in diesem kleinen Zimmer im Restaurant wohnen müssen. Da müsste man doch etwas tun, meinst du nicht? Hugo? Ich finde ... Es ist nur so ein Gedanke. Ich weiss, dass du es nicht magst, wenn viele Leute im Haus sind, wenn es laut und hektisch ist. Aber sie sind nur zu zweit. Und wir haben so viel Platz. Du würdest sie gar nicht hören hier unten. Ich glaube, Noah ist ein ziemlich ruhiger Junge. Ich will dich nicht überrumpeln damit, es ist nur so eine Idee. Vielleicht ist es eine schlechte Idee. Aber ...»

Milly legt sich ruckartig wieder neben Hugo auf die Matratze, ihre Hand wandert automatisch zu seiner Brust und bleibt ruhig dort liegen, nur die Finger krümmen sich, ganz sachte, wie träge Glieder eines alten Tieres, einer sterbenden Kreatur. Sie kann Hugos Regungslosigkeit im Moment kaum ertragen, sie spürt, wie sie auf ein Zeichen wartet, auf ein Signal, und obwohl ihr bewusst ist, dass nichts passieren wird, ist sie enttäuscht, dass eine Reaktion ausbleibt.

«Mir ist das wichtig, Hugo, verstehst du? Ich will etwas tun. Ich mag nicht tatenlos zusehen. Ich möchte Nina helfen. Auch wenn du es nicht nachvollziehen kannst.»

Ihr fällt auf, dass sie zum ersten Mal seit längerer Zeit wieder diesen eigentümlichen Geruch wahrnimmt, stechend und süsslich. Milly ist nicht sicher, ob sie den Geruch ignoriert und verdrängt hat oder ob er tatsächlich inexistent war.

«Wir sollten dich wahrscheinlich einmal waschen, Hugo. Was meinst du?»

Einfache Fragen

Noah weint. Er tut es selten. Wenn er sich verletzt, beisst er die Zähne zusammen, wenn er sich unverstanden fühlt, zieht er sich zurück, und wenn er traurig ist, reagiert er in manchen Momenten mit kurzen zornigen Ausbrüchen. Tränen sind selten. Jetzt fliessen sie, aber sie fliessen nicht, weil sie nicht in ihrem Haus leben können oder weil sie im kleinen Zimmer des «Oya» wohnen müssen. Sie fliessen auch nicht aus Unsicherheit oder Angst vor den Ereignissen, die sich querlegen und ihren Alltag aus dem Gleichgewicht bringen. Sie fliessen, weil Noah die Fische im Garten von Hanna und Thom nicht mehr sehen kann. Nina versucht, ihm zu erklären, dass Thom es nicht gewohnt sei, andere Leute im Haus zu haben, und dass er bestimmt kein böser Mensch sei. Doch nach einigen weiteren Floskeln hält sie inne und wundert sich, warum sie Thoms Sichtweise und seine Beweggründe zu verteidigen versucht, sogar Partei für ihn ergreift, obschon dazu keinerlei Veranlassung besteht. Zwar liegt im Entwerfen von Erklärungen durchaus die Absicht, Noah ein wenig Trost zu verschaffen. Trotzdem müsste sie dabei ganz bei ihm sein, bei ihrem Sohn, und nicht bei Thom, dem Erwachsenen, dem ignoranten und kaltherzigen Mann. Die einzige Perspektive, die zählen müsste, ist die von Noah.

«Ach, er ist einfach ein Trottel.»

«Mama!», ruft Noah in einem erstaunlich gut gespielten Entsetzen, bevor er zu lachen beginnt und sich gleichzeitig die Tränen aus den Augenwinkeln und von den Wangen wischt. «Du hast Trottel gesagt!»

«Ja, habe ich. Er ist ja auch ein Trottel.»

«Genau. Ein grosser, dummer Trottel.»

Sie zieht Noah an sich, drückt seinen Kopf an ihren Oberkörper und spürt, wie sich seine dünnen Arme um sie legen. Diese Momente der Nähe sind seltener geworden. Nina fragt sich, ob diese Entwicklung von ihr ausgeht, denn eigentlich ist sie noch nicht bereit dafür, dass die körperlichen Kontakte seltener werden. Sie weiss um das Loslassen, dieses konstante Abschiednehmen in kleinen Dosen, schon seit Noahs Geburt ist jeder Schritt, den er macht, ein Schritt von ihr weg. Auch wenn sie beide die kleinste mögliche Familie darstellen, ist ihr nicht daran gelegen, dass ihre Bindung zur Fessel wird, sie will Noah nicht zu einem Muttersöhnchen heranwachsen sehen. Er soll seine eigenen Spuren hinterlassen, seine eigenen Fehler machen, seine eigene Persönlichkeit reifen lassen können, ohne dass sie ihn ständig lenkt und leitet. Dennoch lässt jeder Gedanke daran, dass die Distanz zwischen ihnen zunimmt, einen plumpen, trägen Klumpen in ihrem Hals entstehen, den sie hinunterschlucken muss, um weiteratmen zu können. Sie spürt, wie Noah seinen Griff lockert, und lässt ihn ebenfalls los.

«Du kannst die Fische ja trotzdem besuchen gehen», schlägt sie vor. «Vielleicht nicht heute oder morgen. Es wäre womöglich gut, eine Pause einzulegen, ein paar Tage nur. Gegen einen Besuch der Fische wird selbst Thom nichts einzuwenden haben.»

«Thom, der Trottel.»

«Genau. Thom, der Trottel.»

Sie kocht ein Risotto mit Meeresfrüchten, viel zu viel davon. Seit dem Sturm hat sich der Koch nicht mehr gemeldet, und auch in den Tagen zuvor war er nicht zur Arbeit erschienen. Sie ist nicht sicher, ob er überhaupt noch hier arbeitet. Eigentlich macht es keinen Sinn, dass er kocht, denn die wenigen Gäste, die sich ins Restaurant verirren, würden sich auch mit Ninas Kochkünsten zufriedengeben und nicht weniger häufig zu Besuch kommen.

Zwar hat Fred, der Besitzer des «Oya», ihr am Telefon gesagt, dass sie das Restaurant noch geschlossen lassen solle, wenn sie nicht arbeiten wolle. Dennoch hat sie das «Geöffnet»-Schild hingehängt, fühlt sich ihm verpflichtet, obwohl es ihm vollkommen egal ist, was mit dem «Oya» passiert. Er wartet nur darauf, dass ihm jemand das alte Gebäude abkauft, aber kein Mensch ist interessiert daran. Einige Monate lang hatte Fred ein Schild mit dem Hinweis «zu verkaufen» aufgestellt. Niemand meldete sich. Irgendwann fuhr einer der Gäste das Schild unbeabsichtigt mit seinem Auto um. Seither liegt es neben einem trockenen Busch, als ob dieser zu verkaufen wäre. Nina wollte das Schild schon mehrere Male entsorgen, aber es reiht sich lediglich ein in die Ansammlung der unvollendeten Vorhaben.

Als das Risotto fertig ist, stellt sie es auf die Warmhalteplatte, deckt die Pfanne zu und wischt sich die Hände an der Schürze ab. Auf einem Regal steht das alte Radiogerät des Kochs. Er hört jeweils, was gerade läuft, stellt einfach den Sender ein, der am klarsten empfangen wird. Sie kann diese Gleichgültigkeit nicht verstehen, kann nicht nachvollziehen, wie Musik so unwichtig und wertlos werden kann, dass sie nicht mehr bedeutet als die Farbe von vorüberfahrenden Autos auf einer Landstrasse. Nina will keine Musik hören, die ihr egal ist. Im Restaurant entscheidet sie darüber, welche Songs laufen, und sie schenkt der Musikauswahl mindestens so viel Aufmerksamkeit wie den Dekorationen und den Blumen auf dem Tisch. Es geht ihr nicht um Perfektion. Im Gegenteil, sie mag die kleinen Störgeräusche, sowohl in der Musik als auch bei der Inneneinrichtung. Eines der Bilder an der Wand hängt schon seit Monaten schief, doch das, was früher falsch wirkte, hat sich längst etabliert.

Nina schaltet das Radio ein. Ein fader Popsong plärrt aus den billigen Lautsprechern, eine dünne Frauenstimme singt davon, dass sie in die Arme ihres Angebeteten sinken wolle. Bevor die Dame sich noch dramatischer gebärden kann, schaltet Nina das Radio wieder aus und geht nach vorn ins Restaurant. Sie legt das selbstbetitelte Album von Elliott Smith in die CD-Schublade der alten Stereoanlage und wartet, bis die ersten Gitarrenklänge aus den Lautsprechern dringen, diese unverkennbare Tonfolge. Nach den instrumentalen Takten setzt der Gesang ein: Die zunächst zaghafte, zurückhaltende Stimme erobert allmählich den Raum, füllt ihn aus, macht ihn wärmer mit jedem Wort. Nina nimmt einen Lappen zur Hand, beginnt die Tische zu putzen, schiebt einige davon zurecht. Irgendwann legt sie den Lappen zur Seite und lässt ihre nackten Finger über das Mobiliar gleiten, folgt den Kanten der Stühle, verharrt an den kleinen Absplitterungen und Schrammen im Holz. Sie kennt die Spuren der Zeit, geformt von Reibungen, von Unachtsamkeit, vom profanen Gebrauch. Sie hat jedes Möbelstück unzählige Male berührt, jeden Quadratmeter des Bodens im Restaurant betreten, und vieles hier sieht nur so aus, wie es aussieht, weil Nina will, dass es so aussieht, wie es aussieht. Das «Oya» ist nicht ihr Zuhause. Aber im Moment ist es das, was einem Zuhause am nächsten kommt.

Elliott Smith singt vom Amphetaminrausch und davon, dass der Mond eine zerbrechende Glühbirne ist, als sich die Tür öffnet.

«Schön, dass du hier bist, Milly. Hast du Hunger? Ich habe Risotto gekocht.»

«Eigentlich hatte ich nicht vor, hier zu essen, ich wollte nur etwas trinken. Aber dein selbstgemachtes Risotto will ich mir nicht entgehen lassen.»

«Du solltest nicht zu viel erwarten. Das Risotto wird nicht die Welt verändern.»

«Ich habe die Hoffnung, dass sich die Welt grundlegend verändern lässt, längst aufgegeben.»

«Ein Glas Wein dazu?»

«Gern. Vielleicht schafft es ja der Wein.»

«Schafft was?»

«Die Welt zu verändern.»

Milly sitzt wie üblich am Tresen, redet über das Wetter, vor allem über dessen Veränderungen, über das Klima und darüber, dass sie sich zwar an heftige Stürme erinnern könne, auch an solche, die für Unruhe gesorgt und Schäden hinterlassen haben, aber an keine, die ihr Angst gemacht hätten. Wenn sie spricht, reibt sie immer wieder die Hände aneinander, als wäre ihr kalt, obwohl es im Restaurant warm ist, so wie üblich. Nach den Winden und den Temperaturen erzählt Milly vom Meer, von der scheinbaren Grenzenlosigkeit des Wassers, von den verschiedenen Farben, je nach Tageszeit und Witterung, vom krachenden Geräusch, mit dem die Wellen gegen die Felsen prallen, vom salzigen Geschmack der Luft und vom heissen Sand unter nackten Füssen, und sie erzählt es so, als wüsste Nina nichts davon, als würde sie ihr vollkommen unbekannte Ereignisse schildern, geheimnisvolle Phänomene, die nur einem engen Kreis von Eingeweihten bekannt sind. In ihrem Gesicht zeichnet sich dieses Geheimnisvolle jedoch nicht ab, nur die Lippen bewegen sich, während die Augen und Schläfen sich kaum regen. Nina kennt diese minimalistische Mimik vornehmlich von Menschen, die ihr mit Gleichgültigkeit begegnen, vom Fahrer eines Lieferdienstes beispielsweise, von gelangweilten Supermarktkassiererinnen, von Menschen, die in jenen Momenten, in denen sie mit ihr zusammentreffen, lieber an einem anderen Ort wären. Milly zählt nicht zu diesen Menschen.

Nina füllt die beiden Weingläser auf und tritt einen Schritt zurück. Sie neigt den Kopf und sieht zu, wie Milly redet, nunmehr von den Möwen und Krebsen am Strand, während sie aus dem grossen Fenster des Restaurants auf den leeren Parkplatz starrt. Ihre Stimme wird immer monotoner, und schliesslich hält sie inne, offensichtlich selbst verunsichert von ihrem Verhalten. Sie schaut Nina in die Augen, lächelt kurz und senkt den Blick.

«Ist alles in Ordnung?», fragt Nina.

«Ja … Natürlich», erwidert Milly, ihre Stimme noch immer gleichförmig und matt. «Warum meinst du?»

«Du wirkst abwesend. Du erzählst vom Meer und von den Krebsen. Mit den Gedanken bist du jedoch an einem anderen Ort. Zumindest wirkt es so.»

«Es kann gut sein, dass ich nicht bei den Krebsen bin», sagt Milly, nachdem sie den Rand ihres Weinglases nach möglichen Argumenten abgesucht hat.

«Wo bist du denn?»

«Das ist nicht so einfach zu beantworten.»

«Magst du es versuchen?»

«Nun ... Naja ... Eigentlich bin ich hier. Genau hier.»

«So kompliziert klingt das nicht.»

«Da hast du recht», bestätigt Milly mit einem Lächeln, das ihrem Gesicht eine müde Wärme verleiht. «Es ist meistens nicht so kompliziert, wie man denkt.»

«Du musst nicht darüber reden, Milly. Du darfst. Immer. Aber du musst nicht.»

«Das ist schön. Das sind schöne Worte. Danke.»

«Es sind nicht nur schöne Worte.»

«So meinte ich das nicht.»

«Ich weiss.»

Ninas Telefon klingelt, das Display zeigt eine ihr unbekannte Nummer. Sie nimmt ab, nennt ihren Namen. Die Stimme am anderen Ende der Leitung klingt überrascht, enttäuscht sogar. Sie fragt nach und verkündet dann lapidar, dass sie sich verwählt habe.

«Falsche Nummer», erklärt Nina.

«Möchtet ihr bei uns wohnen?», fragt Milly, lässt die Silben mit ungeahnter Heftigkeit entweichen, als hätte ihr Brustkorb unter grossem Druck gestanden. «Also bei mir ... Möchtet ihr bei mir wohnen? Ich habe Platz genug. Ihr könntet im Gästezimmer schlafen.»

Nina ist perplex und sucht vergeblich nach einer Erwiderung, nach einer passenden Antwort. Stattdessen stottert sie einige Wortfetzen, bis sie endlich die Kontrolle über ihre Zunge zurückgewinnt.

«Das kommt jetzt ziemlich überraschend.»

«Vielleicht, ja.»

«Ich kann das ... Also, es ist sehr nett, dass du fragst.»

«Um Nettigkeit geht es mir nicht.»

«Milly ... Danke. Ich weiss das wirklich sehr zu schätzen. Aber ich muss es mir überlegen. Ich kann das nicht so einfach beantworten.»

«So kompliziert ist es nicht», gibt Milly zurück, mit demselben warmen Lächeln auf den Lippen. «Es ist meistens nicht so kompliziert, wie man denkt.»

«Ich habe eine weitere Frage.»

«Ja?»

«Ja. Das Plakat an der Wand …»

Milly zeigt mit dem Finger darauf.

«Du meinst ‹El principio del fin›? Was ist damit?»

«Keine Ahnung. Es löst etwas in mir aus, es berührt mich. Worum handelt es sich dabei?»

«Ein Theaterstück. In der unteren Stadt gab es früher ein Laientheater. Hast du das gekannt?»

«Nein.»

«Es war ein sehr kleines Theater, aber die Leute, die sich dort engagierten, taten es mit grosser Leidenschaft. Doch wie so vieles in der unteren Stadt musste auch das Theater irgendwann schliessen. ‹El principio del fin› war das letzte Stück, das aufgeführt wurde.»

«Wovon handelt es?»

«Vom Weltuntergang. Oder von einer Art Weltuntergang. Aber eigentlich dreht es sich ums Loslassen. Darum, wie die Menschen mit dem Verlust umgehen.»

«Was ist mit dem Mann auf dem Plakat?», erkundigt sich Milly. «Was sieht er da draussen auf dem Meer?»

«Soweit ich mich erinnern kann, sieht er nichts. Ich glaube, es handelt sich um eine der Hauptfiguren des Stücks. Ein Mann, der wiederholt ans Meer geht und seine Wut, seine Verzweiflung und seine Ohnmacht hinausbrüllt. Mit der Zeit wird er jedoch leiser, bis er am Ende ganz still am Ufer steht, ohne ein Wort zu sagen, und dem Rauschen der Wellen lauscht.»

«Es macht ruhig, das Meer.» Millys Stimme klingt vorsichtig.

«Ja, das Meer macht ruhig. Es macht lebendig. Es macht klein. Es macht frei. Ich weiss nicht, was noch geschehen wird, aber ich weiss, dass ich es immer lieben werde, das Meer. Das Rauschen. Das Salz. Irgendwann wird mich das Leben ausspucken, wie das Meer ein totes Tier. Bis dahin bleibe ich noch ein wenig am Ufer und schaue hinaus.»

Der Mann betont, dass er keiner jener Wissenschaftler sei, die stets das schlimmstmögliche Szenario beschrieben, nur um den Menschen die Dringlichkeit und Notwendigkeit aufzuzeigen, endlich zu handeln. Er halte sich an Fakten und wolle auch nur mit Fakten argumentieren. Weder falsche Hoffnungen noch unangebrachte Panikmache seien für ihn probate Mittel, um sich mit dem Klimawandel und dessen Folgen auseinanderzusetzen.

Die Radiomoderatorin fragt, ob er denn keinen Grund zur Panik sehe.

Der Wissenschaftler verneint. Panik sei ein schlechter Taktgeber in solchen Momenten. Aber Sorgen müsse man sich durchaus machen.

Was ihm denn die grössten Sorgen bereite, will die Moderatorin wissen.

Einerseits die Geschwindigkeit, antwortet der Wissenschaftler. Die Geschwindigkeit, mit der die Entwicklungen sich abspielten, sich intensivierten. Andererseits die Art und Weise, wie wir – als Gesellschaft und als Einzelne – darauf reagierten. Oder eben nicht reagierten. Er könne diese fürchterliche Trägheit, welche die Leute in Anbetracht einer solch einschneidenden und intensiven Welle an Veränderungen zeigten, kaum ertragen. Er glaube nicht, dass jemand in aufrichtiger Weise behaupten könne, nichts vom Klimawandel und den menschlichen Einwirkungen auf diesen zu wissen. Es gebe nur eine verschwindend geringe Anzahl an Menschen, die sich fundamental dagegen sträuben und sich auflehnen.

Sich auflehnen, fällt ihm die Moderatorin ins Wort. Damit meine er demonstrieren, auf die Barrikaden gehen, oder nicht?

Der Wissenschaftler bestätigt die Unterstellung nicht. Es gehe ihm nicht um das Protestieren. Zwar könne er die Motivation von Demonstrierenden durchaus verstehen, vor allem von solchen, die in Risikogebieten lebten, doch einen destruktiven oder gewalttätigen Protest könne er nicht gutheissen. Vielmehr ginge es darum, Verantwortung zu übernehmen, Handlungsmuster zu hinterfragen, Prozesse zu verändern, im Kleinen wie im Grossen. Alle könnten etwas beitragen, um die Situation zu verbessern. Dennoch geschehe viel zu wenig. Und das schon viel zu lange.

Woran das liegen könne, fragt die Moderatorin.

Bequemlichkeit, mutmasst der Wissenschaftler. Faulheit. Trägheit, wie erwähnt. Vielleicht auch Dummheit. Die Aufzählung sei nicht abschliessend.

Man werde sich gleich weiter über dieses Thema unterhalten, verspricht die Moderatorin. Doch zunächst ein wenig Musik. Die Bee Gees mit *I Started A Joke.*

Milly lächelt, als der Song beginnt. Die Musik weckt Erinnerungen, Bilder von spärlich beleuchteten Räumen, Menschen in engen Hosen, trinkend, tanzend, lachend. Sie war auf vielen solcher Feste, zweifellos nicht ungern, doch so richtig wohl fühlte sie sich nur, wenn sie dabei in Gesellschaft von Hugo war. Ihm selbst war nicht viel an Partys gelegen, er tanzte nicht, trank nicht sonderlich viel, und an inhaltsleeren Gesprächen hatte er wenig Interesse. Wenn Hugo an einem dieser Feste war, dann wegen ihr. Milly war ihm damals dankbar dafür, daran zweifelt sie nicht. Doch sagte sie ihm das jemals?

Sie räumt einige alte Zeitschriften weg, wechselt die Kerzen in den Windlichtern auf der Kommode aus, rückt ein Bild an der Wand gerade, streicht eine Falte aus der Decke auf dem Sessel. Als sie bemerkt, dass Hugo sie beobachtet, hält sie inne. Er blickt ruhig aus einem Foto, eingefasst von einem silbernen Bilderrahmen. Sie spürt es heftig, das Fehlen, sein Fehlen, und die hohe, flehende Stimme von Robin Gibb macht es nicht besser.

Die Radiomoderatorin nimmt den Gesprächsfaden wieder auf und fragt ihren Gast, ob schwere Stürme wie jener vor einigen Tagen in Zukunft häufiger auftreten würden.

Der Wissenschaftler bestätigt, dass daran keine Zweifel bestünden, überhaupt würden extreme Wetterereignisse in ihrer Frequenz und Intensität zunehmen. Auch das stetige Ansteigen des Meeresspiegels würde kaum mehr einzudämmen sein, zumal der Anstieg schon jetzt deutlich über den Werten der meisten Szenarien aus dem Weltklimabericht läge.

Was geschehen müsste, um diese Entwicklungen aufzuhalten oder zumindest abzubremsen, will die Moderatorin wissen.

Aufhalten sei nahezu unmöglich, betont der Wissenschaftler. Abbremsen könnte man die Entwicklungen schon, aber im Moment geschehe eher das Gegenteil. Er setze sich nun schon seit bald vierzig Jahren mit dem Klimawandel auseinander, beobachte die klimatischen Veränderungen und die Auswirkungen auf die Ökosysteme. Und wenn er darüber diskutiere oder referiere, erzähle er eigentlich nie etwas Neues. Manchmal änderten sich Zahlen, Details und Tendenzen, doch grundsätzlich erzählten er und seine wissenschaftlichen Kollegen seit Jahrzehnten die gleiche Geschichte. Er stosse dabei hin und wieder auf offene Ohren, löse Interesse und Betroffenheit aus. Doch für fundamentale Veränderungen reiche dies offenbar nicht aus.

Ob das nicht frustrierend sei, erkundigt sich die Moderatorin.

Ja, das sei es, erwidert der Wissenschaftler. Aber er werde nicht aufhören, darüber zu sprechen. Es sei wichtig, diese Geschichte zu erzählen, immer wieder. Würde er verstummen, würde er aufgeben. Und er habe nicht vor, einfach aufzugeben.

Die Radiomoderatorin bedankt sich bei ihrem Gast, richtet einige mahnende, aber hohle Worte an ihr unsichtbares Publikum und kündigt den nächsten Song an, *It's Too Late* von Carole King, doch Milly mag gerade nicht hören, dass es zu spät ist, und schaltet das Radio aus.

Nachdem sie das Wohnzimmer aufgeräumt hat, geht Milly hinüber zum Gästezimmer, stösst die Tür auf und bleibt im Türrahmen stehen. Stickige Luft schlägt ihr entgegen, der Raum vor ihren Augen wirkt nahezu surreal in seiner Sachlichkeit. Sie hat das Gästezimmer selbst eingerichtet, hat die Bilder aufgehängt und entschieden, welche Bücher im schmucklosen Regal stehen. Sie hat die Bettwäsche gekauft, die weisse Tagesdecke aus dicker Baumwolle, die beiden Zierkissen mit Samtbezug. Sie hat Hugo gebeten, den kleinen Schreibtisch gegenüber dem Bett aufzustellen, hat die kleine grüne Lampe auf der Tischplatte platziert, hat die Vorhänge zugeschnitten, da sie zunächst noch zu lang waren. Sie hat den Raum mit Möbeln und Objekten gefüllt. Doch nichts davon ist ihr von Bedeutung. Das Gästezimmer ist ein Fremdkörper, selbst der Geruch kommt ihr unbekannt vor.

Seitdem der Raum ein Gästezimmer ist, hat nie jemand darin geschlafen. Ein Gästezimmer ohne Gäste. Wenn Nina und Noah ihre erste Nacht darin verbracht haben, werden sie den Raum so gut kennen wie niemand sonst, besser als Milly. Sie werden wissen, welche Geräusche in der Nacht zu hören sind. Werden die Luft im Raum eingeatmet und durch ihren eigenen Atem ausgetauscht haben. Werden einschätzen können, wie sich der Schall ihrer Stimmen in den vier Wänden ausbreitet.

Milly setzt sich auf das Bett. Ihre Hand fährt über den groben Stoff der Tagesdecke, ihre Finger greifen nach einzelnen Falten. Die Vorstellung, dass dieses Zimmer bald bewohnt sein wird, beunruhigt sie. Sie mag Nina, ist fasziniert von ihrer Energie und ihrem Mut, von ihrer Selbstlosigkeit und Hingabe, schätzt ihren Humor und ihre Warmherzigkeit, bewundert ihren Fleiss und ihre Unverdrossenheit, ist beeindruckt von dieser Mischung aus Reife und Übermut. Doch bei allen Eigenheiten, die sie an Nina lieb gewonnen hat, bleibt es unbestreitbar, dass sie die junge Frau eigentlich gar nicht kennt. Vor einigen Wochen existierte sie nicht einmal in Millys Welt. Doch vor einigen Wochen war Millys Welt auch eine andere als jetzt. Diese Umwälzungen ihrer Lebensrealität ereignen sich in einer Geschwindigkeit, der sie kaum folgen kann. Sie hat den Eindruck, einem Zug hinterherzueilen, der sich immer weiter von ihr entfernt, und fragt sich, ob sich das Laufen überhaupt noch lohnt. Womöglich wäre es angebracht, sich am Rande des Weges in den Schatten eines Baumes zu setzen. Der Zeit beim Vorübergleiten zuzusehen. In Gedanken schmiert sie sich Brote, füllt eine Thermoskanne mit Tee, breitet die alte rote Picknickdecke aus und setzt sich hin, zieht die Schuhe aus, legt sie neben die Decke, und während Milly kaut und schluckt, vergehen die Minuten, werden zu Stunden, zu Tagen, zu Wochen, zu Monaten. Irgendwann will sie ein weiteres Mal Tee in den Deckel der Thermoskanne füllen, doch da ist kein Tee mehr übrig. Die Flasche ist leer, die Brote sind gegessen. Sie sieht sich um und wartet, aber nichts geschieht, niemand nähert sich. Schliesslich legt sie sich auf den Rücken, faltet die Hände auf ihrem Bauch und blickt zum Himmel hinauf. Erste Wolken sammeln sich, drängen zueinander, vereinen sich und bedecken das Blau immer mehr. Während Milly die Veränderungen am Himmel beobachtet, bemerkt sie, wie ihr Atem sich beruhigt, ihre Glieder werden zugleich schwer und leicht. Kurz nachdem sie ihre Augen geschlossen hat, reisst sie ein schrilles Geräusch aus ihren Gedanken. Dass es sich um das Klingeln des Telefons handelt, wird ihr erst nach einigen Sekunden bewusst.

«Ja?»

«Milly, meine Liebe!» Eine laut rufende Stimme dringt aus dem Hörer.

«Olga.»

«Wie geht es dir?»

«Gut, danke. Wie geht es dir?»

«Ach, so wie immer, Milly. Ich mache mir Sorgen.»

«Worüber machst du dir Sorgen?»

«Über die Welt. Die Welt, die wir unseren Kindern hinterlassen. Und den Kindern unserer Kinder, sofern diese irgendwann geboren werden. Sie müssen unsere Fehler ausbügeln, und ich bin mir nicht sicher, ob es ihnen überhaupt möglich sein wird.»

«Gibt es einen Anlass für diese Sorgen, einen Auslöser?», fragt Milly.

«Vorher lief im Radio ein Interview mit einem Wissenschaftler, und dieser Wissenschaftler sprach darüber, dass die Welt sich nicht gut entwickelt und dass wir viel zu wenig unternehmen, um diese Entwicklung aufzuhalten.»

«Ja, ich habe die Sendung auch gehört.»

«Er hat recht, der Mann, nicht wahr? Wir wissen, was los ist und worum es geht, und das macht uns eigentlich klug. Doch obwohl wir es wissen, handeln wir nicht oder bei Weitem nicht genug, und das macht uns dumm, so schrecklich dumm.»

«Womöglich ist es einfach menschlich.»

«Was ist menschlich?», wirft Olga ein.

«Dass wir uns trotz besseren Wissens nicht so schnell anpassen und verändern können.»

«Das mag ja menschlich sein. Gut ist es deswegen nicht.»

«Das habe ich nicht behauptet.»

«In meinen Augen ist es Dummheit. Und weisst du was? Ich bin ebenfalls dumm. Ich bin genau so dumm wie alle anderen. Ich könnte mit dem Fahrrad einkaufen gehen, doch ich nehme lieber das Auto. Ich könnte Papier mehrfach verwenden, könnte kompostieren, könnte mehr Wert darauf legen, woher die Dinge stammen, die ich einkaufe. Ich könnte. Aber ich mache nichts davon.»

«Das macht dich nicht dumm, finde ich. Es macht dich menschlich.»

«Ach, meine Liebe. Es spielt wahrscheinlich keine Rolle, welches Wort man dafür benutzt. Das Ganze macht mir einfach Sorgen.»

Olga verleiht diesen Sorgen noch einige Zeit lang Ausdruck, beginnt dann aber, ihre eigenen Aussagen, mit denen sie kurz zuvor argumentiert hat, zu entkräften, fokussiert sich auf den Optimismus, den sie auch sonst an den Tag legt.

«Ich glaube an das Gute in den Menschen, das weisst du, meine Liebe, nicht wahr?»

«Natürlich, Olga.»

«Wir sind ja nicht wirklich dumm, wir Menschen. Wir haben die Glühbirne erfunden, das Auto. Flugzeuge! Das Klavier! Penizillin! Wir sind zum Mond geflogen. Haben das Internet erschaffen. Haben die Pocken ausgerottet. Ich gebe die Hoffnung nicht auf, dass wir uns auch aus dieser Zwickmühle befreien können. Und ich hoffe nicht nur. Ich glaube.»

«Das ist schön.»

«Was ist mit dir?»

«Was soll mit mir sein?»

«Glaubst du daran? Hast du Hoffnung?»

«Ja …», antwortet Milly zaghaft. «Ich hoffe, dass sich das Blatt zum Guten wendet. Aber ich glaube nicht, dass es einfach wird.»

«Nein, einfach wird es nicht.»

«Habe ich dir von Nina erzählt?» Milly mag nicht länger über den Klimawandel, über Sorgen und Hoffnungen reden. «Sie arbeitet im ‹Oya›, dem Restaurant, das zwischen der oberen und der unteren Stadt liegt.»

«Mag sein, dass du etwas erwähnt hast, ja.»

«Der Sturm vor einigen Tagen hat ihr Haus zerstört. Naja, vielleicht nicht zerstört, aber im Moment kann sie nicht dort wohnen. Jetzt schlafen sie und ihr kleiner Sohn in einem kleinen Zimmer im Restaurant.»

«Der arme Junge.»

«Ja, sie tun mir leid, die beiden. Ich finde es schrecklich, dass sie in diesem kleinen Zimmer wohnen müssen.»

«Haben sie denn keinen anderen Ort?»

«Sie waren bei einer Freundin von Nina, aber deren Mann war von ihrer Anwesenheit nicht sonderlich angetan, darum sind sie wieder ausgezogen.»

«Ach, wie unglücklich.»

«Ja. Ich habe sie eingeladen, hier zu wohnen.»

«Wirklich?» Die Überraschung in Olgas Stimme kränkt Milly ein wenig. Sie fragt sich, ob es so abwegig wirkt, Nina und Noah vorübergehend Unterschlupf zu bieten.

«Ja, wirklich. Platz ist genügend vorhanden, im Gästezimmer

hat sowieso noch nie jemand geschlafen. Und ich bin nicht traurig darüber, wenn ich nicht mehr allein sein muss.»

Sie merkt sofort, wie dieser Satz klingen muss, ist sich der Tragweite der Aussage bewusst. Milly beisst auf ihre Unterlippe und wartet auf die unausweichliche Reaktion.

«Du bist doch nicht allein», wirft Olga ein. «Du hast ja Hugo.»

«Ja!», krächzt Milly, viel zu laut und viel zu hastig. «Ja, natürlich … Hugo ist auch noch da. Wo soll er sonst sein … Er …»

«Milly, meine Liebe, du klingst seltsam. Ist alles in Ordnung?»

«Ja …» Sie spürt, wie ihr Herzschlag sich beschleunigt und ihr den Atem zu rauben droht. «Alles gut.»

«Und Hugo?»

«Hugo geht es auch gut.»

«Ja?»

«Ja. Er ist unten im Hobbyraum. Wie immer.»

«Manchmal habe ich den Eindruck, dass er gar nicht mehr rauskommt aus seinem Hobbyraum.»

Milly muss einen Aufschrei unterdrücken, weil ihr schmerzhaft bewusst wird, dass sie den Biss auf Lippen intensiviert hat.

«Natürlich kommt er wieder raus», versichert sie. «Er ist einfach gern dort unten.»

«Er sollte an die frische Luft. Einen Spaziergang machen mit dir, hinunter zum Meer. Das kann doch nicht gesund sein, die ganze Zeit im Keller zu hocken.»

«Du hast recht. Er sollte wirklich mal rauskommen.»

«Milly, meine Liebe, ich klinge sicherlich wie eine defekte Schallplatte, aber ist wirklich alles in Ordnung bei dir?»

«Ja, Olga. Es ist alles in Ordnung. Ich bin nur ein wenig durcheinander. Womöglich hat mich der Sturm aufgewühlt.»

Nachdem Milly aufgelegt hat, hält sie den Telefonhörer lange in den Händen, wie ein Tier, das soeben vor ihren Augen verendet ist. Sie denkt daran, wie sehr es ihr widerstrebt, Olga die Wahrheit vorzuenthalten, und daran, wie oft sie es dennoch getan hat in den vergangenen Tagen. Es waren nur Telefongespräche, das Fehlen des Blickkontakts hat das Lügen einfacher gemacht. Dennoch hört sie nun ein Rauschen in ihren Ohren und weiss, dass es nicht das Meer ist. Dieses Rauschen, es wird zunehmen, davon ist sie überzeugt; vor allem falls Nina und ihr Sohn einziehen sollten. Bisher hat sie kein Problem darin gesehen, dass sie sich im Haus bewegen würden. Sie könnte ihnen erklären, dass sie nicht in den Keller gehen sollten, könnte es vielleicht sogar verbieten, ohne eine Erklärung zu liefern. Es ist schliesslich ihr Haus, sie macht die Regeln, und als Gäste hätten sich Nina und Noah an diese Regeln zu halten. Doch nun lässt die Vorstellung, die Schritte des kleinen Jungen auf dem Boden zu hören oder beim Zubettgehen die atmenden und unberechenbaren Körper zweier halbwegs bekannter Menschen im Haus zu wissen, eine ungeahnte Unruhe aufkeimen. Sie würde die Tür zum Hobbyraum verriegeln und vor allem die Tür zum Keller. Bestimmt würde ihr eine sinnvolle Erklärung einfallen, und wenn nicht, würde sie einfach jeglichem Gespräch darüber aus dem Weg gehen. Was sich nicht vermeiden liesse, ist die Tatsache, dass sie selbst weiss, warum die Tür verschlossen sein würde. Ein Wissen, das vielleicht noch beunruhigender ist als die Befürchtung, dass sie den schützenden Zustand des Alleinseins, dieses Verharren in emotionaler Unbeweglichkeit, würde aufgeben müssen.

***

«Hallo, Noah. Ich bin Milly. Es freut mich sehr, dass ich dich kennenlernen darf.»

«Hallo, Milly», gibt Noah kleinmütig zurück, die Stimme tief und voll wie jene eines deutlich älteren Jungen. Milly fragt sich, ob Ninas Sohn rascher hatte älter werden müssen als Einzelkind, mit Mutter, ohne Vater. Sie lächelt Noah an, der jedoch keine Anstalten macht, ihr Lächeln zu erwidern.

«Er ist manchmal ein wenig schüchtern», entschuldigt sich Nina.

«Das macht doch nichts. Ich bin manchmal auch ein wenig schüchtern. Von den lauten Leuten gibt es sowieso viel zu viele.»

«Noah, willst du deine Tasche holen? Sie liegt noch draussen vor der Tür.»

Noah schaut seine Mutter an, als sei er nicht ganz sicher, wie er auf ihren Vorschlag reagieren soll. Dann nickt er und läuft hinaus.

«Vielen Dank, dass du das für uns tust, Milly.»

«Ach, schon gut. Ich habe genügend Platz. Und hier ist's doch besser als in diesem kleinen Zimmer im Restaurant.»

«Ja, das ist es ganz bestimmt. Es war schon ziemlich eng dort. Ich freue mich auf die Dusche. Wahrscheinlich freut sich sogar Noah auf die Dusche.»

«Oh nein, ihr konntet dort nicht einmal duschen? Aber bei deiner Freundin schon, oder?»

«Ja, dort schon, natürlich.»

«Weisst du was? Ich lasse euch mal ankommen. Bringt euer Gepäck ins Zimmer, nehmt eine lange, warme Dusche. Und dann, wenn ihr so weit seid, kommt ihr in die Küche. Für Kaffee und Kuchen.»

Milly und Nina trinken Kaffee, Noah eine heisse Schokolade. Der aufsteigende Dampf sieht bei allen Tassen gleich aus. Als Milly erklärt, dass sie Schokoladenpulver gekauft habe, zum ersten Mal seit Jahren oder sogar Jahrzehnten, ist sie stolz oder glücklich oder beides zusammen. Nina schaut Noah an, der seinerseits den Dampf seiner Schokolade anstarrt, die Nase am Tassenrand, den Duft einatmend. Milly erzählt, dass sie früher, als sie und Hugo noch jünger waren, ab und zu gemeinsam eine heisse Schokolade getrunken hätten, vor allem dann, wenn es draussen kalt war. Sie erinnere sich gut an diese Momente, sie seien wunderschön gewesen, so vertraut und gemütlich. Irgendwann hätten sie damit aufgehört, obwohl es draussen weiterhin kalt war. Womöglich hätten sie einfach vergessen, gemeinsam heisse Schokolade zu trinken, mutmasst Milly und schaut zu Noah, der jedoch nicht den Eindruck erweckt, als würde er verstehen, wovon Milly spricht. Nina streicht ihrem Sohn mit der Hand über den Kopf, und jetzt lächelt er doch noch, wenn auch ziemlich unsicher. Als wäre er noch dabei, es zu lernen, das Lächeln.

«Wie lange wohnst du schon hier?», will Nina wissen.

«Ach, schon seit Jahrhunderten.» Milly kichert, als ob sie verdeutlichen müsse, dass es sich um einen Scherz handelt. «Wir ... also Hugo und ich ... wir kauften das Grundstück kurz nach unserer Hochzeit. Er hatte Geld geerbt, von seinen Eltern. Ja, und dann bauten wir das Haus, oder besser gesagt: Wir liessen es bauen. Hugo hätte gern alles selbst gemacht, doch er war nicht so geschickt, wie er sein wollte. Am Anfang versuchte er noch, den Bauarbeitern seine Meinung aufzudrängen, doch sie taten seine Einwände und Vorschläge meistens mit einem Schulterzucken ab, wahrscheinlich auch deshalb, weil sie erkannten, dass er nicht wirklich viel Ahnung hatte von Mauern und Stützbalken, von Statik und Isolationen. Irgendwann hörte er auf, mit ihnen zu reden, schaute ihnen nur noch bei der Arbeit zu. Als die Bauarbeiten abgeschlossen waren, wollte Hugo alle Wände nochmals neu streichen. Sie hatten es zwar nicht nötig, sahen sehr sauber und schön aus. Doch er war überzeugt, dass er es tun musste. Ich nehme an, dass es für ihn von Bedeutung war, selbst Hand anzulegen und am Haus zu arbeiten, etwas zu erschaffen. Es war schliesslich unser Haus, sein Haus, und er wollte zu dessen Entstehung beitragen, wollte seinen Schweiss in den Gemäuern wissen. Also strich er die Wände. Zwei Wochen brauchte er dafür, trug Schicht um Schicht auf, besserte immer wieder nach, bis er endlich zufrieden war. In meinen Augen sahen die Wände genau gleich aus wie vierzehn Tage zuvor, aber natürlich sagte ich ihm das nicht. Als die Farbe getrocknet war, ging Hugo durch alle Zimmer, begutachtete die Wände und nickte. Am Ende trat er vor mich hin, legte mir die Arme auf die Schultern, zog mich an sich und flüsterte mir ins Ohr, dass er jetzt zu Hause sei. Obschon man bei Hugo stets wusste, dass er sensibel und gefühlvoll war, trug er seine Emotionen nie wirklich nach aussen, sondern hielt sie unter Verschluss, wie ein Geheimnis, das es zu bewahren galt. In jenem Moment konnte er zeigen, wie sehr es ihn berührte, dass wir nun in unserem eigenen Haus wohnen würden. Von mir aus hätte er es häufiger tun dürfen.»

Milly redet weiter, erzählt von den ersten Jahren im eigenen Haus, von den immer zahlreicher werdenden Nachbarn, von den Häusern, die in Sichtweite entstanden, eines nach dem anderen.

«Zunächst sind keine Katzen zu sehen gewesen. Doch dann sind die ersten aufgetaucht, wurden immer zahlreicher mit den Jahren, wohl auch, weil immer mehr Kinder hier wohnten. Es waren sehr viele Katzen, rote und schwarze, auch eine weisse. Ich schaute ihnen gern zu. Streicheln konnte ich sie nicht, wegen meiner Allergie. Mit der Zeit verschwanden die Katzen wieder, wahrscheinlich starben sie oder liefen weg, ohne dass neue Katzen folgten. Heute sieht man hier fast keine Katzen mehr. Und nur wenige Kinder. Seit wir hier leben, sind nicht nur Hugo und ich immer älter geworden, sondern die ganze Siedlung.»

Milly legt ihre Hände um die Tasse und schaut aus dem Fenster. Als Nina sie an der Schulter berührt, blickt sie auf und versucht zu lächeln. Sie weiss nicht, wie gut es ihr gelingt.

Albtraum

In Millys Haus riecht es anders als bei ihnen zu Hause, auch anders als bei Hanna und Thom, anders als im Hinterzimmer des «Oya». Wahrscheinlich riecht es so, wie es in vielen Häusern von alten Menschen riecht, und Nina fällt auf, dass sie sehr wenige alte Menschen kennt und sich nie in Häusern von alten Menschen aufhält. Der Geruch in Millys Haus hat eine säuerliche und eine muffige Note, und es riecht längst nicht in jedem Zimmer gleich. In der Küche ist es die Erinnerung an zehntausend gekochte Speisen, die in den Winkeln hängt. Im Wohnzimmer erinnert der Geruch an alte staubige Lagerräume, die nie gelüftet wurden. Das Gästezimmer scheint nahezu geruchlos zu sein, nur der Hauch eines Waschmittels ist zu registrieren, in der Intensität wohl von der Zeit entkräftet. Im Korridor riecht die Luft hingegen nach alten Pflanzen, die allmählich dem Zersetzungsprozess zum Opfer fallen, doch es sind keine Pflanzen zu sehen, der einzige Blumenstrauss hängt als Reproduktion eines Gemäldes an der Wand. Nina glaubt, dass sie diese olfaktorische Mischung bald nicht mehr wahrnehmen wird, sich daran gewöhnt haben wird, doch im Moment irritieren sie die Gerüche. Die Irritation ist aber weder stark noch drängend genug, um Milly darauf anzusprechen, und Nina wüsste auch nicht, was sie sagen sollte.

Sie öffnet ein Fenster und schaut hinaus, hinab zum Meer, das weit unten scheinbar in Zeitlupe ans Ufer drängt, Welle um Welle. Vom mächtigen Rauschen bleibt hier oben nur eine Ahnung übrig, lächerlich leise klingt die stetige Kraft des Wassers. Die Distanz nimmt dem Meer nicht nur sein Tosen, sondern seinen Charakter. Nina weiss, dass sie nur einige hundert Meter vom Ufer trennen, nur ein paar Minuten; es ist immerhin in Sichtweite. Dennoch fühlt sie sich entwurzelt hier oben, fühlt sich so, als hätte sie die Grenze, an der die Fremde beginnt, bereits überschritten. Schon bei Hanna, deren Haus ähnlich weit vom Meer entfernt liegt wie jenes von Milly, hatte sie diesen Eindruck, und auch jetzt, hier, am Fenster in Millys Wohnzimmer, ist die Kluft spürbar, obwohl Millys altes Haus dem ihren deutlich ähnlicher ist als der Neubau von Hanna und Thom. Nina beisst sich auf die Unterlippe und wartet, bis der Schmerz beginnt.

«Ich liebe es, hinab aufs Meer zu blicken.»

Nina zuckt zusammen; sie hat nicht bemerkt, dass Milly neben ihr steht.

«Ja, es ist schön», erwidert sie und tritt einen Schritt zurück, um das Fenster zu schliessen.

«Lass es ruhig geöffnet. Die frische Luft tut gut.»

«Das Meer ist so leise hier oben, viel leiser als in unserem Haus. Als hätte jemand die Lautstärke heruntergedreht.»

«Naja, das Meer ist hier auch viel weiter weg», erwidert Milly.

«Ja. Es ist nur seltsam, wenn man sie hören kann, die Distanz.»

Während Nina weiterhin zum Meer blickt, taucht er plötzlich auf, der tote Delfin. Seitdem sie ihn begraben hat, ist er in ihren Gedanken ebenfalls in den Hintergrund gerückt, doch nun ist er zurück, ist wieder präsent, als hätte ihn jemand aus dem Grab im Wald geholt und wieder am Ufer in den Sand gelegt.

«Was ist los?», will Milly wissen, nachdem sie offenbar bemerkt hat, dass Nina etwas verunsichert.

«Ach, ich … Ich habe nur an etwas denken müssen.»

«Woran denn?»

«Vor einigen Wochen habe ich einen Delfin gesehen.»

«Einen Delfin?»

«Ja. Einen toten Delfin. Er lag am Strand.»

«Einfach so? Wurde er an Land gespült?»

«Ich gehe davon aus, ja. Wahrscheinlich war er da bereits tot.»

«Hatte er irgendwelche Verletzungen?»

«Nein, hatte er nicht. Da war kein Blut, da war kein Schnitt in der Haut, nichts. Ich habe keine Ahnung, weshalb er gestorben ist.»

«Womöglich war er krank», mutmasst Milly.

«Vielleicht. Das ist sogar wahrscheinlich. Krank oder alt. Aber ich kann weder einen kranken von einem gesunden Delfin unterscheiden noch einen jungen von einem alten.»

«Was hast du getan? Die Polizei gerufen?»

«Die Polizei? Nein … Ich … Nein. Ich habe nicht die Polizei gerufen. Ich habe mich zum Delfin hingesetzt. Und dann … Dann sind die Männer gekommen.»

«Welche Männer?»

«Die Männer …», beginnt Nina, hält dann aber inne. Der Raum kippt zur Seite, die Linien und Konturen vibrieren. Nina spürt, wie ihre Knie zittrig werden, und hält sich an der Kommode neben ihr fest.

«Nina!», ruft Milly erschrocken und greift nach ihrem Arm. «Komm, setz dich hin. Ich bringe dir ein Glas Wasser.»

Während Milly in der Küche hantiert, hört Nina das Gebrüll der Männer in ihrem Kopf. Zunächst ist es kaum wahrnehmbar, die Rufe klingen dumpf und unterdrückt, werden jedoch immer drängender und wuchtiger, gewinnen an Lautstärke und Kraft, die Männer kommen näher, immer näher, bis Nina sie direkt an ihrem Ohr zu hören glaubt und zusammenzuckt. Milly kommt zurück ins Wohnzimmer, mit einem Glas Wasser in der Hand und einem aufmunternden Ausdruck im Gesicht.

«Los, trink einen Schluck.»

«Danke.»

Milly wartet, bis Nina das Glas leer getrunken hat.

«Willst du erzählen? Von den Männern?»

«Die Männer …» Nina atmet tief durch. «Sie sind einfach aufgetaucht. Sechs. Nein, es waren sieben.»

«Und was haben diese Männer getan?»

«Sie sind auf den Delfin losgegangen. Ich wollte ihn beschützen, habe versucht, ihn abzuschirmen, doch sie haben mich weggezerrt, als wäre ich lediglich ein kleiner Störfaktor. Dann hat einer der Männer ein Messer gezogen ...»

«Ein Messer?», wiederholt Milly mit Sorge in der Stimme, als Nina zögert und sich hilfesuchend umsieht.

«Ja. Er hat angefangen, Stücke aus dem Fleisch zu schneiden. Und ... Und diese Stücke hat er gegessen. Roh. Blutig. Die anderen Männer haben ihm das Messer aus der Hand gerissen und ebenfalls Stücke aus dem Fleisch des Delfins geschnitten. Es ... Es war fürchterlich. Diese Brutalität, diese Gier in den Augen der Männer.»

«Hattest du keine Angst?»

«Doch, natürlich hatte ich Angst. Aber ... Aber in jenem Moment war ich vor allem erschüttert von der Raserei und dem Toben der Männer. Ich habe noch nie etwas Vergleichbares gesehen. Dass Menschen sich so verhalten können, dass sie so aussehen können, wie wilde Tiere ... Es war grauenhaft.»

«Das klingt schrecklich. Ich bin froh, dass du es wenigstens heil überstanden hast.»

«Ich habe erst später realisiert, dass die Situation auch für mich hätte gefährlich werden können. Doch ausser einer kleinen Prellung ist nichts passiert. Trotzdem lässt mich dieser Vorfall nicht los. Vorhin ... Vorhin hörte ich die Stimmen. Die Stimmen der Männer. Zuerst nur leise, dann wurden sie lauter, kamen ganz nah. Seit jenem Tag habe ich zwar immer wieder an diesen Moment gedacht, an den Delfin, an die Männer. Mir war dabei stets unwohl, aber Angst hatte ich keine mehr. Doch vorhin, als ich die Stimmen der Männer hörte, da spürte ich diese Kälte in meinen Knochen, diese Furcht, tief im Innern. Beinahe so, als würden die Männer unter meiner Haut leben, als wäre es ihr Reich, dort in meinem Körper, an einem Ort, den ich selbst nicht erreichen kann.»

Milly legt ihre Hand auf Ninas Arm und schaut ihr in die Augen. Einige Male schieben sich ihre Lippen auseinander, sie holt Luft, doch die passenden Worte scheinen ihr nicht einzufallen.

Nina legt ihrerseits eine Hand auf Millys.

«Danke, dass wir hier sein dürfen.»

«Du hast dich schon bedankt», gibt Milly kopfschüttelnd zurück. «Mehrere Male.»

«Ich werde es noch einige Male tun.»

Hin und wieder bricht das Mondlicht durch die lockere Wolkendecke und legt sich als blasser Schimmer über die Wände und Möbel im Gästezimmer. Während Noah leise schnaubend schläft, blinzelt Nina in den ungewohnten Raum. Wiederholt aktiviert sie ihr Telefon, um sich die Uhrzeit anzeigen zu lassen, und jedes Mal ist sie erstaunt, wie wenig Zeit vergangen ist, wie träge sich die Minuten durch die Nacht schleppen.

Sie versucht, ihre Gedanken zu bändigen, kann aber nicht verhindern, dass sie zum Delfin zurückkehren, zu seinem toten Körper und schliesslich zu den Männern. Beinahe gewaltsam muss sie sich wegdenken, sich auf etwas anderes fokussieren, zum Beispiel auf die Gerüche im Haus, auf die Frage, ob sich Noah hier wohlfühlt, auf das Foto von Millys Mann in einem silbernen Bilderrahmen auf der Kommode, auf die Gebäude in der Nachbarschaft mit ihrer wuchtigen, mitunter antiquierten Architektur. Sie fragt sich, was Milly denken mag, wenn sie jeweils entrückt zu Boden schaut und ihr Kopf sachte zittert. Nina kann noch immer nicht richtig einschätzen, was Milly dazu bewogen hat, ihr und Noah das Gästezimmer anzubieten. Sie lässt die Gedanken kurz bei Millys überraschender Gastfreundschaft verharren, gibt ihnen Freiraum, doch nur wenige Augenblicke später finden sie ein weiteres Mal zurück zum Strand, zum Delfin, zu den Männern. Nina dreht sich zur Seite, presst die Augenlider zusammen und versucht mit aller Kraft, ihren Kopf mit einem grossen, schwarzen, alles einnehmenden Nichts zu füllen, um endlich ein wenig Schlaf zu finden.

Sie liegt im Sand, niedergeschlagen von einem heftigen Hieb, schwer atmend, während die Männer sich auf den Delfin stürzen. Nina sieht das Messer, wie es in den Körper des Tieres eindringt, sieht das erste Stück Fleisch, das herausgetrennt wird, sieht die Blutspuren in den Gesichtern der Männer, sieht die kauenden Kiefer.

Irgendwann setzt der Bildersturm aus, alles verschwimmt. Als sie wieder klar sehen kann, erkennt Nina die Überreste des Delfins, die einige Meter entfernt im Sand liegen. Sie versucht, zu ihm hinzukriechen, als sie im Augenwinkel eine Bewegung registriert.

«Die Schlampe hat ein grosses Herz», hört sie jemanden sagen. Sie dreht ihren Kopf und sieht die Männer, wie sie gelassen beieinanderstehen. Nina weiss nicht, welcher von ihnen gesprochen hat, aber sie vermutet, dass es jener mit dem süffisanten Grinsen war, der sie unverhohlen anstarrt. Sein Bart ist struppig, am Hals ist eine Tätowierung zu erkennen.

Der Mann zieht an seiner Zigarette, lässt sie dann in den Sand fallen und macht einen Schritt auf Nina zu. Die anderen Männer tun es ihm gleich, kommen näher, während sie vereinzelte Wörter zischen, die sie nicht einordnen kann.

Zunächst bleibt Nina entgeistert liegen. Erst als die Männer sie fast erreicht haben, schnellt sie hoch und rennt los. Im tiefen Sand kommt sie nur schleppend vorwärts, gerät ins Taumeln, fällt aber nicht hin. Die johlenden Männer hinter ihr rennen ebenfalls, sind ihr buchstäblich auf den Fersen. Sie kann sie nicht abschütteln, wie schnell sie auch läuft, doch sie kommen auch nicht näher, können sie offensichtlich nicht einholen. Der Abstand bleibt immer gleich. Das Brüllen dröhnt unvermindert in ihrem Nacken, ihr eigenes Keuchen wird immer schneller, und Nina rennt weiter.

Sie hatte in ihrem Leben nur vereinzelte Alpträume, darum bringt sie das hastig pulsierende Herz aus der Fassung. Nina greift sich an die Brust, spürt das Pochen durch ihr T-Shirt, das von ihrem Schweiss feucht ist. Sie versucht, die Umrisse des neben ihr schlafenden Noahs in der Dunkelheit zu erkennen. Allmählich zeigen sich seine Konturen, seine Ohren, die Haare, ein Teil seines Kiefers. Sein Körper ist reglos, und Nina fühlt sich an die unzähligen angstvollen Momente erinnert, in denen sie auf seinen Atem horchte, damals, als er ein Baby war, ein kleines Bündel, das ihr Blickfeld auf allen Seiten verschwimmen und ausfransen liess und den Fokus ganz für sich in Anspruch nahm. Die Angst, dass sein gerade erst begonnenes Leben still und plötzlich ein Ende nehmen könnte, raubte ihr monatelang Kraft und Schlaf. Nur langsam konnte sie eine gewisse Distanz zu dieser Angst aufbauen. Doch sie blieb stets in Sichtweite.

Nina hält ihren eigenen Atem an, um jenen von Noah hören zu können. Tatsächlich, da ist er, ruhig und gleichmässig. Ziemlich bald klingt er so laut, dass sie kaum glauben kann, dass sie ihn zuvor überhört hat.

Sie aktiviert ihr Telefon. Vier Uhr fünfzehn. Nina legt sich wieder hin, dreht sich auf die Seite und fragt sich, ob sie nochmals einschlafen kann, bevor der Tag anbricht.

Abwesende

Es fühlt sich merkwürdig an, als sie Nina und Noah durch das Fenster hindurch nachblickt. Sie ist diese Rolle nicht gewohnt, die Rolle der Nachblickenden. Die Bewegung dieser Menschen steht in direktem Zusammenhang mit ihr selbst. Nur weil Milly sie zu sich nach Hause eingeladen hat, können sie sich nun auf diese Weise entfernen. Sie hat in den Weg dieser beiden Menschen eingegriffen, und sie ist froh, dass sie es getan hat, ist überzeugt, dass es das Richtige war; sie hat eine Möglichkeit gesehen, anderen Menschen zu helfen, und sie hat diese Möglichkeit ergriffen. Doch damit hat sie sich selbst zu einer Beteiligten gemacht, hat sich involviert. Auch diese Rolle ist sie nicht gewohnt. Sie hat sich bisher zumeist in der Peripherie jeglichen Geschehens aufgehalten, hat lieber beobachtet als interveniert, und wenn etwas getan werden musste, hat sie das Agieren häufig Hugo überlassen. Sie vermag nicht zu entscheiden, ob es Verantwortung ist oder Verpflichtung, aber Milly muss sie übernehmen. Sie ist nicht sicher, ob und wie es ihr gelingen kann.

Dass Nina bis zum Abend im «Oya» arbeiten und Noah nach der Schule zum Restaurant gehen wird, gibt ihr Zeit, zu Hugo in den Keller zu gehen. Als sie vor der Tür zum Hobbyraum steht, zögert sie, atmet ein und aus. Sie schliesst auf und tritt ein, und beim nächsten Einatmen steigt ihr der bekannte Geruch in die Nase: süsslich, faulig, noch stechender als beim letzten Mal. Als sie Hugo wusch, war die Unterseite seines Körpers ganz feucht. Die Farbe der Haut hatte sich verändert, die Adern schimmerten grünlich, die Lippen waren angeschwollen und weniger trocken als zuvor, aus Mund und Nase war eine seltsame Flüssigkeit ausgetreten. Nach dem Waschen sah er wieder ansehnlicher aus, doch nun, da Milly die Kühlelemente zur Seite legt, sich zu ihm auf die Matratze setzt und ihn betrachtet, wirkt er verändert. Auf seiner Haut hat sich an einigen Stellen eine sonderbare Schicht gebildet, einzelne Winkel sind dunkel verfärbt. Milly holt einen nassen Lappen und wäscht Hugos Körper erneut. Immerhin ist der Körper nicht mehr so steif wie zu Beginn, die Arme und Beine sind wieder beweglicher, beinahe so wie früher.

«Ach, Hugo, ich weiss nicht, wie lange du noch hierbleiben kannst. Du … Dein Körper … Es fällt mir schwer, dir zuzusehen. Du bist immer ein schöner Mann gewesen, auch in den letzten Jahren. Vor allem in den letzten Jahren. Ich habe dich immer sehr gerne angeschaut, am liebsten dann, wenn du nicht gemerkt hast, dass ich dich anschaue. Du hast dich dann jeweils nicht krampfhaft bemüht, irgendwelche Erwartungen zu erfüllen, sondern bist einfach der gewesen, der du eben gewesen bist, ganz natürlich. In diesen Momenten hast du jeweils noch schöner ausgesehen als sonst. Jetzt … Jetzt kann ich dich kaum mehr ansehen. Es ist nicht so, dass der Anblick mich anekelt, nicht wirklich. Es geht nicht so sehr darum, was du geworden bist. Es geht vor allem darum, was du nicht mehr bist. Und das bricht mir das Herz.»

Milly legt sich neben ihn. Automatisch geht die Hand zu seiner Brust, die Finger tasten sich vor, bewegen sich zunächst nervös über das Hemd, wie aufgeregte Kinder, werden dann ruhig und bleiben unterhalb des Kragens liegen. Sie starrt auf die Stelle, an der sich das Seil um seinen Hals spannte, auf die groteske Spur, die sich über seine Haut zieht, als wäre ein Traktor mit schweren Reifen über ein brachliegendes Feld gefahren. Sie kann diese Gewalt gegen den eigenen Körper nicht verstehen, kann noch immer nicht glauben, dass Hugo sich das angetan hat, dass er zugelassen hat, was seinem Leib, seinem Fleisch, seiner Haut widerfahren ist. Dass man ans Ende der Kräfte gelangt, dass man aufhören will, mit dem Leben, mit dem Atmen, mit allem – dieses Gefühl ist ihr bekannt, sie hat es einige Male aushalten müssen. Dass man sich davon aber zu einer solch aggressiven Handlung, zu einer solch brutalen Tat verleiten lässt, kann Milly nicht begreifen. Sie wischt mit dem Handrücken ihre Augenwinkel trocken und räuspert sich.

«Ja, jetzt sind sie also hier. Nina und ihr Sohn. Gestern sind sie eingezogen, haben bereits eine Nacht hier verbracht. Sie habe nicht sonderlich gut geschlafen, hat mir Nina vorhin erzählt. Ich kann es ihr nicht verübeln. Die erste Nacht an einem neuen Ort, in einem Haus, das sie nicht kennt. Ich hätte kein Auge zugetan, wenn ich an ihrer Stelle gewesen wäre. Nun, ich hoffe, sie leben sich ein, sie und Noah. Für ihn muss es noch viel eigenartiger sein als für Nina, hier zu wohnen. Aber eigentlich habe ich keine Ahnung, wie es für ihn ist. Ich weiss nichts über ihn. Mit Nina kann ich mich unterhalten, kann ihr Fragen stellen, kann erzählen. Doch der Junge ist mir noch vollkommen unbekannt, er ist nicht greifbar. Ich habe keine Ahnung, wie ich mit ihm reden soll. Und er zeigt seinerseits keine grosse Lust, sich mit mir zu unterhalten. Aber vielleicht ist er einfach schüchtern. Und ich auch, zumindest ihm gegenüber. Er ist sicherlich ein guter Junge, und Nina ist ihm eine gute Mutter. Wir werden uns bestimmt noch aneinander gewöhnen mit der Zeit. Auch wenn ich keine Ahnung habe, um wie viel Zeit es sich handelt, ob es lediglich wenige Tage sein werden oder mehrere Wochen. Ich kann noch gar nicht richtig verstehen, wie ich mich darauf einlassen konnte, ohne Plan, ohne genaue Definitionen und Vorstellungen.»

Eine Fliege landet auf Hugos Gesicht, eilt über seine Wange. Als sie vor Hugos Nasenlöchern Halt macht, jagt Milly sie mit einer Handbewegung fort.

«Früher hätte ich diese Ungewissheit nicht zugelassen. Nicht zu wissen, wie sich die Dinge entwickeln; das war mir zuwider, du weisst das. Ich hätte mir unzählige Gedanken darüber gemacht, was geschehen könnte, was geschehen müsste. Hätte mir die verschiedenen Szenarien zurechtgelegt, hätte bewertet, welche mir besonders zusagen und welche mir widerstreben würden. Ich wäre taktisch vorgegangen, hätte mir Ziele gesetzt, hätte Strategien ausgearbeitet. Das konnte ich gut, nicht wahr? Alles durchplanen, alles an Eckpunkten festmachen. Und jetzt? Warum mache ich mir so wenige Gedanken darüber, wie sich die

Dinge mit Nina und Noah entwickeln könnten? Habe ich es verlernt? Oder habe ich vielmehr gelernt, es nicht zu tun? Bin ich unbesonnen geworden, sogar fatalistisch? Erst jetzt, da ich mit dir darüber spreche, erstaunt mich meine ungewohnte Nonchalance.»

Erneut landet die Fliege auf Hugos Kopf. Dieses Mal reagiert Milly schneller, wedelt das Insekt mit der Hand weg und schnaubt entrüstet.

«Was ist das für ein Abenteuer, auf das ich mich hier einlasse? Was erwartet mich? Ich müsste doch verunsichert sein, ängstlich, doch ich bin es nicht. Ich bin nervös. Aber es ist eine gute Nervosität. Eine Spannung.»

Je länger sie neben Hugo liegt, desto mehr gewöhnt sie sich jeweils an den Geruch, der von ihm ausgeht. Gleichzeitig ist sie sich bewusst, dass sie etwas dagegen unternehmen muss. Wäre sie allein im Haus, allein mit Hugo, könnte sie den Geruch akzeptieren, ihn als notwendiges Übel in Kauf nehmen, doch nun, da sie Gäste hat, scheint ihr dies keine Option mehr zu sein. Sie holt Hugos sämtliche Parfüms aus dem Spiegelschrank im Badezimmer, legt sie in eine kleine Kiste und trägt sie hinunter in den Hobbyraum. Es sind fünf Fläschchen, und Milly nimmt eines nach dem anderen zur Hand, lässt einen Sprühstoss entweichen und versucht, den Duft einzuatmen. Auch wenn die Parfüms in der Luft andere Nuancen entfalten als an Hugos Hals, rufen sie Erinnerungen wach, Erinnerungen an das, was ihr in die Nase zu steigen pflegte, wenn sie ihren Kopf an Hugos Schulter lehnte, an die Wärme, die von ihm ausging und sich mit den Duftstoffen vermischte.

Sie greift nach der halbvollen Flasche *Fahrenheit* von Dior, riecht an der Kappe, drückt auf den Zerstäuber und folgt der feinen Wolke mit ihrer Nase. Die ledrigen und rauchigen Akzente kommen nicht richtig zur Geltung, dennoch kann Milly die Anwesenheit von Hugo in diesem Duft erkennen, nimmt ihn wahr, beinahe körperlich.

Sie dreht die Flasche in ihrer Hand, richtet den Sprühkopf auf Hugo und nebelt ihn ein, drückt den Zerstäuber immer wieder hinunter und hört erst auf, als ihr Finger müde wird und ihren Absichten nicht mehr Folge leistet. Sie legt die Flasche zurück in die Kiste und wartet ab, mehrere Minuten lang. Schliesslich beugt sie sich vor und schnuppert an Hugos Brust. Die ungewohnte Mischung aus Parfüm und dem süsslich-fauligen Geruch treibt ihr Tränen in die Augen.

«Wo bist du?», flüstert sie, legt sich neben ihn und ihre Hand auf seine Brust.

Als sie erwacht, vergehen einige stille Sekunden, ehe sie begreift, dass sie eingeschlafen ist. Sie hat keine Ahnung, wann Nina und Noah zurückkommen oder ob sie vielleicht schon wieder im Haus sind. Ruckartig richtet sich Milly auf und stösst mit dem Fuss gegen die Kiste mit den Parfümflaschen. Das Klirren lässt sie erneut zusammenzucken, und für einen Moment verliert die Welt jede Form und jede Farbe.

Milly hält ihren Atem an und horcht auf Geräusche. Abgesehen von einem Auto, das auf der Strasse vorüberfährt, ist nichts zu hören. Sie stellt die Kiste mit den Parfüms in ein Regal, verlässt den Hobbyraum und prüft doppelt, ob sie die Tür tatsächlich verriegelt hat.

Tom und Jerry

Milly hat im grossen Einkaufszentrum eine DVD gekauft, eigentlich eine Sammeledition mit vier DVDs, Klassiker mit Tom und Jerry. Vielleicht wolle Noah mal reinschauen, das sei bestimmt lustig; der Kater versuche immer wieder, die Maus zu fangen, aber die Maus sei klüger und könne stets entkommen. Nina war gerührt von der Geste, auch wenn sie nicht geglaubt hat, dass Noah an den alten Zeichentrickfilmen allzu viel Gefallen finden würde. Doch nun sitzt Noah schon seit zwanzig Minuten vor dem Fernseher, kichert fast pausenlos und lacht zwischendurch laut auf, und Nina schaut ihm zu, wie er dem Kater und der Maus zuschaut, und ist froh, dass sie sich geirrt hat.

«Er hat so eine tiefe Stimme», sagt Milly leise. Sie sitzen sich einige Meter von Noah entfernt am grossen Esstisch gegenüber, beide mit einem Glas Weisswein vor sich, in der Mitte eine kleine Schale mit Salzstangen.

«Die hatte er schon immer. Ich glaube, seine Stimme ist viel älter als er. Manchmal sagt er auch Dinge, die nur Menschen sagen, die viel älter sind als er. Doch meistens ist er zum Glück ein achtjähriger Junge. So wie jetzt.» Noah entfährt ein lautes Glucksen, und Nina lächelt.

«Er kann gar nicht mehr aufhören zu lachen», stellt Milly fest.

«Ja, so vergnügt habe ich ihn selten gesehen. Muss an Tom und Jerry liegen.»

«Die momentane Situation dürfte nicht einfach für ihn sein.»

«Meinst du das Haus? Oder dass wir hier wohnen?»

«Alles. Euer Haus. Die Umstände. Das Wasser, das stetig steigt. Die ständigen Demonstrationen.»

«Ich bin mir nicht sicher, wie sehr ihn das alles belastet. Einerseits fehlen ihm die Erfahrungen und Kompetenzen, um mit derartigen Widrigkeiten und Hürden umgehen zu können. Andererseits kennt er zum Teil gar nichts anderes. Er hat nie erlebt, wie es ist, keine Angst vor dem steigenden Meeresspiegel haben zu müssen. Die wachsende Panik der Leute deswegen, die ist für Noah normal, oder er ist es gewohnt, sie zu ignorieren. Die Demonstrationen berühren ihn wohl nur dann, wenn er sie direkt miterlebt. Vielleicht … Vielleicht kann er besser mit diesen Entwicklungen umgehen als wir Erwachsene. Zumindest besser als ich.»

«Du glaubst, er macht sich keine Sorgen?»

«Doch, er macht sich Sorgen. Er macht sich viele Sorgen. Manchmal frage ich mich, ob ein Junge in seinem Alter sich wirklich so viele Sorgen machen sollte. Eigentlich wäre es doch Sache der Erwachsenen, sich Sorgen zu machen.»

«Machst du dir denn keine Sorgen?»

«Doch, natürlich. Mehr als genug.»

Noah lacht so laut auf, dass Milly und Nina simultan zusammenzucken. Milly greift nach der Weissweinflasche und füllt die beiden Gläser wieder auf.

«Ich denke manchmal zurück an jene Zeit, in der die ersten Meldungen kamen, dass der Anstieg des Meeresspiegels ein Problem für die Stadt werden könnte. Ich war damals noch ein Kind, auf jeden Fall sehr jung. Zunächst riss man Witze darüber. Manche sagten, dass sie ein Hausboot bauen würden. Andere sprachen von einer Arche. Wieder andere meinten, dass sie jeden Morgen aus der dritten Etage oder vom Hausdach direkt ins Meer springen würden, mit einem Kopfsprung oder mit einem Salto. Niemand dachte ernsthaft, dass das Meer wirklich zur Bedrohung werden würde, oder wenn, dann erst für spätere Generationen, erst in hundert Jahren. Als die Warnungen häufiger und eindringlicher wurden, waren viele schon so abgestumpft, dass sie gar nicht mehr zuhören mochten. Man rollte sofort mit den Augen, wenn jemand einen jener Begriffe in den Mund nahm. Meeresspiegelanstieg. Klimaerwärmung. Schmelzende Polkappen. Treibhausgase. Kohlenstoffdioxid. Methan. Nur allmählich wurden die Stimmen wieder lauter, die Stimmen jener, die warnten, die nicht schweigen mochten. Ich habe auch nicht immer schweigen wollen, es aber trotzdem getan.»

«Warum?», will Milly wissen, nachdem Nina mit Reden aufgehört hat und lieber auf ihrer Unterlippe kaut. «Warum hast du geschwiegen?»

«Ich weiss es nicht genau. Vielleicht wollte ich mir nicht anmassen, mich dazu zu äussern. Vielleicht habe ich meiner eigenen Meinung nicht vertraut oder mich nicht berechtigt geglaubt, diese Meinung kundzutun. Vielleicht war ich auch einfach zu faul. Wie die meisten Leute. Wir sind alle zu faul, um etwas zu ändern. Um uns zu ändern. Man könnte meinen, wir fügten uns wehrlos in unser Schicksal. Aber wenn man es ändern könnte, dann wäre es kein Schicksal. Dann wäre es nur eine Mahnung, die man ignoriert hat. Ein Szenario, das man lieber akzeptiert hat, als sich dagegen zu wehren.»

«Aber man kann allein so wenig ausrichten, oder nicht?», erwidert Milly. «Ich habe immer darauf geachtet, Einkaufstüten mehrmals zu verwenden, ganz egal, ob sie aus Plastik oder Papier waren. Rechnungen und Werbesendungen habe ich als Notizzettel benutzt. Hugo und ich, wir sind nur mit dem Auto gefahren, wenn es wirklich notwendig war und nicht anders ging. Auch habe ich früher, als ich noch rauchte, jeden Zigarettenstummel säuberlich entsorgt und nicht achtlos weggeworfen. Ich habe mich aufrichtig bemüht, mich verantwortungsbewusst zu verhalten. Was hat es gebracht? Eigentlich nichts, oder? Das Wasser ist trotzdem gestiegen. Die Stürme sind trotzdem heftiger geworden. Die Luft ist nicht besser geworden, das Wasser im Meer nicht sauberer.»

Milly trinkt ihr Weinglas in einem Zug leer und stellt es wieder auf den Tisch. Sie grinst kurz und zuckt mit den Schultern.

«Ich weiss, dass ich allein nichts bewirken kann», fährt sie fort. «Ich weiss, dass sich alle bemühen müssen, dass es gemeinsames Engagement braucht, weil es sonst nicht funktioniert. Das alles ist mir bewusst. Aber wenn man es versucht und seinen Beitrag leistet und nichts, absolut nichts geschieht, ist das irgendwie frustrierend, findest du nicht? Ich zweifle dann an mir selbst. Vor allem zweifle ich an den Menschen, hadere mit unserem kollektiven Gewissen. Ja, du hast absolut recht. Wir sind alle zu faul. Waren es immer. Und die wenigen, die es nicht waren, haben uns nicht retten können. Aber das ist nicht ihr Versäumnis. Es ist unseres.»

Noah kichert ein weiteres Mal und stösst kurz darauf ein prustendes Lachen aus, das auch Milly und Nina ansteckt. Die beiden Frauen lachen mit, zunächst nur wegen Noahs Lachen, doch bald darauf verfolgen sie das hektisch geführte Duell mit, das sich Kater und Maus auf dem Fernsehbildschirm liefern. Tom jagt Jerry hinterher, eine angebissene Hähnchenkeule in der Pfote, doch Jerry kann sich in einen Küchenschrank flüchten. Tom folgt ihm, und bald darauf machen die beiden auf Töpfen und Pfannen Musik, zumindest so lange, bis Tom wieder einfällt, dass er Jerry ja eigentlich fangen möchte. Es entbrennt ein wilder Fechtkampf, Tom ist mit einer Gabel bewaffnet, Jerry mit einem Messer, und als es Tom gelingt zuzustechen, trifft er mit seiner Gabel nicht seinen Widersacher, sondern das überdimensionale Hinterteil einer Frau, die vor einer Kommode kniet. Milly kichert, greift nach der Weissweinflasche und füllt die Gläser wieder auf. Sie nimmt einen Schluck und wartet, bis Nina ihren Blick vom Fernseher löst.

«Warum willst du dort unten wohnen bleiben? Es gibt ja nicht nur die obere Stadt. Es gibt tausend andere Städte und noch mehr Dörfer. Ihr könntet überall hin.»

«Ich will nicht überall hin. Ich will hierbleiben», entgegnet Nina und bemerkt selbst, dass sie klingt wie ein trotziges Kind. «Ich bin hier zu Hause. Andere können überall zu Hause sein. Ich nicht. Es gibt Menschen, die ihr Leben lang nur aufbrechen und weiterreisen, aber niemals ankommen. Menschen, die das Dort stets dem Hier vorziehen. Menschen, die unaufhörlich in

Bewegung bleiben müssen. Ich bin keiner dieser Menschen. Ich sehne mich nicht fort. Ich sehne mich nur nach Hause.»

«Glaubst du überhaupt nicht daran, dass du dich auch an einem anderen Ort zu Hause fühlen könntest?»

«Ich kann es mir nicht vorstellen, verstehst du? Ich behaupte nicht, dass es nicht möglich wäre. Natürlich ist es möglich, theoretisch. Für mich ist es jedoch unvorstellbar, zumindest im Moment.»

«Und hier oben?»

«Hatten wir dieses Thema nicht schon mal? Du weisst doch, ich könnte mir in der oberen Stadt nicht einmal ein Zimmer leisten.»

«So teuer kann es doch wirklich nicht sein.»

«Doch!», entgegnet Nina schroff. «Es ist verdammt teuer hier. Du kannst es mir glauben. Du … Du wohnst schon seit Jahrzehnten hier. Das Haus gehört dir. Du musst nichts mehr bezahlen. Das ist schön, ich freue mich sehr für dich, doch ich habe derartige Privilegien nicht.»

«Tut mir leid, ich wollte nicht …», beginnt Milly stotternd, doch Nina fällt ihr ins Wort.

«Dir muss nichts leid tun, absolut nicht. Mir tut es leid. Ich wollte nicht so heftig reagieren. Manchmal fühle ich diese Ohnmacht, diese lähmende Hilflosigkeit. Ich wünschte, es wäre alles ganz einfach oder würde sich von selbst ergeben. Doch das ist es nicht, das tut es nicht. Häufig ist es verdammt mühsam. Es braucht Kraft. Und mitunter fühle ich mich einfach müde und erschöpft.»

Als Milly Ninas Hand berührt, zuckt sie zusammen, zieht sie aber nicht weg. Sie starrt auf Millys faltige Finger, als läge in ihnen eine ungeahnte Kraft. Erst als Milly fragt, ob sie noch eine Flasche Wein aufmachen soll, erwacht Nina aus ihrer Entrückung.

«Warum nicht?»

«Würdest du denn weggehen können?», will Nina wissen.

«Könntest du alles hier zurücklassen und an einem anderen Ort ganz neu anfangen?»

«Ich bin 72 Jahre alt. Da muss man nichts Neues mehr anfangen. Da muss man das Angefangene nur noch zu Ende bringen. Nein, heute könnte ich es wohl nicht, es sei denn, es bliebe mir nichts anderes übrig. Aber früher hätte ich es mir durchaus vorstellen können, dachte auch oft daran. Einmal stand ich kurz davor, hatte schon meine Koffer gepackt. Ich glaube, Hugo und ich hatten einen Streit. Wir stritten nur selten und wenn, dann nie allzu heftig. Wahrscheinlich war es an jenem Tag erneut nur eine kleine Meinungsverschiedenheit, nichts Gravierendes. Doch womöglich war es eine Kleinigkeit zu viel. Manche Dinge sind im Moment von unermesslicher Tragweite und verlieren bald darauf jede Bedeutsamkeit. Jedenfalls hatte ich meine Koffer gepackt und schleppte sie zur Haustür und blieb dort stehen, schaute mich noch einmal um, wollte vielleicht Hugo Lebewohl sagen. Doch Hugo war nicht zu sehen, und ich stand einfach da, hielt die grossen Koffer in den Händen, zumindest so lange, bis sie zu schwer wurden und ich sie abstellen musste. Ich lauschte. Es war vollkommen ruhig im Haus. Kein Ton war zu hören. Ich weiss nicht, wie lange ich dort stand und mich nicht bewegte. Zunächst verunsicherte mich die Stille, doch je länger sie dauerte, desto mehr wurde meine Verunsicherung zur Sorge. Ich rief nach Hugo. Zunächst ganz leise, als wollte ich nicht, dass er mich hört. Ich rief erneut, nun etwas lauter, doch wieder erhielt ich keine Antwort. Ich ging langsam ins Wohnzimmer, dann in die Küche, dann ins Esszimmer, doch Hugo war nirgends zu sehen. Ich rief weiter nach ihm, doch nichts geschah. Schliesslich ging ich hinunter in den Keller, dort hat Hugo ja ... dort hatte er früher seinen Hobbyraum. Jedes Mal, wenn ich ihn nicht finden konnte, war Hugo dort unten, nahm irgendwelche Geräte auseinander, die er danach meistens nicht mehr zusammensetzen konnte. Manchmal bastelte er auch irgendwelche Dinge, ein kleines Wandregal aus Blech, einen Zeitungshalter. Doch an jenem Tag sass er lediglich da, auf seinem Stuhl, mit dem Rücken zur Tür, das Gesicht der Wand zugewandt. Als ich eintrat, sagte ich leise seinen Namen, doch er reagierte nicht. Ich ging näher, wiederholte seinen Namen, dieses Mal etwas lauter, doch noch immer bewegte er sich nicht. Erst als ich ihn an der Schulter berührte, zuckte er zusammen und drehte seinen Kopf, nur ganz leicht. Er sah mich nicht an. Ich begann, auf ihn einzureden, aber Hugo rührte sich nicht. Irgendwann trat ich einen Schritt zurück und schaute ihn an. Er sah fürchterlich aus, so traurig, wie er an die Wand blickte, wie ein Schulkind, das zur Strafe für eine Dummheit in der Ecke stehen muss. Er wirkte unglaublich einsam, mit seinen hängenden Schultern und dem gesenkten Kopf. Wahrscheinlich hatte ich zu jenem Zeitpunkt den Grund für unsere Auseinandersetzung bereits vergessen. Ich weiss nicht, ob ich Mitleid empfand oder einfach nur Liebe. Jedenfalls ging ich zu Hugo hin und legte meine Hände um seinen Körper, drückte mich an ihn und ihn an mich. Ich ging nicht weg an jenem Tag. Stattdessen packte ich die Koffer wieder aus und kochte Abendessen für Hugo und mich.»

«Danach wolltest du nie mehr fort?»

«Es gab durchaus Momente, in denen ich glaubte, es nicht mehr auszuhalten. Aber ich stand nie mehr mit gepackten Koffern an der Haustür.»

«Und du weisst nicht mehr, warum du nicht mehr hierbleiben wolltest?»

«Ach … Wahrscheinlich war es mir hier zu eng. Eigentlich ist es unsinnig, das Gefühl der Enge zu empfinden, in diesem grossen Haus und mit dem weiten Meer da draussen. Doch diese häusliche Normalität hat mich eingeschnürt. Weisst du, ich hatte es immer gut. Hugo war gut zu mir, ein lieber Mann. Aber manchmal wollte ich keinen lieben Mann, kein normales Leben. Manchmal widerte mich das Alltägliche und Banale geradezu an. Jeder Tag war gleich wie der Tag zuvor, nichts war aussergewöhnlich, nichts war bemerkenswert. Ich konnte niemandem einen Vorwurf machen, schliesslich hatte ich mir diese Gleichförmigkeit selbst ausgesucht. Dennoch wollte ich hin und wieder einfach nur weg, wollte weg aus diesem Leben, ohne wirklich zu wissen, wie ein neues, ein anderes Leben aussehen könnte.»

«Was fehlte dir denn in deinem alten und alltäglichen Leben?», fragt Nina zaghaft .

Milly überlegt lange, schenkt beiden ein weiteres Mal Wein nach und nimmt einen grossen Schluck.

«Was mir fehlte? Keine Ahnung. Vielleicht eine Aufgabe. Eine Herausforderung. Etwas, das meinem Leben mehr Sinn verleihen konnte. Hätten wir Kinder gehabt, wäre wohl alles anders gewesen, diese Gedanken und Gefühle wären wahrscheinlich gar nicht erst aufgekommen. Ich hätte etwas zu tun gehabt, wäre stetig gefordert gewesen. Doch Hugo ... Hugo und ich ... wir hatten keine Kinder.»

Nina lässt ihren Daumen über den Stiel des Weinglases gleiten, sachte nach oben, dann nach unten.

«Hättest du gern Kinder gehabt?»

Milly schweigt. Sie holt einige Male Luft, als wolle sie zu einer Antwort ansetzen. Als Noah ein weiteres Mal ein prustendes Lachen ertönen lässt, wendet sich Milly ihm zu.

«Die sind wirklich lustig, nicht wahr? Tom und Jerry. So lustig.»

Noah nickt und weiss nicht recht, wie er sich verhalten soll. Er hält Millys Blick einen Moment lang stand, dann wendet er sich wieder dem Fernseher zu. Milly sieht ebenfalls auf den Bildschirm, doch als der Kater und die Maus in die nächste aberwitzige Situation geraten, fällt es ihr gar nicht auf. Nur Noah lacht.

Der Hubschrauber

Am nächsten Tag frühstücken Nina, Noah und Milly draussen im Garten. Es ist Samstag, angenehm mild, der Himmel ist wolkenlos. Milly hat Orangensaft gepresst, und Noah ist spürbar begeistert davon, denn in seinem jungen Leben hat er noch nie Saft aus frisch gepressten Orangen getrunken. Geradezu ehrfürchtig mustert er sein Glas, hält es gegen die Sonne, stellt es wieder ab, dreht es hin und her wie ein wertvolles Kunstobjekt. Seine Zunge liegt zwischen den Lippen, die Augen sind schmale Schlitze.

Während sich Noah seinen Orangensaftstudien widmet, deutet Nina unauffällig zum Himmel. Über der unteren Stadt steigt eine dünne Rauchsäule auf, verliert sich im klaren Blau. Seit dem Sturm ist es nicht mehr zu Demonstrationen oder Ausschreitungen gekommen, wahrscheinlich waren die Leute in der unteren Stadt zu sehr mit Aufräumen beschäftigt.

«Es war ruhig in den vergangenen Tagen», sagt Nina.

«Stimmt, man hat nichts von Ausschreitungen gehört. Nur vom Sturm und von den … von den Schäden.»

«Ja, die Schäden», wiederholt Nina und blickt starr auf ihre Hände. «Einige Häuser sehen deutlich schlimmer aus als unseres. Haben kein Dach mehr, zum Teil sind ganze Aussenwände weggebrochen.»

«Sie tun mir leid, diese Menschen. Wie ihr. Ihr tut mir ebenfalls leid. Aber euch kann ich wenigstens helfen.»

«Und wir sind froh darüber. Doch die allermeisten Leute in der unteren Stadt haben dieses Glück nicht.»

«Ich weiss.» Milly senkt den Blick und lässt die Schultern fallen, als fühle sie sich schuldig.

«Ich kann gut nachvollziehen, wenn die Leute jetzt noch heftiger protestieren. Sie glauben sich von den Behörden im Stich gelassen, erhalten keinerlei Unterstützung, sehen keine Zukunft. Und dann kommt der Sturm und bläst ihnen auch noch die Ziegel vom Dach und das Glas aus den Fenstern. Das nährt den

Zorn. Das facht bereits brennende Feuer an und entzündet neue.»

«Und du? Willst du ebenfalls protestieren?»

«Die Wut wäre da, die Frustration ebenso. Aber etwas hält mich zurück. Es widerstrebt mir, mich lauthals zur Wehr zu setzen. Mir fehlt der Aktivismus. Ausserdem konzentriere ich mich eher auf das, was da ist, als auf das, was fehlt. Ich bin gesund, habe einen wunderbaren Sohn, lebe an einem wunderschönen Ort. Unser Haus ist zwar unbewohnbar geworden, aber nur vorübergehend, es bleibt unser Haus. Wir werden zurückkehren in unser Haus, in unser Leben. Es ist ein gutes Leben, trotz allem.»

Milly will etwas erwidern, zögert jedoch und wendet den Kopf. Ein leises Dröhnen ist zu hören und wird rasch lauter. Der kleine Punkt in der Ferne wächst und wird zu einem Hubschrauber. Er fliegt tief, viel tiefer als die anderen Hubschrauber, die ab und zu dem Strand entlangfliegen. Als er das Haus überquert, ist die Aufschrift deutlich lesbar.

«Polizei», sagt Nina, ohne dabei allzu erstaunt zu klingen.

Das wuchtige Erscheinen des Hubschraubers hat Noah aus seiner Orangensafttrance gerissen. Er ist aufgesprungen und schaut mit halb geöffnetem Mund dem Hubschrauber nach, der nun sichtbar langsamer wird und über der unteren Stadt schweben bleibt.

«Der ist richtig laut», raunt er mit seiner tiefen Stimme und schiebt seinen Unterkiefer wieder nach oben. «Was macht der denn da?»

Nina sucht mit flehendem Blick nach einer passenden Antwort und zögert sie mit einigen Füllwörtern hinaus, doch bevor Noah ungeduldig wird oder seine Frage wiederholen kann, taucht ein zweiter Hubschrauber auf, das gleiche Modell. Auch er fliegt tief über das Haus und hinab zur unteren Stadt, bremst ab und nimmt seine Position neben dem anderen Hubschrauber ein.

«Mama, was machen die da?», will Noah wissen, jetzt energischer. «Da ist Rauch. Brennt es dort?»

«Wahrscheinlich schon», erwidert Nina und legt ihm ihren Arm auf die Schulter, als müsse sie ihn trösten oder beschützen. «Es ist bestimmt nichts Schlimmes. Du weisst, dass die Menschen dort unten manchmal protestieren. Weil sie wütend sind und wollen, dass man ihren Problemen Beachtung schenkt. Und manchmal sind die Leute so wütend, dass sie deshalb Sachen anzünden. Einen Müllcontainer vielleicht, oder alte Möbel.»

«Was machen denn die Hubschrauber? Die sind nicht von der Feuerwehr, oder?»

«Nein, die sind von der Polizei.»

«Aber wenn es brennt, müsste doch die Feuerwehr da sein.»

«Die Feuerwehr ist sicher schon dort. Mit dem Löschfahrzeug.»

«Darf ich nach unten gehen, Mama?»

«Wohin? In die untere Stadt?»

«Ja. Ich will die Hubschrauber aus der Nähe sehen.»

«Nein!» Nina ist überrascht, wie laut und harsch ihre Stimme klingt. Sie räuspert sich und sieht ihrem Sohn in die Augen. «Nein, Noah, ich lasse dich jetzt ganz bestimmt nicht in die untere Stadt gehen. Es ist viel zu gefährlich.»

«Ich könnte doch mit Juri hingehen.»

«Du könntest eine ganze Fussballmannschaft dabeihaben, ich würde dich dennoch nicht hingehen lassen.»

«Aber Mama!»

«Was denn? Willst du, dass dir etwas zustösst?»

«Nein …» Noah lässt den Kopf sinken, bis das Kinn seine Brust berührt.

«Willst du, dass jemand dir weh tut?» Ihre Stimme zittert leicht.

«Nein.»

«Was glaubst du denn, warum die Polizei mit Hubschraubern auftaucht? Die wollen nicht Kaffee trinken! Die sind da, weil es gefährlich ist. Niemand geht jetzt freiwillig dorthin.»

«Aber die, die jetzt protestieren, die sind auch freiwillig dort, oder?»

«Die meisten von ihnen wohnen in der unteren Stadt. Sie ist ihr Zuhause.»

«Wir wohnen auch in der unteren Stadt.»

«Ja.» Nina atmet laut aus, lässt die Schultern absacken. Sie ahnt, was kommt.

«Warum protestieren wir denn nicht?»

«Noah … Das Ganze ist nicht so einfach.»

«Das sagst du immer.»

«Weil es stimmt.»

«Aber manchmal ist es ganz einfach. Manchmal kann man sagen: ‹Ich habe keine Lust.› Oder: ‹Es interessiert mich nicht.› Oder: ‹Ich habe Angst.› Das ist nicht kompliziert.»

Nina starrt hinab zum Meer, wo die Hubschrauber weiterhin über den Häusern schweben.

«Vielleicht hast du recht. Vielleicht ist es tatsächlich ganz einfach.»

«Wirklich?»

«Ja. Vielleicht habe ich einfach Angst.»

***

Noah steht am Rand des Grundstücks, schaut gebannt zu den beiden Hubschraubern, die über den Häusern schweben. Ein leichtes Zittern durchströmt seinen Körper, er verlagert sein Gewicht vom linken Fuss auf den rechten und wieder zurück. Milly tritt zu ihm heran, und als er sie bemerkt, erschrickt er, versucht aber, sich nichts anmerken zu lassen.

«Du magst wohl Hubschrauber.»

«Ja.» Noah nickt.

«Warum magst du sie denn so?»

«Sie sind wie Libellen. Libellen können auch in der Luft stehen bleiben, immer am gleichen Ort. Dann schweben sie eine

Weile so, und zack, fliegen sie weiter und bleiben wieder stehen. Ich mag das bei Libellen. Und bei Hubschraubern auch.»

«Das stimmt. Flugzeuge müssen immer von hier nach dort fliegen.»

«Ja, genau», pflichtet ihr Noah bei, ungeahnt munter. «Die brauchen auch diese langen Start- und Landebahnen. Hubschrauber können überall landen, ganz einfach.»

«Hubschrauber sind wirklich toll.»

Sie hebt den Arm, als wolle sie ihn auf Noahs Schulter legen, zieht ihn aber wieder zurück und wendet sich ab. Als sie an Nina vorübergeht, zwinkert sie ihr zu und flüstert, dass sie gleich zurückkomme, sie solle doch bitte mit Noah im Garten warten.

Sie geht zum ersten Mal in den Keller, während Nina und Noah sich im Haus oder zumindest auf dem Grundstück befinden. Eine dumpfe Anspannung kriecht in ihren Körper, ihre Bewegungen werden mit jedem Schritt unsicherer. Milly verriegelt die obere Kellertür hinter sich und steigt die Treppenstufen hinab. Bevor sie die Tür zum Hobbyraum aufsperrt, atmet sie tief durch.

«Ich kann nicht lange bleiben, Hugo. Nina und Noah sind oben. Ich suche den Hubschrauber, den du mal repariert hast. Weisst du noch? Der muss doch irgendwo sein.»

Sie durchsucht alle Regale, öffnet einige Schranktüren. Erst bei genauem Hinschauen entdeckt sie das blaue Gebilde. Sie nimmt den Hubschrauber und die dazugehörige Fernsteuerung aus dem Schrank und wiegt beide in den Händen.

«Ich hoffe, es stört dich nicht. Aber der Junge mag Hubschrauber so gern. Ich werde neue Batterien einlegen. Hoffentlich funktioniert er noch. Du hast ihn damals zum Fliegen gebracht, ich erinnere mich genau. Ein Zahnrad war verschoben.»

Sie geht zur Tür, doch auf halbem Weg zuckt sie zusammen und erstarrt. Ihr Unterkiefer klappt nach unten. Ungläubig dreht sie ihren Kopf zu Hugo. Er liegt still da, auf seiner Matratze, umgeben von eiskalten Flaschen und Kanistern, der Körper noch immer aufgebläht.

«Hugo? Hast du was gesagt? Ich bin sicher, dass ich gehört habe, wie du etwas gesagt hast.»

Sie tritt zum ihm hin, kniet sich vor die Matratze und legt den Hubschrauber und die Fernsteuerung neben sich auf den Boden.

«Was hast du gesagt? Ich habe es nicht verstanden. Könntest du es … Bitte, Hugo, sprich mit mir. Sag etwas.»

Doch Hugo bewegt sich nicht und redet kein Wort. Sie legt ihre Hand auf seine Brust und lässt ihren Kopf auf den Handrücken sinken. Milly hält den Atem an, um den Moment hinauszuzögern, in dem der beissende Geruch in ihre Nase dringt. Sie spürt das Pulsieren ihres Blutes im Hals, wie ein heisser Strom, der stetig drängt. Ihr ist klar, dass sie nicht so empfinden sollte, doch in jenem Moment fühlt sie sich von Hugo hintergangen, fühlt sich verhöhnt und verspottet. Natürlich kann er nichts gesagt haben. Doch ebenso wenig kann sie sich getäuscht haben, viel zu klar und deutlich war der Klang seiner Stimme, deren Widerhall noch immer im Raum zu schweben scheint. Als sie merkt, dass sie in Panik gerät, atmet sie tief ein. Wie ein Pfeil schiesst der Geruch in ihre Nase und lässt sie hochschnellen und zurückschrecken. Sie greift nach dem Hubschrauber und der Fernsteuerung, steht auf und geht rückwärts zur Tür. Ihr Blick fixiert Hugos Gesicht, seine Lippen, stets bereit, die kleinste Bewegung zu registrieren. Als sie die Kellertür wieder verriegelt, wartet sie eine Minute ab, horcht auf ein Geräusch, doch abgesehen vom leisen Surren der Tiefkühltruhe ist nichts zu hören.

«Noah, möchtest du mal versuchen, ob du dieses Ding hier zum Fliegen bringst?», fragt Milly.

Als er den Hubschrauber in Millys Hand erblickt, verwandelt sich Noahs Gesicht. Die Augen werden gross, sein Mund öffnet sich leicht, seine Körperhaltung verändert sich.

«Ein ferngesteuerter Hubschrauber?», fragt er, seine Stimme viel höher und lauter als gewohnt.

«Ja. Hugo, mein Mann … Er reparierte gern Sachen. Alte Radiogeräte, Küchenmaschinen, Rasenmäher, einfach alles, was er in die Hände bekam. Manchmal baute er auch Sachen auseinander, die gar nicht kaputt waren, doch nachdem er sie wieder zusammengebaut hatte, funktionierten sie nicht mehr. Aber diesen Hubschrauber brachte er wieder zum Fliegen. Ob er immer noch funktioniert, weiss ich aber nicht. Ich habe neue Batterien eingelegt, in den Hubschrauber und in die Fernsteuerung. Wenn du möchtest, kannst du gern versuchen, damit zu fliegen.»

«Darf ich, Mama?», fragt Noah hoffnungsvoll und wirft seiner Mutter einen sehnsüchtigen Blick zu.

«Natürlich, Noah», antwortet Nina lächelnd. «Milly hat den Hubschrauber nur für dich geholt.»

Er tritt misstrauisch auf Milly zu, wie ein scheues Tier, das nicht sicher ist, ob ihm die Hand, die es füttert, wohlgesinnt ist. Immer wieder schaut er zu Nina, die aufmunternd nickt. Als er den Hubschrauber und die Fernsteuerung in Empfang nimmt, betrachtet er die beiden Objekte konzentriert. Er dreht das Fluggerät hin und her, wiegt es auf und ab. Mit kindlicher Intuition findet er den Schalter, um den Hubschrauber startbereit zu machen, und stellt ihn auf den Boden. Er sieht sich prüfend um, mustert die Wand des Hauses und hebt den Hubschrauber nochmals hoch, um ihn einige Meter weiter entfernt abermals hinzustellen. Noah tritt drei Schritte zurück und atmet durch. Er schaut zu seiner Mutter, dann zu Milly, dann wieder zum Hubschrauber. Er flüstert etwas und bewegt dann den Hebel der Fernsteuerung nach oben.

«Er hebt ab!», brüllt er mit einer ungebremsten Begeisterung, die seine Stimme zu einem hellen Quietschen verzerrt. «Er hebt ab! Schau doch, Mama!»

«Ich sehe es, Noah.»

«Er fliegt! Er fliegt!»

Gebannt schauen Milly, Nina und Noah zu, wie das kleine Gerät über dem Gras schwebt. Das hohe Surren übertönt das

Dröhnen der beiden grossen Hubschrauber, die noch immer nebeneinander in der Luft über der unteren Stadt hängen.

«Ich fliege jetzt da rüber», kündigt Noah an und weist mit seinem Kopf nickend zur Seite. Behutsam schiebt er den zweiten Hebel nach rechts. Zunächst reagiert der Hubschrauber wie erwartet, doch dann kippt er zur Seite und gerät ins Trudeln.

«Nein!», ruft Noah aus, seine Stimme ein gurgelndes Flehen. Nervös hantiert er an den Hebeln der Fernsteuerung, aber es nützt nichts. Der Hubschrauber prallt gegen die Hauswand und fällt dann mit einem leisen Knirschen zu Boden. Noah rennt zu ihm hin, als sei ein lebendes Wesen abgestürzt.

«Nein!», brüllt er, seine tiefe Stimme überschlägt sich und gerät ins Stottern. «Nein, nein! Oh, nein! Warum denn?»

***

Zehn Minuten später hat sich Noah noch immer nicht beruhigt. Wimmernd sitzt er auf dem Boden, in der Hand den Hubschrauber, den er auch nach mehreren Versuchen nicht wieder zum Fliegen bringen konnte. Nina berührt ihn an der Schulter, verstärkt dann ihren Griff allmählich, doch Noah reagiert nicht. Hin und wieder schluchzt er und zieht die Nase hoch.

«Solche Dinge passieren manchmal, Noah. Man kann nichts dagegen machen, und es gibt auch niemanden, der schuld daran ist.»

Noah zuckt leicht mit den Schultern und lässt den Kopf noch tiefer hängen. Nina streicht mit ihrer Hand über seinen Kopf, über die weichen Haare.

«Es war schon ein ziemlich alter Hubschrauber», fährt sie fort, als Noah keine Anstalten macht, etwas zu erwidern. «Hugo, Millys Mann, hat es geschafft, ihn zu reparieren, aber mehr konnte er nicht tun. Wenn er jetzt hier wäre, könnte er den Hubschrauber vielleicht noch einmal reparieren, doch beim nächsten Flug würde er wahrscheinlich wieder abstürzen.»

«Woher weisst du das?»

«Ich weiss es nicht. Aber so ist es häufig. Und gerade elektrische Geräte oder Spielwaren gehen irgendwann kaputt. Das ist wie bei unserem Kühlschrank.»

«Was ist mit unserem Kühlschrank?», fragt Noah niedergeschlagen.

«Unser Kühlschrank ging einige Male kaputt. Dann kam der Kühlschranktechniker und reparierte ihn. Doch irgendwann sagte er, dass es keinen Sinn mehr habe, den Kühlschrank zu reparieren. Er funktioniere einfach nicht mehr. Also mussten wir einen neuen kaufen.»

«Das ist nicht das Gleiche.»

«Naja …»

«Nein», fällt ihr Noah forsch ins Wort. «Das ist nicht das Gleiche! Der Kühlschrank ist nicht abgestürzt, als du mit ihm geflogen bist.»

«Unser Kühlschrank konnte leider nicht fliegen.»

«Das ist nicht lustig», raunt Noah, als er ihr leichtes Grinsen erkennt. «Du verstehst es nicht.»

«Warum meinst du, dass ich es nicht verstehe?»

«Du glaubst, es sei ganz einfach, aber das ist es nicht. Wenn ich dich manchmal frage, was mit meinem Vater passiert ist, sagst du immer, dass es kompliziert ist, und wenn ich dann frage, ob es nicht ganz einfach sein kann, sagst du Nein, und manchmal sagst du, dass ich es nicht verstehen würde. Jetzt ist es umgekehrt. Du findest es einfach, aber das ist es nicht. Es ist kompliziert, Mama. So kompliziert, dass du es nicht verstehst.»

Nina möchte etwas erwidern, möchte sich verteidigen, doch sie verliert sich in Noahs Worten, taumelt zwischen Irritation und Begeisterung ob der Argumentation ihres Sohnes. Sie weiss um seine Klugheit, seinen Verstand, weiss auch um die riesigen Gedankenhaufen, die sich in seinem Kopf auftürmen. Doch wenn er sich so klar und genau auszudrücken vermag wie in diesem Moment, bleibt sie sprachlos. Und eigentlich gibt es auch nichts zu sagen.

Ein potenzieller Vater

Milly liegt neben Hugo, schaut aber nicht ihn an, sondern eine Stelle an der Decke, an der es nichts zu sehen gibt.

«Es war so traurig, das kannst du dir nicht vorstellen. Als der Hubschrauber in der Luft war, schien Noahs ganzer Körper von einer unbändigen Energie erfüllt, er wirkte viel grösser und lebendiger als sonst. In seinem Gesicht zeigte sich eine Mischung aus angestrengter Ernsthaftigkeit und einer Begeisterung, zu der wohl nur Kinder in der Lage sind. Ich muss zugeben, ich freute mich ebenfalls darüber, wie der kleine Hubschrauber über der Wiese schwebte, begleitet von diesem hohen Surren. Als er dann abstürzte, war ich enttäuscht, wenn auch nicht in gleichem Masse wie Noah. Er stürzte zum Hubschrauber und sank auf die Knie. Er weinte nicht richtig. Es war eher ein unterdrücktes Winseln, fast wie das eines Hundes. Immer wieder drehte er den Hubschrauber in seinen kleinen Händen, versuchte einige Male, ihn wieder zum Fliegen zu bringen, doch es gelang ihm nicht, und mit jedem vergeblichen Versuch sank er noch mehr in sich zusammen, klang sein Wimmern noch verzweifelter. Er tat mir so unglaublich leid, wie er auf dem Boden sass, schluchzend und klagend, selbst wenn ich seine Reaktion nicht ganz verstehen konnte. Eine Stunde zuvor hatte es den Hubschrauber in seiner Welt nicht gegeben, er hatte auch nicht gefehlt, da war keine Sehnsucht nach diesem Hubschrauber gewesen. Aber nun war er abgestürzt, war zu Bruch gegangen, und es schien, als hätte der Junge etwas Zentrales und Entscheidendes in seinem Leben verloren. Weisst du was, Hugo? Im ersten Moment gab ich mir die Schuld. Schliesslich hatte ich den Hubschrauber aus dem Keller geholt, hatte ihm diese Freude überhaupt erst gemacht, die ihm so jäh wieder entrissen wurde. Ohne mich hätte es das Wimmern nicht gegeben, auch nicht diese langen Minuten, die er auf dem Boden sass, erschüttert und enttäuscht von der Welt. Enttäuscht von mir? Vielleicht.

Nach einer Weile konnte ich zwar einsehen, dass ich mir nichts vorzuwerfen hatte. Dass der Hubschrauber abstürzte, geschah ohne mein Zutun, also kann ich auch keine Schuld tragen. Dennoch hielt ich Noahs unterdrücktes Weinen kaum aus. Einmal sah er mich an, seine Augen schon ganz rot, die Haut seiner Wangen feucht. Ich musste wegschauen, konnte seinem Blick nicht standhalten, obwohl darin nichts Vorwurfsvolles lag. Ich sagte, dass es mir leidtue, dass der Hubschrauber abgestürzt sei, doch Noah zuckte nur mit seinen Schultern und wimmerte weiter. Nina nahm den Jungen in den Arm, drückte ihn an sich, aber er blieb starr. Irgendwann liess Nina von ihm ab, dann sass er wieder allein auf dem Boden, den Hubschrauber in der Hand.

Ich hätte ihm gern gesagt, dass er sich vom kaputten Hubschrauber nicht betrüben lassen solle. Aber ich tat es nicht, und im Nachhinein bin ich froh darüber. Man kann Schmerz und Traurigkeit nicht objektiv einordnen, kann nicht von eigenen Erfahrungen und Meinungen auf das Empfinden und Erleben anderer schliessen. Schon gar nicht, wenn es sich um ein Kind handelt. Ich habe keine Ahnung, was ein solcher Moment für ein Kind bedeutet. Ich habe absolut keine Ahnung.»

Milly dreht sich zu Hugo, mustert sein Profil, das im schwachen Licht der kleinen Tischlampe im Hintergrund zu verschwimmen scheint. Schon unzählige Male hat sie sich vorgestellt, wie ein gemeinsames Kind von Hugo und ihr ausgesehen hätte. Hat sich gefragt, welche Gesichtszüge es von Hugo geerbt hätte, in welchen physischen Eigenheiten es ihr ähnlich gesehen hätte. Wäre es so ruhig und zurückhaltend gewesen wie Hugo oder eher so impulsiv und lebhaft, wie sie es in früheren Jahren war? Hätte es braune Augen gehabt wie Hugo oder eher graugrüne wie Milly? Wäre es ein Mädchen gewesen, hätte es dieselben jungenhaften, lausbubengleichen Züge gehabt wie sie selbst früher? Vielleicht wäre es auch ein Junge geworden, ein kleiner Rebell, ein Rabauke, wer weiss?

«Glaubst du manchmal, dass wir zu früh aufgegeben haben?

Hätten wir … Hätten wir vielleicht doch Kinder haben können? Nach dem Gespräch mit dem Arzt bin ich so niedergeschlagen und frustriert gewesen. Ich habe dir niemals einen Vorwurf machen wollen, doch damals habe ich einen Schuldigen gebraucht, und nur du bist infrage gekommen. Ich habe mich von dir betrogen geglaubt, um mein Glück, um ein Kind, um eine Zukunft. Natürlich hing meine Liebe zu dir nicht davon ab, ob wir Kinder zeugen könnten, schliesslich hatte ich mich nicht in dich verliebt, weil ich in dir nur den potenziellen Vater meiner Kinder gesehen hatte. Aber als ich habe erkennen müssen, dass wir nicht Eltern werden konnten, habe ich mich so allein gefühlt wie nie zuvor. Viele Male habe ich mich beherrschen müssen, um dir keine Vorwürfe zu machen, habe mich zurückhalten müssen, wenn wir über dieses Thema gesprochen haben, was selten genug vorgekommen ist. Ich weiss, dass du es dennoch gemerkt hast. Du hast gespürt, dass ich verletzt gewesen bin, traurig, wütend. Und hast dennoch nichts gesagt. Hast nur den Kopf gesenkt und ins Leere gestarrt. Hast nicht zulassen wollen, dass wir diesem Thema mehr Raum geben. Also bin ich allein geblieben mit meinen Emotionen. Und du auch mit deinen. Wenn wir uns einander hätten anvertrauen können, hätte sich vielleicht etwas verändert. Nein, wir hätten keine Schwangerschaft herbeidiskutieren können. Aber womöglich hätten wir den Druck ein wenig lösen können, wenn wir offen und ehrlich darüber hätten reden können. Und vielleicht hatte dieser Druck einen viel grösseren Einfluss darauf, dass wir keine Eltern werden konnten, als irgendwelche anatomischen Eigenheiten und Schwierigkeiten.»

Milly greift mit zwei Fingern einen Staubfaden, der sich an Hugos Hemdkragen gehängt hat.

«Wahrscheinlich ist das alles Unsinn. Zudem spielt es schon sehr lange keine Rolle mehr.»

Tauchen

Die Welt ist blau, wird oben heller und unten dunkler, zumindest glaubt Nina, dass sie oben und unten richtig einschätzt, denn sicher sein kann sie nicht, zu fremd ist die Umgebung, zu neu sind die Eindrücke, zu ungewohnt die veränderte Schwerkraft und der Widerstand des Wassers. Sie mustert die Art und Weise, wie sich ihre Finger um die Flosse krümmen, und ist erstaunt, wie mühelos sie sich festhalten kann, obwohl der Delfin sich mit dynamischen Bewegungen windet und entsprechend rasch vorankommt.

Der Delfin zieht sie hinab, bis sie beide beinahe mit einer Felsformation kollidieren. Im letzten Moment wechselt das Tier seine Richtung, schiesst pfeilschnell empor, hin zum hellen Blau. Gemeinsam durchbrechen sie die Wasseroberfläche und hängen für kurze Zeit in der Luft, bevor sie wieder abtauchen, immer weiter vordringen in die Tiefen des Meeres. Als neben ihnen ein weiterer Delfin erscheint, erschrickt Nina zunächst, doch ihre Überraschung weicht sogleich einem verwunderten Grinsen. Bald kommen andere Delfine hinzu, von links, von rechts, von unten. Ein ganzer Schwarm schwimmt durch das Wasser, und sie ist mittendrin, wird mitgezogen von ihrem Delfin, und, ja, es ist ihr Delfin, ihr ganz persönlicher Delfin, ihr Unterwasserfreund, ihr Führer in dieser unbekannten Welt.

Einige Delfine machen sich einen Spass daraus, immer ganz knapp zu kreuzen, übermütig preschen sie vorüber. Nina möchte jauchzen, möchte lauthals lachen, doch sie fürchtet, dass das Wasser in ihre Lungen dringt, also geniesst sie stumm, wie die Delfine sie umspielen wie ungestüme Kinder auf einem Spielplatz an einem friedlichen Ort, völlig unberührt von der erschütternden Ernsthaftigkeit der Erwachsenen. Ein Delfin kommt besonders nah, sie spürt die Energie seiner Schwanzflosse, die sich über das Wasser entfaltet. Während sie unaufhörlich weitergezogen wird, schliesst sie ihre Augen und lässt sich treiben, voller

Vertrauen in den Delfin, der sich auskennt in seinem Element und sie verlässlich leitet.

Als Nina die Augen aufschlägt, rollen niedrige Wellen an Land, ziehen sich zurück und lassen den Sand dunkel glitzern, bevor das Wasser versickert. Ihr Kopf liegt leicht erhöht, und als sie ihn nach oben wendet, erkennt sie die Rückenflosse. In ihr zieht sich etwas zusammen, als habe sie etwas Bitteres gekostet oder etwas Grelles gesehen, etwas, das ihren Sinnen widerstrebt. Sie schiebt sich auf allen Vieren zur Seite und betrachtet das lang gezogene Objekt, das vor ihr im Sand liegt. Ihre Muskeln bleiben angespannt, ihr Innerstes erkaltet und starr. Vorsichtig legt sie ihre Hand auf den leblosen Körper. Sie denkt daran, wie sie mit dem Delfin durch die Tiefen des Meeres geschwommen ist, wie seine schnabelförmige Schnauze das Wasser geteilt hat, wie sein langer Körper sich gewunden hat. Diese Kraft, diese Dynamik, dieses unbändige Leben, alles ist entwichen, nur ein glänzender Klumpen Fleisch ist übrig geblieben.

«Geh weg von diesem Fisch!», brüllt jemand.

«Das ist kein Fisch! Das ist ein Delfin!»

«Es ist egal, was er ist. Geh einfach weg von ihm.»

«Nein!»

«Mach das doch nicht unnötig schwierig.»

Der erste Schlag ist heftig, doch erst der zweite lässt sie zusammensacken und in den Sand sinken, vollkommen kraftlos und wehrlos, während mehrere Männer sich auf den Delfin stürzen. Einen Moment lang wird alles schwarz. Als die Formen und Farben zurückkehren, schleppt sich Nina zum Delfin, kommt nur schwerfällig voran; ihre Ellenbogen graben sich in den Sand.

«Schaut euch die Schlampe an! Kriecht zu ihrem Fisch. Wie ein Wurm.»

Die Männer lachen, einige zünden sich Zigaretten an, wischen sich ihre blutverschmierten Münder mit dem Handrücken ab. Einer starrt sie an und grinst. An seinem Hals ist eine Tätowierung zu erkennen. Der Mann lässt seine Zigarette in den Sand fallen, spuckt aus und macht einen Schritt auf Nina zu.

«Du bist gar nicht mal so hässlich», knurrt er. «Wir könnten ein bisschen Spass miteinander haben.»

Die anderen Männer lachen, stossen sich gegenseitig zur Seite, halb kumpelhaft, halb aggressiv. Sie kommen ebenfalls näher, reihen sich hinter dem Mann mit der Tätowierung ein.

Nina schnellt hoch und rennt los, ihre Füsse wühlen sich durch den tiefen Sand. Die Männer sind ihr auf den Fersen, sie hört ihr Johlen und Rufen. Sie wendet ihren Blick nach hinten, sieht die Männer ganz nah, nur wenige Schritte entfernt. Sie versucht, noch schneller zu rennen und Haken zu schlagen, doch der Abstand bleibt sich gleich, das Brüllen dröhnt unvermindert. Nina läuft weiter, nähert sich dem Ufer an, wo der Sand feucht und hart ist und sie besser vorankommt.

Als sie ein weiteres Mal nach hinten blickt, sind die meisten Männer weit hinter ihr, stehen nebeneinander im Sand. Nur einer verfolgt sie noch, der Bärtige mit der Tätowierung. Er ruft etwas, das wie das Wiehern eines Pferdes klingt. Nina rennt weiter, sucht nach Anhaltspunkten vor ihr, doch sie sieht nur das Meer und den Sand. Irgendwann spürt sie einen Hieb gegen ihre Beine. Sie stolpert und fällt hin, ihr Gesicht prallt auf den harten, grobkörnigen Untergrund.

«Mama, was ist los?»

Die Welt ist dunkel und warm. Allmählich erkennt Nina die Umrisse von Noahs Kopf. Er sitzt neben ihr auf dem Bett, hat eine Hand auf ihre Hüfte gelegt.

«Warum machst du so komische Geräusche?»

Sie sucht nach einer Antwort, will ihm eine Erklärung geben, will sich selbst eine Erklärung geben, warum sie von der Situation mit dem Delfin ein weiteres Mal in veränderter Form geträumt hat und weshalb der Mann mit der Tätowierung stetig näherkommt. Nina stammelt einige Worte, bricht dann ab und schluckt den angefangenen Satz hinunter. Sie zieht Noah an sich und umklammert ihn, wiegt die beiden Körper hin und her. Mit einer Hand streicht sie über seinen Kopf, über seine Haare. Als sie spürt, wie er sich aus der Umarmung lösen will, verstärkt sie ihren Griff.

Ausser Kontrolle

«Du siehst nicht gut aus.»

«Danke fürs Kompliment.» Nina klingt müde.

«So habe ich das nicht gemeint», sagt Milly abwehrend.

«Ich weiss.»

«Komm, ich mache dir einen Kaffee.»

Sie füllt frisches Wasser in die Maschine, stellt eine Tasse unter den Auslauf. Während der Kaffee in die Tasse rinnt, setzt sich Nina an den Küchentisch und stützt den Kopf auf die angewinkelten Arme.

«Auf solche Nächte könnte ich gut verzichten», stöhnt Nina und atmet laut aus. Milly stellt die Tasse Kaffee hin und legt ihr kurz die Hand auf die Schulter.

«Trink», befiehlt sie lächelnd.

«Danke.»

«Und jetzt erzähl.»

Nina beginnt zu reden. Sie erzählt noch einmal von dem toten Delfin, den sie am Strand gefunden hat, von den Männern, die das Fleisch gegessen haben. Sie erzählt von ihrer Machtlosigkeit und ihren vergeblichen Versuchen, die Männer wegzubewegen. Dann hält Nina inne.

«Was ist los?», will Milly wissen.

«Ich … Die Männer … Soweit ich mich erinnere, haben sich die Männer nur auf den Delfin konzentriert. In meinen Träumen jedoch … In meinen Träumen verschwinden sie nicht einfach. Sie lassen vom Delfin ab und richten ihre Aufmerksamkeit auf mich. Sie kommen auf mich zu, und als ich wegrenne, verfolgen sie mich. Sie laufen mir nach, und ich renne fort, so schnell wie möglich. Aber ich kann sie nicht abschütteln. Sie bleiben immer hinter mir. Vor allem einer von ihnen. Er hat mich schon zu Beginn angestarrt. Manchmal bleiben die anderen Männer zurück, geben auf. Doch jener Mann gibt nicht auf. Er will mich einholen. Er will mich. Da ist Gier in seinen Augen. Ganz egal, was er vor sich sieht, ob Delfin oder Frau. Er will haben, was er sieht, denn er ist überzeugt, dass es ihm zusteht. Bisher konnte ich ihm immer entkommen, in meinen Träumen. Doch letzte Nacht hatte er mich bereits eingeholt, als ich aufgewacht bin. Ich habe Angst davor, was im nächsten Traum geschieht. Was ist, wenn er mich erwischt? Was wird er mit mir anstellen? Und was bedeutet das alles?»

Nina zittert, ihre Schultern kippen nach vorn. Milly legt eine Hand auf ihren Unterarm und bewegt den Daumen über die weiche Haut.

«Ganz ruhig. Du bist in Sicherheit.»

«Ich weiss. Ich weiss. Ich habe auch keine Angst davor, dass mir etwas zustossen könnte. Ich habe eher Angst davor, dass mir bereits etwas zugestossen ist. Verstehst du?»

«Du hast doch gesagt, dass du dir lediglich einige Schrammen zugezogen hast, mehr nicht.»

«Ja, so war es auch. Zumindest glaube ich, dass es so war. Das ist meine Erinnerung. Aber kann ich meiner Erinnerung trauen? Ist es die Wahrheit, nur weil ich es für die Wahrheit halte?»

«Wenn jemand die Wahrheit kennt, dann du, oder nicht?»

«Eigentlich müsste es so sein, nicht wahr?», erwidert Nina mit dünner Stimme. «Aber womöglich will ich die Wahrheit gar nicht wahrhaben.»

«Womöglich bist du einfach erschüttert. Dir ist etwas Schreckliches zugestossen, etwas Gewaltsames. Und diese Gewalt hat dich aus der Bahn geworfen.»

«Einen oder zwei Schläge habe ich abbekommen, einen Schubser, mehr nicht. Warum sollte mich das aus der Bahn werfen?»

«Keine Ahnung. Es war eine Ausnahmesituation, oder nicht? Und auf Ausnahmesituationen reagieren wir nicht immer rational. Unsere Reaktionen sind nicht immer logisch, nicht immer nachvollziehbar.»

«Du hast recht. Du hast vollkommen recht. Dennoch bin ich verunsichert.»

«Natürlich bist du das. Wer wäre das nicht.»

Milly steht auf, geht zum hohen Küchenschrank und holt eine Packung Kekse aus dem Regal. Sie füllt einige in eine kleine Schüssel und stellt sie vor Nina auf den Tisch.

«Nimm. Sie werden dir guttun.»

«Sind das Zauberkekse?», fragt Nina, und einen Moment lang ist Milly versucht, eine seriöse und verbindliche Antwort zu geben. Stattdessen greift sie sich einen Keks, schiebt ihn in den Mund und lächelt Nina herausfordernd an, während ihre Zähne den Keks zermalmen.

«Vielleicht mache ich eine zu grosse Sache daraus. Aber die Vorstellung, dass in meiner Erinnerung ein Teil fehlt, ist beunruhigend. Es ist, als läge ein Teil meiner eigenen Geschichte nicht in meiner Hand.»

«Du fühlst dich machtlos.»

Nina überlegt. «Vielleicht nicht machtlos. Eher entmächtigt, verstehst du? Ich habe die Kontrolle über meine eigene Erzählung verloren. Ich hasse das.»

«Was genau?»

«Keine Kontrolle zu haben.»

«Das verstehe ich gut. Man braucht etwas, um sich festhalten zu können.»

«Ja, ich zumindest brauche diese Art von Halt. Ich bin es gewohnt, alles unter Kontrolle zu haben. Ohne diese Kontrolle könnte mein Leben nicht funktionieren. Für Noah, für die Finanzen, für die alltäglichen Dinge, die sich ansammeln, für alles brauche ich diese Kontrolle. Da ist niemand, dem ich ein Stück der Verantwortung übertragen könnte. Ich muss sie ganz allein schultern. Das ist okay. Ich habe mich damit arrangiert. Aber wenn ich stolpere, gerät alles ins Wanken.»

Ninas Blick wird starr, sie nimmt einen Schluck aus der Kaffeetasse und stellt sie mit zitternden Händen wieder ab. Als Milly das Glitzern in Ninas Augenwinkeln bemerkt, rückt sie ihren Stuhl zu ihr heran und legt ihr den Arm auf die Schultern. Die beiden Frauen umarmen sich unbeholfen, und Milly verstärkt ihren Griff.

«Es ist gut. Lass es raus.»

Angehörige

«Es hat einen weiteren Toten gegeben.» Aus Millys Stimme dringt Betroffenheit.

«Wirklich?»

«Es sei nicht direkt bei Ausschreitungen passiert. Man habe den leblosen Körper eines jungen Mannes in einem leer stehenden Gebäude entdeckt.»

«Keine weiteren Informationen?»

«Nein. Die Todesursache sei noch nicht abschliessend geklärt. Gewaltsame Einwirkung könne aber nicht ausgeschlossen werden.»

«Was für eine Überraschung», erwidert Nina lapidar, füllt zwei Gläser mit Rotwein und stellt sie auf den Tisch.

«Aber das ist doch Mord!», empört sich Milly.

«Man kann sich auch selbst Gewalt zufügen.»

«Wie meinst du das?»

«Suizid.»

«Suizid? Warum sollte dieser junge Mann das getan haben?»

«Warum? Vielleicht aus den gleichen Gründen, aus welchen die Leute demonstrieren und protestieren. Verzweiflung. Angst. Ohnmacht. Ausweglosigkeit.»

Nina nimmt einen grossen Schluck Wein und lehnt sich zurück.

«Ich verstehe Menschen nicht, die sich … die sich das Leben nehmen. Auch wenn man verzweifelt ist, auch wenn man Angst hat, ist es doch wertvoll, das Leben.»

«Ist es das immer?»

«Es muss doch etwas geben, für das es sich zu leben lohnt.»

«Und wenn nicht? Und was ist dieses Etwas, für das es sich zu leben lohnt?»

«Etwas, das das Leben lebenswert macht.»

«Lebenswert? Oder erträglich?»

«Erträglich, von mir aus.» Milly wirkt verzweifelt und greift hastig nach ihrem Weinglas.

«Ist es ein Leben, wenn es nur noch ums Ertragen geht?»

«Ich weiss es nicht. Irgendwie komme ich mir vor wie bei einem Verhör.»

«Entschuldige. So habe ich es nicht gemeint.» Nina räuspert sich und streckt ihren Rücken durch. «Aber war denn dein Leben immer erfüllend? Gab es immer etwas, für das es sich zu leben lohnte?»

«Ja, ich denke schon.»

«Und als dein Mann starb? Gab es nie einen Moment, in dem du nicht mehr leben wolltest?»

«Naja, Hugo ist trotzdem immer da», gibt Milly zurück, ihre Finger zittern ein wenig. «Natürlich kann er … nicht mehr sprechen. Aber ich kann mit ihm reden, kann ihm noch immer alles erzählen.»

«Du sprichst noch immer mit ihm?»

«Ja, noch immer.»

«Und dafür lohnt sich das Leben?»

«Dafür lohnt sich das Leben, ja.» Milly reckt das Kinn leicht nach vorn. Schüchterner Stolz liegt in ihrem Blick.

«Das ist schön.»

Die Haustür öffnet sich geräuschvoll, ein kurzes Trampeln ist zu hören, und einige Sekunden später steht Noah im Wohnzimmer, die Haare zerzaust, den Blick erwartungsvoll auf den Fernseher gerichtet.

«Mama, darf ich ‹Tom und Jerry› schauen?»

«Hallo, Noah», sagt Nina, ohne ihn anzusehen.

«Ach … Hallo, Mama. Hallo, Milly. Also, darf ich ‹Tom und Jerry› schauen?»

«Von mir aus darfst du ein paar Minuten, ja. Aber dir ist bewusst, dass der Fernseher nicht mir gehört, oder?»

«Ja, ich weiss. Milly, darf ich ‹Tom und Jerry› schauen?»

«Natürlich darfst du», erwidert Milly grinsend. «Deine Mutter und ich gehen in den Garten, dann hast du deine Ruhe.»

Der Wind zerrt leicht an den Ästen und Zweigen, das Rauschen der Bäume klingt wie ein vielstimmiges Flüstern. Die beiden Frauen sitzen nebeneinander auf Klappstühlen, Nina legt den Unterarm an die Stirn und blinzelt zum Himmel, wo die Sonne vorübergehend hinter einer Wolke verschwunden ist.

«Der Tod ist vor allem schlimm für jene, die zurückbleiben, nicht wahr? Der Mann, der gestorben ist, in der unteren Stadt, er hatte wahrscheinlich eine Familie, Freunde, eine ganze Welt voller Menschen. In all diesen Menschen hat er eine Lücke hinterlassen. Nur er selbst spürt keine Lücke. Das Zurückbleiben … Das Zurückbleiben ist schlimmer als das Gehen, viel schlimmer.»

Milly zuckt mit den Schultern und atmet ungewohnt laut aus. Nina wartet darauf, dass sie etwas sagt, doch Milly bleibt stumm und wirft den Kopf in den Nacken.

«Vielleicht ist auch entscheidend, was man daraus macht, aus diesem Zurückbleiben», fährt Nina unbeirrt fort. «Man kann es als Herausforderung sehen. Man kann es akzeptieren, es zumindest versuchen. Oder man zerbricht daran.»

Milly hat die Augen geschlossen und wirkt nach wie vor nicht so, als wolle sie sich am Gespräch beteiligen.

«Ich weiss auch nicht. Jedenfalls bin ich froh, dass du nicht zerbrochen bist.»

«Woran hätte ich zerbrechen sollen?», will Milly verwundert wissen.

«Am Tod deines Mannes.»

«Können wir … Können wir über etwas anderes reden?»

***

Der stärker gewordene Wind drückt gegen die Fenster, das Knacken lässt Milly kurz zusammenzucken, obwohl sie diese Geräusche nur zu gut kennt, wie sie alle Geräusche in diesem Haus kennt, zumindest fast alle, denn seit dem Einzug von Nina und

Noah sind neue Klänge hinzugekommen. Das Kichern des Jungen, wenn er «Tom und Jerry» schaut. Seine tiefe Stimme, wenn er mit seiner Mutter spricht. Ninas Räuspern, das leise Summen, mit dem sie alltägliche Handlungen untermalt. Jetzt jedoch ist alles still, abgesehen vom Wind und dem Knacken in den Wänden. Milly bleibt vor der Tür des Gästezimmers stehen und neigt den Kopf, horcht einige Sekunden. Ihr Blut rauscht in den Ohren, ansonsten hört sie nichts.

Sie schliesst die obere Kellertür hinter sich und verriegelt sie von innen. Stufe um Stufe steigt sie hinab, bedachtsam und ohne Eile. Unten angekommen, bleibt sie stehen und lauscht erneut, obschon sie hier im Keller sowieso nichts hören würde. Sie nimmt den Schlüssel zum Hobbyraum aus dem Versteck und schliesst die Tür auf. Der Geruch ist wieder schlimmer, reflexartig hebt sie die Hand vor die Nase und muss ein Husten unterdrücken. Sie macht einen Schritt in den Hobbyraum, schaltet das Licht ein und blickt auf die Stelle, an der Hugo auf der Matratze liegt. Milly bleibt regungslos stehen und lässt ihren Blick wandern, von Hugos Gesicht über seine Brust bis zu seinen Beinen und Füssen, dann wieder zurück. Er hat sich erneut leicht verändert, doch sie ist nicht sicher, was genau anders ist. Eine Fliege landet auf seinem Gesicht, nahe des Auges. Eigentlich würde sie das Insekt in solchen Momenten fortjagen, würde sogar versuchen, es zu töten, doch sie tut nichts dergleichen. Dann flüstert sie, als wolle sie verhindern, dass Hugo sie hören kann.

«Warum ich? Warum bist nicht du zurückgeblieben?»

Besucherin

Zum ersten Mal, seitdem sie bei Milly wohnen, ist Nina allein im Haus. Noah ist in der Schule, Milly hat einen Zahnarzttermin und das «Oya» öffnet erst später. Sie hat sich einen Kaffee gemacht, das Radio eingeschaltet und sich an den Tisch am Fenster gesetzt, und während sie den Klängen von alten Soulsongs lauscht, blickt sie hinab zum Meer, das heute noch weiter entfernt scheint als sonst. Die Schaumkronen der Wellen rollen in dünnen Linien an Land. Obschon das Wetter mild und angenehm ist, sind nur wenige Menschen am Strand zu sehen, wie kleine Farbkleckse verteilen sie sich auf dem Bild. Nina lässt ihren Blick dem Horizont entlangwandern, schaut auf die Dächer der unteren Stadt, dorthin, wo sie zu Hause ist. Sie hat sich einige Male gefragt, ob sie Verrat begeht, indem sie vorübergehend hier oben in diesem latent elitären und vergleichsweise sicheren Teil der Stadt wohnt, doch sie musste jedes Mal einsehen, dass es keiner ist, keiner sein sollte, zumindest in ihren Augen. Zudem hat ihre Bekanntschaft mit Milly auch ihre Sichtweise verändert; da ist kaum etwas Elitäres in Millys Wesen, dafür umso mehr Liebenswürdigkeit und Mitgefühl.

Die untere Stadt wirkt ruhig, keine Rauchschwaden oder Hubschrauber sind zu sehen. Selbst die zahlreichen noch immer kaputten Dächer und Fassaden können nicht verhindern, dass sich der malerische Charme und der poetische Charakter der Altstadt entfalten und bis hier oben ausstrahlen. Nina kann nicht genau einordnen, was der Anblick in ihr auslöst; sie taumelt zwischen Freude und Wehmut, zwischen Angst und Sehnsucht, zwischen Missmut und Hoffnung. Schliesslich senkt sie den Blick und steht abrupt auf.

Mit langsamen Schritten geht sie durchs Wohnzimmer, mustert jeden Winkel, lässt ihre Finger über die Oberflächen der Möbel gleiten, über das glatt polierte Holz, über die kleinen gehäkelten Decken, die Milly vereinzelt aufgelegt hat. Sie würde ihr Zuhause niemals so einrichten, aber sie mag den Stil, diesen Stil von alten Frauen, von Grossmüttern. Bei diesem Gedanken grinst sie bitter, weil sie ihre Grossmütter nie gekannt hat und Milly keine ist.

Vor der Kommode bleibt Nina stehen und betrachtet die Fotos in den kleinen Bilderrahmen, allen voran die Aufnahme eines jungen Paares, zweifellos das Hochzeitsfoto von Milly und ihrem Mann. Die beiden wirken zufrieden, glücklich, jedoch ohne zu lächeln. Ihre Mienen sind ernst, aber entspannt. Sie ist um Jahrzehnte jünger als heute, doch die Gesichtszüge sind nahezu unverändert; es ist erstaunlich, wie sehr sich die jetzige und die damalige Milly gleichen. Der Mann an ihrer Seite ist einen halben Kopf grösser als sie, und es wäre noch mehr, hätte er eine aufrechte Haltung angenommen. Sein Gesicht macht einen freundlichen Eindruck, wenngleich sich auf den zweiten Blick eine Zurückhaltung offenbart. Womöglich war er überwältigt von seinen Gefühlen, überfordert mit der Situation, mit den Veränderungen in seinem Leben. Vielleicht drückte der Fotograf auch im falschen Moment auf den Auslöser. Nina fragt sich, wie es sich anfühlt, einem anderen Menschen ewige Treue zu schwören, umringt von Freunden und Familie und Leuten, die man kaum kennt. Die Hektik, das Flirren in der Luft, die Bedeutsamkeit des Tages, die Feierlichkeit von einzelnen Bewegungen und Worten. Sie wäre zweifellos ebenso überfordert.

Auch auf den anderen Fotos erinnert Millys Mann eher an ein schüchternes Kind als an einen Lausbuben. Ein Bild zeigt die beiden an einem Tisch. Sie sitzen über Eck, Milly blickt lachend in die Kamera, während er entweder nicht bemerkt, dass sie fotografiert werden, oder sich nicht darum kümmert. Er schaut Milly an, und trotz schlechter Beleuchtung und mangelhafter Bildqualität ist unübersehbar, mit welcher Hingabe er sich auf Milly konzentriert. Es ist kein unterwürfiges Anhimmeln, sondern ehrliche Zuneigung, ein Bekenntnis. Nina quittiert ihre ungestüm fabulierenden Gedanken mit einem Kopfschütteln und wendet sich von der Kommode ab, als das schrille Geräusch der Türklingel die Ruhe im Haus zunichtemacht.

Durch das kleine Fenster neben der Tür erkennt sie die Umrisse einer kleinen, eher fülligen Frau. Nach kurzem Zögern öffnet sie die Tür und schiebt ihren Kopf durch den Spalt.

«Hallo», sagt die sichtlich überraschte Frau, die sie mit schmalen Augen mustert. «Ist … Ist Milly zu Hause?»

«Nein, sie ist gerade beim Zahnarzt.»

«Ach, blöd … Also nicht blöd, dass sie beim Zahnarzt ist. Es ist gut, dass sie beim Zahnarzt ist, sie soll ihren Beisserchen ruhig Sorge tragen. Aber ich hätte sie gern gesehen. Ich bin Olga.»

«Freut mich. Ich bin Nina.» Sie schiebt die Tür weiter auf, legt ihre Zurückhaltung allmählich ab.

«Nina!», ruft Olga aus, als würde sie allein der Klang des Namens begeistern. «Milly hat von dir erzählt. Du lebst jetzt hier, zusammen mit deinem Kind, oder?»

«Ja, genau. Mit meinem Sohn. Noah. Er ist acht Jahre alt.»

«Schön. Acht Jahre. Meine Kinder waren auch einmal so alt. Das ist aber schon lange her. Sehr lange. Ich habe vier Kinder. Naja, es sind längst keine Kinder mehr. Die sind schon lange erwachsen. Eigentlich wären sie alt genug, um selbst Kinder zu bekommen, aber bisher hat es noch keines von ihnen geschafft, mich zur Grossmutter zu machen.»

Nina ist vom Redeschwall der älteren Dame überwältigt und vermag kaum etwas zu erwidern.

«Bestimmt dauert es nicht mehr lange, bis es so weit ist», sagt sie zaghaft.

«Hoffentlich. Die sollen sich gefälligst beeilen. Wir werden schliesslich alle nicht jünger.»

«Das ist wahr.»

«Weisst du, ich habe schon einige Male angerufen und hatte manchmal das Gefühl, dass es Milly nicht allzu gut geht. Sie wirkte irgendwie abwesend. Darum wollte ich ihr einen Besuch abstatten.»

«Das ist sehr nett von dir. Möchtest du warten? Oder soll ich Milly etwas ausrichten?»

«Nein, das ist schon gut. Sag ihr einfach, dass ich da war. Und dass ich wiederkommen werde.»

«Mach ich gern.»

«Hugo ist auch nicht da?»

«Hugo?»

«Ja, Hugo. Millys Mann. Hugo! Ist er zu Hause?», fragt Olga und klingt dabei erstaunlich angriffslustig.

«Nein …», stottert Nina. «Nein, er ist …»

«Naja, wahrscheinlich sammelt er wieder irgendwelche Geräte, die er in seinem Hobbyraum auseinandernehmen und danach nie mehr zusammenbauen kann.»

Nina sucht nach einer Erklärung, warum sich Olga nach Hugo erkundigt, doch sie findet nur eine Leere in ihrem Kopf.

«Ich … Ich weiss nicht …»

«Ist auch egal», entgegnet Olga mit einer abwinkenden Handbewegung. «Es war mir jedenfalls eine Freude, dich kennenzulernen, meine Liebe. Ich wünsche dir und deinem Sohn alles Gute.»

«Vielen Dank.»

Nachdem sie die Tür geschlossen hat, stellt sich Nina ans Fenster und schaut Olga nach, die zu ihrem Auto geht, sich vor dem Einsteigen noch einmal umsieht und dann in erstaunlich hohem Tempo losfährt. Staub wirbelt auf, hängt in groben Schwaden in der Luft. Nina versucht, ihre Gedanken zu sortieren, sich einen Reim auf Olgas Frage zu machen, doch es gelingt ihr nicht. Jede Überlegung wirbelt noch mehr Staub auf, macht die Sicht noch undeutlicher, das Bild bleibt vernebelt und diffus. Eigentlich könnte sie Milly um Klarheit bitten, wenn diese nach Hause kommt, sie könnte ihr von Olgas Besuch erzählen und von der merkwürdigen Frage nach Hugo. Es wäre vollkommen natürlich und nachvollziehbar, Milly zu fragen, doch Nina weiss bereits jetzt, dass sie es nicht tun wird. Sie weiss nur nicht genau warum.

Am Telefon

«Ja, Olga, sie hat es erzählt.»

«Schade, dass du nicht zu Hause warst. Ich hätte dich gerne gesehen.»

«Ich hätte mich auch gefreut, dich zu sehen.»

«Warum warst du denn beim Zahnarzt, meine Liebe?»

«Um eine Zahnkrone ersetzen zu lassen. Morgen muss ich gleich nochmals hin.»

«Warum denn das?»

«Keine Ahnung. Etwas hat nicht gepasst.»

«Dann hat der Zahnarzt einen Grund, eine noch höhere Rechnung zu schreiben. Zahnärzte sind schrecklich teuer.»

«Naja, mir ist ein teurer Zahnarzt lieber als gar kein Zahnarzt.»

«Schon, aber man muss diese hohen Preise nicht einfach hinnehmen.»

«Ich weiss, Olga.»

«Hast du noch Schmerzen?»

«Ein wenig, ja. Gestern Abend war es schlimmer. Heute geht's schon deutlich besser.»

«Du hast sicher Tabletten bekommen.»

«Ich nehme nicht gern Tabletten.»

«Nimm sie, meine Liebe. Es macht keinen Sinn, die Schmerzen zu ertragen, wenn man etwas gegen sie unternehmen könnte.»

«Natürlich, Olga. Wenn die Schmerzen zu stark werden, dann werde ich die Tabletten nehmen.»

«Ich will dir nicht sagen, was du zu tun hast. Ich sorge mich um dich.»

«Danke.»

«Wie geht's dir sonst?»

«Sonst geht es mir gut, ja. Abgesehen von den Zähnen.»

«Wirklich?»

«Ja, wirklich.»

«Und wie läuft es mit Nina und ihrem Sohn?»

«Ziemlich gut, denke ich. Ob es ihnen gefällt, müsstest du sie selbst fragen. Aber ich denke schon, dass sie froh sind, eine vorübergehende Bleibe zu haben.»

«Es ist eine fürchterliche Situation für sie.»

«Ja, ganz fürchterlich. Vollkommen unvorstellbar. Sie tun mir so leid. Aber einer ihrer Nachbarn hat offensichtlich angeboten, Nina mit dem Haus zu helfen.»

«Finanziell?»

«Nein, nicht finanziell. Beim Wiederaufbau. Er ist Maurer oder Schreiner, ein Handwerker jedenfalls.»

«Hoffentlich nimmt sie die Unterstützung an.»

«Ja, das hoffe ich auch.»

«Es ist wichtig, einander zu helfen in solchen Situationen. Wir Menschen müssen aufeinander achten, uns gegenseitig unterstützen. Du machst das ebenfalls.»

«Ich bin froh, dass ich ihnen helfen kann. Und es ist schön, jemanden im Haus zu haben.»

«Aber Hugo ist ja auch noch da.»

«Ja, natürlich … Hugo ist auch da. Aber …»

«Wo ist er denn? Wieder einmal im Hobbyraum?»

«Ja, im Hobbyraum.»

«Entschuldige, meine Liebe, aber ich finde es nicht gut, dass er seine ganze Zeit im Hobbyraum verbringt. Das ist nicht normal. Und es ist dir gegenüber nicht nett.»

«Es bereitet ihm Freude. Es ist ein Teil seiner Identität.»

«Aber es ist sinnlos.»

«Ich finde nicht, dass es sinnlos ist. Es macht Hugo glücklich. Darin liegt doch Sinn, nicht wahr?»

«Für ihn vielleicht. Aber er sollte auch an dich denken.»

«Wie du meinst, Olga.»

«Gerade jetzt, wo ihr Gäste im Haus habt, kann er nicht ständig in seinem Hobbyraum hocken. Wie geht er denn mit Nina und ihrem Sohn um?»

«Sie haben sich praktisch nie getroffen. Eigentlich gar nicht.»

«Gar nicht? Und du findest das nicht seltsam?»

«Es mag seltsam sein, aber es ist nicht schlimm …»

«Was sagt denn Nina dazu? »

«Ich habe sie nicht danach gefragt.»

«Das muss doch merkwürdig für sie sein, zu wissen, dass da noch jemand im Haus ist, den sie nie sieht. Wo ist sie denn?»

«Sie ist noch bei der Arbeit.»

«Und ihr Sohn?»

«Der ist in der Schule.»

«Ich finde, du musst mit ihr darüber reden. Es ihr zumindest erklären. Sonst glaubt sie …»

«Moment, Olga …», fällt ihr Milly ins Wort.

«Was ist denn?»

«Ich habe etwas gehört … Oh, Nina, du bist hier … Lass mich nur kurz … Olga, bist du noch dran?»

«Ja.»

«Ich rufe dich wieder an, ja?»

«Bitte entschuldige», sagt Milly, nachdem sie das Telefon weggelegt hat. «Olga redet sehr gern.»

«Das ist mir nicht entgangen. Aber du musst dich doch nicht entschuldigen. Wofür auch?»

«Na dann. Du bist früh hier.»

«Ja, es war wenig los.»

«Noah ist noch nicht hier.»

«Er wird bestimmt bald kommen.»

«Ja, bestimmt.»

«Milly? Darf ich dich etwas fragen?»

«Natürlich.»

Nina blickt leicht zur Seite. Sie öffnet den Mund, schiebt die Lippen wieder zusammen und schluckt leer.

«Ach, es ist nichts.»

«Frag ruhig.»

«Nein, schon gut. Es ist nichts.»

«Wie du meinst. Wein?»

Nina nickt.

Auflösung

Ihr Atem dröhnt laut im Zentrum aller Dinge, das Keuchen breitet sich von ihrer Brust in alle Richtungen aus. Die Welt wankt, der Boden scheint zu beben. Erst nach einigen Momenten wird Nina klar, dass sie es ist, die wankt, sie lässt das Bild erzittern. Sie rennt über den Sand, und jeder Schritt versetzt der Welt einen Dämpfer.

Als sie zurückblickt, ist er da, ganz nah, die aufgerissenen Augen wirken wie gefrässige Mäuler von Raubtieren. Sie kann ihn grinsen sehen, seine Zähne sind dunkel, an einer Stelle sogar braun. Sie dreht sich wieder um, rennt weiter, links das Meer, rechts die Dünen, vor ihr der Sand, frei von Spuren. Sie läuft, wo noch niemand gelaufen ist, in einer Zeit, die noch niemand erlebt hat, in einem Körper, der allein ihr gehört, als sie eine Berührung am Bein wahrnimmt, die sie aus dem Rhythmus bringt.

Beim Hinfallen gräbt sich ihr Gesicht in den Sand, doch sie kann den Aufprall nicht spüren. Sie will sich aufrappeln und weiterlaufen, aber eine Hand hat sich um ihre Knöchel gelegt, die Finger wie Fesseln. Nina blickt zunächst auf die Hand, dann auf die Haare, dann in das Gesicht. Die Boshaftigkeit lässt sie zusammenzucken. Die Augen sind noch immer weit geöffnet, zucken nervös. Der Mann zieht seine Mundwinkel noch mehr zur Seite, lässt das Grinsen grotesk wirken. Die Tätowierung an seinem Hals, die wild aus der Haut stechenden Barthaare, die tiefen Furchen zwischen den Augen, alles erzählt von roher Gewalt, von einer brachialen Gefühllosigkeit, von einem triebgesteuerten Wesen, das jegliche Menschlichkeit hinter sich gelassen hat. Er schiebt seinen Kopf und seinen drahtigen Leib zu ihr hin, begleitet von einem bedrohlichen Knurren. Wie ein hungriges Tier begutachtet er seine Beute, ihren Körper, atmet lautstark durch die Nase ein und kichert. Als sein Gesicht nur wenige Zentimeter über ihrem hängt, schreit sie auf. Es ist kein Schrei der Angst. Vielmehr ist er ein Ausdruck der Kapitulation. Sie entspannt ihre Muskeln, liegt schwer und ermattet auf dem Sand. Noch einmal versucht sie zu brüllen, doch sie bringt nur ein lausiges Wimmern zustande.

Bevor sie einen nächsten Gedanken fassen kann, hat sich der Mann von ihr gelöst und ist aufgesprungen. Noch hämischer als zuvor grinst er sie an, lässt dann ein lautes, heiseres Jaulen ertönen und richtet den Blick zum Himmel. Dann spuckt er sie an und rennt weg, zurück zu den übrigen Männern und den Überresten des toten Delfins.

Nachdem sie Noah beobachtet hat, wie er in Richtung Schule geschlendert und immer kleiner geworden ist, macht sich Nina einen Kaffee und setzt sich an den Küchentisch, blättert in einem Magazin, das schon seit Tagen dort liegt. Ein Artikel widmet sich einer äusserst seltenen Muskelerkrankung, die noch kaum erforscht und deshalb für die Betroffenen besonders schwerwiegend ist. Ein anderer Beitrag porträtiert eine Frau, die einst eine Affäre mit einem Mitglied des englischen Königshauses hatte, aber nicht preisgeben will, um wen es sich handelte. Dazwischen wird auf einer Doppelseite vom Schicksal eines Dorfes erzählt, das aufgrund des steigenden Meeresspiegels unbewohnbar geworden ist. Ein Mann berichtet von den letzten Tagen in seinem Dorf, wie er jedem Winkel seiner Heimat einen finalen Besuch abgestattet und sich davon verabschiedet hat. Nina liest von den Tränen in seinen Augen, von den rauen Männerhänden, die eine alte Fotografie umklammern, vom flehenden Blick in eine ungewisse Zukunft, und sie fragt sich, ob sie sich ebenfalls so fühlen würde, wenn sie die untere Stadt verlassen müsste.

Sie starrt auf ihre leicht bebenden Finger, als Milly in die Küche kommt und sie fragt, ob sie gut geschlafen habe. Nina lächelt und antwortet zunächst ausweichend, erzählt dann aber doch vom Albtraum. Milly erkundigt sich besorgt danach, wie sich der Mann mit dem Bart und der Tätowierung dieses Mal verhalten hat, und als Nina es ihr erzählt, wirkt Milly ehrlich erleichtert, legt ihr sogar kurz die Hand auf den Oberarm. Das sei doch ein gutes Zeichen, meint Milly, doch Nina ist nicht sicher, ob es überhaupt ein Zeichen ist. Trotzdem nickt sie.

Die beiden Frauen unterhalten sich über den Artikel in der Zeitschrift, über die Tränen des Dorfbewohners, und während Nina von ihren eigenen Zweifeln und Befürchtungen erzählt, sitzt Milly ihr gegenüber, mit gefalteten Händen und einem warmen Blick. Als dieser Blick die Uhr am Backofen streift, zuckt Milly zusammen und schlägt die Hand vor den Mund. Sie sei zu spät dran, sie müsse ja nochmals zum Zahnarzt. Hastig eilt sie hinaus zum Flur, zieht ihre Jacke an, zieht sie gleich wieder aus, verschwindet im Badezimmer und kommt eine Minute später wieder zurück, murmelt etwas von geputzten Zähnen, greift sich ihre Jacke und verabschiedet sich von Nina. An der Tür hält sie inne, dreht sich nochmals halb um und hebt einen Finger, als habe sie etwas vergessen. Sie zögert, macht einen Schritt zurück, nur um dann kopfschüttelnd abzuwinken und das Haus zu verlassen.

Während die Stille sich zwischen den Wänden ausbreitet, überlegt Nina kurz, was Milly vorhin zurückgehalten hat. Ihre Gedanken ziehen rasch weiter, kehren aber unvermittelt zurück, als Nina an der Tür zum Keller vorübergeht. Sie bleibt stehen und lauscht, doch es ist nichts zu hören im Haus. Das Telefonat vom Vorabend fällt ihr ein. Sie kann sich nicht entsinnen, was Milly genau gesagt hat, und womöglich hat sie sich verhört, schliesslich hat sie das Gespräch nur am Rande mitbekommen. Doch Milly hat eindeutig von Hugo gesprochen, sie hat vom Hobbyraum gesprochen, und Nina konnte sich darauf keinen Reim machen, kann es noch immer nicht. Eigentlich könnte es ihr egal sein. Es ist nicht ihre Angelegenheit. Dennoch legt sie die Hand an die Klinke der Kellertür und rechnet damit, dass sie wie immer abgesperrt ist. Sie ist es nicht.

Schon beim Öffnen der Tür steigt ihr der Geruch in die Nase, süsslich und faulig, er erinnert ein wenig an Käse und wird mit jedem Schritt intensiver. Nina tastet nach einem Lichtschalter, und obwohl sie ihn relativ rasch findet, steigt sie nur langsam hinab, hält auf jeder Stufe inne und verlagert ihr Gewicht. Die Treppe sieht anders aus als die schmalen Stufen zum Keller in ihrem Haus, doch auch hier dringt ihr die Angst unter die Haut, kalt und brennend.

Die nackte Glühlampe an der Decke spendet nur spärlich Licht, ein Insekt fliegt um die Leuchte und lässt einen hektisch tanzenden Schatten entstehen. Als sie unten ankommt, ist der Geruch noch viel unangenehmer, er kriecht in ihre Luftröhre und setzt sich fest. Nina hält sich den Arm vor Nase und Mund und geht weiter.

Hinter der ersten Tür, die sie öffnet, stehen lediglich alte Möbel und leere Eimer in einer Ecke. Sie geht weiter und bleibt vor der nächsten Tür stehen, lauscht, hört jedoch nur das tiefe Brummen eines Geräts, das sie nicht sehen kann. Zaghaft drückt sie die Klinke nach unten und ist erleichtert, dass die Tür verriegelt ist. Sie kann sich abwenden, denkt Nina, kann zurück nach oben gehen, kann so tun, als wäre sie nie im Keller gewesen. Dass sie dennoch die Fussmatte hochhebt, die vor der Tür liegt, ist keine bewusste Entscheidung, eher ein Reflex. Der Schlüssel hebt sich hell und glänzend vom Betonboden ab. Sie nimmt ihn hoch, dreht ihn zwischen den Fingern und schiebt ihn dann ins Schlüsselloch.

Der Brechreiz kommt abrupt, und nur mit Mühe gelingt es ihr, sich nicht zu übergeben. Der Gestank treibt ihr Tränen in die Augen. Mit zitternden Fingern sucht sie den Lichtschalter, schiebt ihn nach oben und blinzelt, während der Raum allmählich Form annimmt. An der Wand steht ein hohes Regal, in dem sich zahlreiche grosse und kleine Gegenstände stapeln, dicht gedrängt: Gläser, leere Blumentöpfe, ein Toaster, einige Behälter mit Werkzeug, ein kleines Radio, zwei Tischuhren, bemalte Steine, noch ein Radio. Neben dem Regal befindet sich ein Schrank, eine der beiden Türen ist leicht geöffnet und gibt den Blick auf weitere Objekte frei, ein Staubsaugerschlauch hängt herunter, er sieht aus wie der Rüssel eines elefantenähnlichen Tieres, das sich im Schrank versteckt. Ninas Blick wandert über einen Tisch, ein weiteres Regal, streift ein kleines Fenster. Dass eine Matratze auf dem Boden liegt, scheint ihr zunächst nicht aussergewöhnlich. Merkwürdig ist hingegen, was sich auf der Matratze befindet: unzählige Flaschen, Plastiktüten, Kanister, angeordnet wie ein Schutzwall. Nina hält die Objekte im ersten Moment für Abfall. Sie neigt den Oberkörper nach vorn und versucht das Gebilde einzuordnen, das im Innern des Schutzwalls auf der Matratze liegt, zugedeckt von einer dünnen Kunststofffolie.

Nachdem Nina die Tür hinter sich verriegelt und den Schlüssel wieder unter die Fussmatte gelegt hat, lehnt sie sich an die kalte Mauer und gräbt die Finger in ihre Haare, atmet hektisch ein und aus, beinahe japsend. In einem Dämmerzustand und mit mechanischen Bewegungen schiebt sie sich die enge Treppe hoch, löscht das Licht und tritt hinaus in den Korridor, lässt die Kellertür ins Schloss fallen. Noch immer benommen, geht sie in die Küche, tritt ans Spülbecken und beginnt, sich die Hände zu waschen. Panisch seift sie sich ein, wäscht den Schaum ab und seift sich erneut ein, als wäre sie mit einer giftigen Substanz in Kontakt gekommen. Sie hat den toten Körper nicht berührt, nicht einmal die Matratze, und dennoch hat sie den Eindruck, dass sie sich säubern, sich reinwaschen muss. Vielleicht liegen irgendwelche Sporen in der Luft, der Staub des Todes, etwas, das an ihr hängen bleibt. Sie reinigt ihre Fingernägel, ihre Unterarme, und als sie mit den Händen und Armen fertig ist, wäscht sie sich das Gesicht, vom Haaransatz bis zum Hals. Ihr T-Shirt wird nass, doch es ist ihr egal.

Sie hat ihn lediglich für einige Sekunden angesehen, nur so lange, bis sie realisiert hat, worum es sich handelt, doch der Anblick hängt noch in ihrer Netzhaut, explizit und unbezweifelbar dehnt er sich aus in ihrem Kopf, verdrängt jedes andere Bild. Die Details sind vage, einzelne Eindrücke werden zu einer ungenauen Melange. Sie kann sich nicht erinnern, welche Farbe seine

Haut hatte, ob bleich oder gerötet, und sie glaubt, dass er ein weisses Hemd trug, aber sie weiss es nicht mit Bestimmtheit. Das Gesicht des Mannes auf der Matratze vermischt sich mit dem Gesicht auf den Bildern auf der Kommode, es wird undeutlich, unberechenbar. Nina spürt, wie ihre Muskeln zucken, ein leichtes Zittern breitet sich aus. Als sie bemerkt, dass sie eine beliebige Stelle in der Küche anstarrt, ist sie sich nicht sicher, wie lang sie es bereits tut.

Der Anblick des toten Mannes auf der Matratze füllt jeden Winkel ihres Innern aus, als plötzlich ein zweites Bild auftaucht. Der Delfin liegt wieder am Strand, seine Haut dunkel und glänzend, scheinbar unversehrt. Still und sanft, geradezu friedlich wirkt er. Dann erneut der Mann im Keller. Es muss Hugo sein, ganz bestimmt ist es Hugo, doch der Körper auf der Matratze hat alles Menschliche verloren, ist nur noch Material, welkes Fleisch. Der Delfin strahlt eine mächtige Eleganz aus, ist erfüllt von vollkommener Schönheit, die noch erhalten geblieben ist, als das Herz längst aufgehört hat zu pulsieren. Der Körper im Sand und die Weite des Meeres verbinden sich zu einem Gemälde, einem Kunstwerk. Hugo liegt derweil auf der Matratze im Keller, stinkend und faulend, löst sich immer mehr auf.

Nina geht ins Wohnzimmer, stellt sich ans Fenster und blickt hinab zum Meer, zur unteren Stadt, dorthin, wo sie zu Hause ist. Einzelne grosse Wolken hängen in groben Fetzen über dem Wasser, am unteren Ende ein wenig dunkler und grau, gegen oben weiss. Es sind kaum Wellen zu sehen, das Bild scheint eingefroren, nichts geht vorwärts oder rückwärts, die Zeit verharrt.

«Was soll ich tun?», flüstert Nina. Sie erwartet keine Antwort, doch je länger die Frage im Raum steht, desto mehr wird ihr klar, dass sie eine gebrauchen könnte, ja darauf angewiesen ist. «Was soll ich tun?», wiederholt sie, nun laut und deutlich. Dann schliesst sie die Augen und konzentriert sich, schiebt sämtliche Gedankenfetzen auf einen Haufen und wartet, ob doch noch eine Antwort kommt.

Bröckeln

Hin und wieder, wenn sich Milly ihrem Haus nähert, wirkt es fremd und ungewohnt, wie das Haus von Menschen, die ihr nicht bekannt sind und nichts mit ihr und ihrem Leben zu tun haben. Dieser Eindruck hält sich in der Regel nur kurz, ist lediglich ein Hirngespinst. Dennoch beunruhigt sie die Tatsache, dass ihr eigenes Haus in solchen Momenten kein Zuhause ist, sondern nur ein Bauwerk, eine Ansammlung von Holz und Beton und Glas, ohne Verbindung, ohne Identität.

Dass sich das Gefühl ein weiteres Mal zeigt, überrascht sie nicht. Aber es ist nicht von langer Dauer, denn das Nachlassen des Betäubungsmittels, das ihr der Zahnarzt gespritzt hat, sorgt dafür, dass sich der Schmerz immer mehr Raum greift, von kleinen, fiesen Nadelstichen zu einem gefrässigen Monster anwächst, das jede andere Empfindung aus dem Bewusstsein drängt. Rasch schreitet sie zur Haustür, sperrt sie auf und eilt in die Küche, ohne die Schuhe auszuziehen. Sie kramt die Schmerzmedikamente aus der Handtasche, öffnet mit zitternden Fingern die Verpackung und drückt zwei Tabletten heraus. Noch während sie den Wasserhahn aufdreht und ein Glas aus dem Schrank nimmt, wirft sie die Pillen in den Mund und lässt sie auf der Zunge liegen, bis das Glas gefüllt ist. Ruckartig wirft sie den Kopf in den Nacken, zwei Mal, weil es ihr beim ersten Mal nicht gelingt, die Tabletten zu schlucken. Sie nimmt einen weiteren Schluck und stellt das Glas geräuschvoll ab. Auch wenn die Medikamente ihre Wirkung wohl erst in einer halben Stunde entfalten, glaubt sie zu spüren, wie der Schmerz abebbt. Erleichtert lässt sie die zuvor verkrampften Schultern fallen und legt ihre Hand an den Kiefer.

Das Haus ist still. In der Küche findet Milly eine Notiz auf dem Tisch.

Bin kurz weg. Hole Noah von der Schule ab. Nina.

Milly hebt den kleinen Zettel vom Küchentisch hoch und dreht ihn zwischen ihren Fingern, liest die Worte ein zweites

Mal, dann erneut. Eigentlich bewundert sie Ninas Handschrift. Selbst wenn sie schnell schreibt, wohnt jedem Buchstaben eine unübersehbare Eleganz inne, die Silben und Wörter wirken sorgfältig aneinandergereiht, zugleich äusserst schwungvoll und lebendig. Bei dieser Notiz ist von Anmut jedoch nichts zu erkennen. Hektisch hingeschrieben drängen sich die einzelnen Zeichen auf dem Papier, beinahe lieblos. Wahrscheinlich war sie in Eile, denkt Milly und lässt die Spitze ihrer Zunge über die schmerzende Stelle gleiten. Der unangenehme Geschmack im Mund hält sich hartnäckig, bitter und faulig. Sie spült ein weiteres Mal mit Wasser nach, spuckt eine kleine Menge davon wieder aus und sieht zu, wie sich die zähflüssige Masse im Spülbecken ausbreitet.

Sie geht ins Wohnzimmer, setzt sich auf das grosse Sofa und blättert im Buch, das Noah dort hat liegenlassen. Es ist eine Mischung aus Textpassagen und Bildern, der Klappentext beschreibt das Buch als illustrierten Roman über einen Jungen, der in der Schule ständig in Schwierigkeiten gerät und plötzlich ein aussergewöhnliches Abenteuer erlebt. Zwar interessiert sich Milly nicht für die angekündigten Abenteuer, doch die Tatsache, dass ein solches Buch nun bei ihr auf dem Wohnzimmertisch liegt, ist in ihren Augen ein Abenteuer für sich. Obwohl sie sich noch nicht daran gewöhnt hat, Nina und Noah im Haus zu wissen, fühlt es sich gut an, richtig. Da ist zwar die Frage, wie es weitergeht, da ist die Situation mit Hugo, da ist eine erdrückende Ohnmacht, wenn sie weiter als ein paar Tage in die Zukunft denkt. Aber wenn es ihr gelingt, in der Gegenwart zu bleiben, ist diese Gegenwart ein unerwartet angenehmer Ort.

Im Buch steckt eine Postkarte, die Noah als Buchzeichen verwendet. Vorn ist ein gezeichneter Dinosaurier abgebildet, der Fahrrad fährt. Auf der Rückseite erkennt Milly die Handschrift von Nina, hier in der gewohnten Eleganz.

Lieber Noah, du hast gesagt, dass du gern Post erhalten möchtest, darum schreibe ich dir diese Karte. Übrigens: Du bist das Beste in meinem Leben. Ich hab dich lieb. Mama.

Milly ist nicht sicher, was sie tiefer berührt; Ninas Worte oder die Tatsache, dass sie diese Karte überhaupt geschrieben, zur Post gebracht und versandt hat, damit sie wieder bei ihrer eigenen Adresse eintreffen und Noah erreichen würde. Vorsichtig schiebt Milly die Karte an der richtigen Stelle zurück in das Buch, klappt dieses zu und legt es wieder auf den Tisch.

Sie sitzt draussen auf einem der Gartenstühle, als Nina und Noah ankommen. Milly steht auf und will etwas sagen, doch Nina nickt ihr lediglich zu und schiebt Noah weiter bis zur Haustür. Er dreht sich kurz zu Milly um und wirft ihr einen verunsicherten Blick zu, dann verschwinden beide im Haus.

«Ist alles in Ordnung?», will Milly wissen, als Nina wieder in den Garten kommt.

«Ja. Er ist bei Tom und Jerry.»

«Ich dachte, er dürfe bei schönem Wetter nicht fernsehen.»

«Heute ausnahmsweise schon.»

«Ist heute ein spezieller Tag?»

«Nein ... Nein, ist es nicht», gibt Nina ausweichend zurück.

«Aber ein schöner Tag ist es. Die Luft ist angenehm warm.»

«Ja. Es ist wunderbar.»

Nina greift nach einem der freien Gartenstühle, und dann sitzen die beiden Frauen nebeneinander, die Köpfe leicht in den Nacken gelegt und die Gesichter mit geschlossenen Augen zum Himmel gerichtet. Milly mag das Rauschen der Blätter in solchen Momenten. Mit rauschenden Blättern wird selbst das stillste Schweigen erträglich.

«Milly?»

«Ja?»

«Darf ich dich etwas fragen?»

«Natürlich darfst du.»

Sie hört, wie Nina sich im Stuhl aufrichtet, wie das Metallgestänge knarrt, und schlägt die Augen auf. Ninas Gesicht liegt in ungewohnten Falten, es wirkt sorgenvoll.

«Geht es dir gut?»

«Ja, sicher. Wenn nur die Schmerzen nicht wären. Fragst du deswegen?»

«Wegen den Schmerzen? Nein, ich … Stimmt, du warst ja beim Zahnarzt. Bitte entschuldige. Ist alles gut gegangen?»

«Ich denke schon, ja. Die Schmerzen seien normal. Ebenso der eklige Geschmack im Mund. Das wird schon.»

«Ja, bestimmt. Und, ähm, nein.»

«Nein? Was meinst du damit?»

«Ich meine, nein, ich habe nicht wegen den Schmerzen gefragt.»

«Ach.»

«Also, wie geht es dir?», wiederholt Nina.

«Mir geht es gut.»

«Wirklich?»

«Ja, wirklich. Warum sollte es mir denn nicht gut gehen?»

«Es könnte ja sein, dass dich etwas beschäftigt oder bedrückt.»

«Naja, es gibt viele Dinge, die mich beschäftigen. Wie es euch geht, wie es mit eurem Haus weitergeht. Der steigende Meeresspiegel. Die Ausschreitungen. Diese Dinge sind stets in meinem Kopf, ich mache mir Gedanken, mache mir Sorgen. Aber es geht mir gut, und ich bin dankbar, dass es so ist.»

«Sonst gibt es nichts, das an dir nagt?»

«Wie meinst du das?»

«Ich … Ich will einfach, dass es dir gut geht, verstehst du?»

«Das ist schön. Danke. Und wie gesagt, es geht mir gut.»

Als ob sie sich wortlos darauf verständigt hätten, lassen beide ihre Oberkörper wieder nach hinten kippen, legen den Kopf in den Nacken, um die wärmende Sonne auf der Haut zu spüren. Milly wundert sich über Ninas Verhalten, ihre bohrende und dennoch unspezifische Frage. Sie schätzt das Interesse, das Mitgefühl, es tut gut, sich in den Gedanken eines anderen Menschen zu wissen. Trotzdem verunsichert sie Ninas Nachhaken, die undefinierbare Motivation, die Skepsis in ihrer Stimme. Allmählich lässt sie sich jedoch von der Wärme auf ihrem Gesicht besänftigen, sie spürt, wie ihre Muskeln sich entspannen.

«Ich bin im Keller gewesen.»

Einige Augenblicke lang hängen die Worte in der warmen und stillen Luft, und in dieser Zeit ist noch alles heil, es ist noch nichts passiert, nichts hat sich verändert.

Dann beginnt das Bröckeln.

Milly schiebt ihre Lippen auseinander und spürt, wie ein leichtes Beben sie erfasst. Sie hat keine Ahnung, was sie sagen soll, kein Satz, kein Wort bildet sich in ihrem Kopf. Sie lässt ihren Mund geöffnet, bleibt aber stumm.

«Ich weiss, dass du gesagt hast, dass wir nicht hinuntergehen sollen. Es war ein Fehler. Ich habe dein Vertrauen missbraucht, und das tut mir leid. Aber …»

Nina hält inne, und Milly ahnt, dass sie nur pausiert, um ihr die Gelegenheit zu geben, etwas zu sagen, doch die Sprache fehlt ihr nach wie vor. Sie schliesst den Mund wieder und schaut auf einen kleinen Zweig, der zwischen Grashalmen liegt.

«Ich war wohl einfach neugierig. Normalerweise kann ich gut akzeptieren, wenn jemand mir ein Geheimnis vorenthalten möchte. Wenn Noah mir etwas nicht verraten will, dann lasse ich ihn gewähren. Doch hier … Keine Ahnung. Vermutlich war es wegen dem Geruch.»

«Hast du …», beginnt Milly, aber die Wörter bleiben hängen; etwas liegt quer in ihrem Hals, und sie schluckt es herunter.

«Ich war im Hobbyraum. Falls du das wissen wolltest. Ja. Ich habe ihn gesehen.»

«Ich …»

«Milly?»

Milly erwidert nichts. Sie hat zu lange vor sich auf den Boden gestarrt und muss einige Male blinzeln, um das Brennen in den

Augen zu lindern. Sie schaut kurz zu Nina neben ihr und wendet sich umgehend ab.

«Milly?», wiederholt Nina und berührt sie leicht am Arm.

«Ja?», flüstert Milly.

«Du musst es melden. Ich weiss nicht, was passiert ist, aber … Du musst es melden.»

«Ja …»

«Wie lange liegt er schon da?»

Milly mag sich keine Gedanken über diese Frage machen, zu sehr verwirrt sie die Situation, das Bröckeln wird immer konkreter. Sie antwortet mit einem Schulterzucken.

«Ich verstehe es nicht. Ich verstehe es wirklich nicht. Was ist denn geschehen? Willst du …? Hast du ihn …?»

Millys Kopfschütteln lässt Nina verstummen. Erneut spürt sie eine Berührung am Unterarm und zuckt zurück.

«Und du hast niemandem davon erzählt?», fährt Nina unbeirrt fort. «Warum hast du es für dich behalten? Bist du denn jeweils zu ihm hinuntergegangen?»

Milly legt ihre Hände flach auf ihr Gesicht, ihre Handflächen drücken die Nase zusammen. Ihr Atem erzeugt ein pfeifendes Geräusch. Das Bröckeln wird immer stärker und ist kaum mehr zu ertragen.

«Ach, Milly, sprich mit mir … Du kannst ihn doch nicht dort liegen lassen! Zwischen all den Flaschen und Kanistern. Ist es nicht wichtig, dass er seine letzte Ruhe findet? Dort unten … Dort unten geht das nicht.» Ninas Stimme ist lauter geworden, energischer. Milly atmet ein, hält den Atem in ihrer Brust, atmet aus.

«Milly …»

«Was willst du denn?», fällt sie Nina lautstark ins Wort, schleudert jede Silbe wütend von sich. «Was willst du von mir?»

«Ich …»

«Warum glaubst du, mir sagen zu können, was ich zu tun habe? Wer gibt dir das Recht, den Lauf der Dinge zu bestimmen? Über mein Leben zu richten? Noch dazu in meinem Haus!

In meinem Haus, in dem du Gast bist!»

Nina versucht etwas zu sagen, doch Milly reisst die Hand hoch.

«Was fällt dir ein, dich hier als moralische Instanz aufzuspielen? Ich habe dich und Noah bei mir wohnen lassen, habe euch aufgenommen, euch geholfen, ohne etwas dafür zu verlangen. Ich habe dich nur gebeten, nicht in den Keller zu gehen. Das war das Einzige, worum ich dich gebeten habe! Doch du hast es nicht lassen können. Und jetzt sitzt du hier und sagst mir, was ich zu tun habe.»

«Es geht hier um einen toten Menschen, der im Keller liegt», erwidert Nina und klingt bemüht ruhig.

«Ach ja? Weisst du, worum es geht? Es geht um mein Leben. Mein Leben! Verstehst du?»

«Ja, Milly. Nur … Du hast doch eine Verpflichtung, etwas zu tun.»

«Eine Verpflichtung? Von wem ist mir die denn auferlegt worden? Von dir?»

«Es geht nicht um mich.»

«Genau! Es geht nicht um dich. Ganz und gar nicht.»

«Trotzdem musst du es melden.»

«Muss ich das?»

«Willst du ihn einfach dort liegen lassen? Wochenlang? Monatelang? Für immer?»

«Ich … Lass das meine Sorge sein.»

«Also wirst du es melden?»

«Ich glaube nicht, dass ich dir gegenüber Rechenschaft ablegen muss.»

«Wenn du es nicht meldest …»

«Was dann?», fällt Milly ihr ins Wort und bemerkt, wie der Zorn die Herrschaft über ihre Gesichtsmuskeln übernimmt. «Was wirst du dann tun? Sag es mir! Was wirst du tun?»

«Ich …», beginnt Nina, lässt den Satz aber unvollendet.

Milly verspürt ein Drängen und Ziehen, sie kann nicht ruhig

sitzen bleiben, muss sich bewegen, muss etwas tun. Abrupt steht sie auf, hebt eine halbvolle Giesskanne hoch und geht zum kleinen Rosenbusch. Die Blumen brauchen zwar kein Wasser, aber sie giesst sie dennoch, so lange, bis die Kanne leer ist. Als sie sich umdreht, sind die beiden Gartenstühle leer. Nina geht dem schmalen Weg entlang, träge, schleichend. An der Tür bleibt sie kurz stehen. Dann verschwindet sie im Haus.

The Goldheart Mountaintop Queen Directory

Nina und Noah sitzen auf einer teilweise zerfallenen Mauer auf halber Strecke zwischen oberer und unterer Stadt. Ein leichter Wind trägt salzige Luft vom Meer hinauf, sie dringt in ihre Lungen. Sie atmen sie wieder aus, in umgeformter Zusammensetzung, weniger Sauerstoff, mehr Kohlendioxid. Wer beim Atmen die Luft verändert, hat wahrscheinlich auch sonst Schwierigkeiten damit, die Dinge so zu belassen, wie sie sind.

Nina streichelt Noahs Kopf, lässt ihre Handfläche immer wieder über seine Haare gleiten. Irgendwann wird er sich unbehaglich fühlen, wird ihr sagen, sie solle damit aufhören, und sie wird keine andere Wahl haben, wird davon ablassen müssen, wird zunächst seine Haare in Ruhe lassen müssen und irgendwann auch den Verlauf seines Lebens. Sie weiss um diese Entwicklung, die unbeirrbar fortschreitet. Sie weiss, dass sie sich nicht wird verhindern lassen. Dennoch hadert sie damit.

«Mama!»

«Was denn, Noah?»

«Hast du mich nicht gehört?»

«Was?»

«Ich habe dich etwas gefragt.»

«Oh, entschuldige, ich war mit meinen Gedanken woanders. Was hast du denn gefragt?»

«Wann können wir nach Hause?»

Sie lächelt ihn an, dankbar für diese Frage, dankbar dafür, dass sie berechtigt ist.

«Schon bald. Morgen beginnen die Leute von der Baufirma damit, die Wand zu reparieren. Wenn sie wieder heil ist, können wir zurück. Zwar werden wir noch viele Schäden beheben und alles wieder in Ordnung bringen müssen, aber das können wir auch, wenn wir bereits wieder dort wohnen. Ein paar Tage dauert es noch, bis die Wand wiederhergestellt ist; so lange müssen wir im ‹Oya› übernachten. Freust du dich, dass wir wieder nach

Hause können?»

«Ja, sehr.»

«Es war eine seltsame Zeit, die vergangenen Wochen, nicht wahr?»

«Ja.»

Er lässt seinen dünnen Oberkörper gegen ihren kippen, sie spürt seinen Kopf an ihrer Schulter. Während seine kleinen Finger mit ihrem Rocksaum spielen, beginnt sie, leise ein Lied zu summen, *The Goldheart Mountaintop Queen Directory* von Guided by Voices. Als er es erkennt, summt er mit.

«Mama?», fragt Noah, nachdem das Lied zu Ende ist.

«Ja?»

«Warum konnten wir nicht mehr bei Milly bleiben? Wollte sie uns auch nicht mehr bei sich haben, wie Thom?»

«Nein, ich glaube, sie mochte es, dass wir bei ihr waren.»

«Aber warum mussten wir dann weg?»

«Das ist nicht so einfach zu beantworten.»

«Okay», entgegnet er leise, und Nina kann die Enttäuschung in seiner Stimme kaum ertragen.

«Weisst du», beginnt sie, «Milly muss noch etwas erledigen.»

«Was denn?»

«Etwas Wichtiges. Und dafür muss sie … Dafür braucht sie Zeit und Kraft und Ruhe.»

«Wir hätten ihr doch helfen können.»

«Ich glaube, sie will unsere Hilfe nicht. Und vielleicht ist das auch gut so. Es ist wichtig, dass sie es allein schafft. So wie beim Fahrradfahren.»

«Wieso beim Fahrradfahren?»

«Als du gelernt hast, Fahrrad zu fahren, habe ich dich zu Beginn gestützt, habe den Sattel festgehalten, damit du nicht umfällst. Doch irgendwann habe ich dich loslassen müssen. Denn du hast es allein schaffen müssen. Sonst würde ich heute noch jedes Mal deinen Sattel halten, wenn du mit dem Fahrrad unterwegs bist.»

«Das würde sicher lustig aussehen.» Noah kichert.

«Ja, das würde es.»

«Aber Milly lernt nicht, Fahrrad zu fahren, oder?»

«Nein, das tut sie nicht. Sie lernt etwas, das viel schwerer ist.»

Ein Polizeiauto fährt vorüber, mit erstaunlich geringer Geschwindigkeit. Die zwei Beamten mustern sie durch ihre Sonnenbrillen. Der Polizist auf dem Beifahrersitz hebt seine Hand zum Gruss, doch es sieht eher aus, als würde er salutieren. Nina nickt und registriert aus dem Augenwinkel, wie Noah aufgeregt winkt.

«Wo fahren die hin?»

«Vielleicht nur durch die Gegend.»

«Ich will später nicht Polizist werden», erklärt Noah.

«Warum nicht?»

«Die müssen immer dort sein, wo etwas Schlimmes passiert.»

«Stimmt. Das macht keinen Spass.»

«Nein.»

«Was willst du denn mal werden, wenn nicht Polizist?»

«Keine Ahnung. Etwas mit Tieren vielleicht.»

«Etwas mit Tieren, das wäre schön. Das wollte ich früher auch.»

«Warum hast du es denn nicht gemacht?»

«Es ging nicht.»

«Aber du hast mir mal gesagt, dass ich alles werden kann, was ich will.»

«Ja, kann sein, dass ich das mal gesagt habe.»

«Warum bist du denn nicht geworden, was du werden wolltest?»

«Das ist eine gute Frage, Noah. Eine sehr gute Frage. Nur habe ich leider keine gute Antwort darauf.»

Weiter unten schiebt das Meer schmale Schaumkronen an Land. Wie kann etwas, das so unbeschreiblich schön und faszinierend ist, eine solch zerstörerische Kraft und Unerbittlichkeit in sich tragen, fragt sich Nina und wischt eine Wespe fort, die um ihren Kopf schwirrt. Als sie die Augen schliesst, sieht sie Bild um Bild. Sie als kleines Mädchen, wie sie zusammen mit ihrer Mutter dem Meer entgegenrennt und über die anrollenden Wellen hüpft. Hanna und sie nebeneinander auf einem grossen roten Badetuch, Hanna in einem weissen Bikini, ihre Haut gebräunt und an vereinzelten Stellen von hellem Sand bedeckt. Der tote Delfin, noch vollkommen unversehrt und friedlich, als würde er schlafen. Sie und Noah, wie sie ihn hochwirft und wieder auffängt, während das Wasser ihre Knöchel umspielt. Jedes Bild trägt eine ganze Welt in sich, erzählt eine eigene Geschichte. Sie weiss, dass es auch in Zukunft Geschichten geben wird. Aber sie hat keine Vorstellung davon, wie die Bilder dazu aussehen könnten.

«Könntest du dir vorstellen, an einem anderen Ort zu leben?», fragt Nina, während ihre Hand zum wiederholten Mal über Noahs Haare gleitet.

«Du meinst, in einem anderen Haus?»

«In einer anderen Stadt.»

«Irgendwo?»

«Ja, irgendwo. Vielleicht in den Bergen. Ganz sicher weiter weg vom Meer.»

Noah legt seine Stirn in Falten und setzt eine nachdenkliche Miene auf. Er sieht ernsthaft aus, dennoch hat Nina Mühe, sich das Lachen zu verkneifen.

«Ich glaube schon.»

«Du könntest dir vorstellen, an einem anderen Ort zu leben?»

«Ja, ich glaube schon.»

«Wirklich?»

«Ja. Juri wohnt auch bald an einem anderen Ort. Wir könnten ja am gleichen Ort leben wie Juri.»

«Und für dich wäre das kein Problem?»

«Ich weiss nicht genau. Ganz bestimmt wäre ich traurig. Meine anderen Freunde würden mir fehlen. Das Meer würde mir fehlen. Aber wir könnten ja immer wieder hierherfahren.»

«Ja …» Nina stottert und ist selbst ziemlich überrascht. «Ja, das könnten wir.»

«Und du? Kannst du dir vorstellen, an einem anderen Ort zu leben?»

«Ich ...», beginnt sie und bemerkt, dass ihre Stimme wacklig klingt. «Ich weiss es nicht. Ich meine ... Ich bin mir nicht sicher.»

Nina zieht Noah an sich und blickt zum Meer hinab. Die Zeit gerinnt vor ihren Augen, alles kommt zum Stillstand, nur das Heranrollen der Wellen setzt sich unbeirrt fort. Der Rest der Welt wird still und ruhig. Einen Augenblick noch, denkt Nina. Einen Augenblick noch.

Dann hört sie Noah summen. *The Goldheart Mountaintop Queen Directory*. Sie hat noch immer keine Ahnung, worum es in dem Song überhaupt geht, und sie würde es Noah niemals begreiflich machen können. Doch vielleicht ist es nicht schlimm, keine Antworten und Erklärungen zu finden.

Als wäre die Zeit zu einem Ende gekommen

Die Welt ist in Schieflage, als wäre eine Achse verschoben oder ein Scharnier ausgeleiert. Draussen vor dem Fenster scheint eine höhnische Sonne hell und strahlend vom Himmel, taucht Felder, Wege und Mauern in ein warmes Licht. Bäume streben empor, allesamt leicht schräg, beugen sich in stummer Eintracht zur Seite. Dahinter das Meer, sein Blau deutlich dunkler als jenes des Himmels, aber noch immer betont heiter. Einige Möwen gleiten vorüber, eine Katze huscht aus einem Gebüsch, zwei Schmetterlinge umkreisen sich tanzend. Selbst die kleinsten Teile in ihrem Blickfeld wirken wie bewusst platzierte Requisiten, die das Bild einer schönen und heilen Welt vermitteln sollen. Doch Milly mag sich nicht täuschen lassen. Die Welt ist in Schieflage, sie spürt es. Als sie vom Fenster zurücktritt und sich umdreht, gerät sie ins Wanken und muss sich an der Kommode abstützen. Ihr Blick fällt auf ihr Hochzeitsfoto, auf das freundliche und ernste Gesicht von Hugo. Der Raum kippt, die Kommode neigt sich, und hektisch greift Milly nach dem Bilderrahmen, damit er nicht umfällt. Sie nimmt das Foto hoch, studiert die beiden Gesichter und ist nicht sicher, ob sich darin das grosse Ganze spiegelt oder ein leeres Nichts. Ein wenig benommen stellt sie es zurück, besinnt sich sogleich wieder und hebt es erneut hoch, nur um die Stütze auf der Rückseite des Rahmens einzuklappen und ihn hinzulegen.

Mit jedem Schritt, den Milly macht, wird das Kippen stärker, sie spürt die Schwerkraft an ihr zerren und versucht, ihr Gewicht zu verlagern. Immer wieder sucht sie Halt an Wänden und Möbeln, stützt sich ab und bewegt sich mit verbissenem Eifer vorwärts, als hinge ihr Leben davon ab. Als sie endlich die Tür zum Kellergeschoss erreicht, legt sie ihren Kopf an das kühle Holz und wartet, bis sich ihr Atmen beruhigt. Erst als sie die Tür öffnet, fällt ihr ein, dass sie sich auf den Geruch hätte vorbereiten sollen. Er erwischt sie mit voller Wucht und löst eine schockartige Reaktion aus. Sie klammert sich an der Türklinke fest und hustet in ihre Armbeuge.

Auch die Treppe, die in den Keller führt, ist aus der üblichen Balance geraten, nach jeder Stufe prallt Milly gegen das Geländer und braucht einige Sekunden, um sich wieder zu sammeln. Unten angekommen, setzt sie sich auf die kleine Bank an der Wand und verharrt dort. Sie starrt auf die Tür zum Hobbyraum, ihre Augen brennen leicht. Sämtliche Gedanken sind aus ihrem Kopf entwichen, haben eine Taubheit und Leere zurückgelassen, die geradezu tröstend wirkt, beruhigend. Sie könnte hier sitzen bleiben und so tun, als wäre die Zeit zu einem Ende gekommen. Als wäre alles gesagt und getan. Als bliebe nichts mehr zu verändern und nichts mehr zu bewegen, nur noch die Augenlider beim Blinzeln.

«Ich weiss nicht, was ich tun soll, Hugo», flüstert sie und mustert ihre Hand, die wie gewohnt auf seiner Brust liegt, ihre Finger heben sich wie krumme Zweige von seinem Hemd ab.

«Jeder Gedanke, den ich greifen kann, entgleitet mir sofort wieder, wie ein Fisch, der sich aus meinen Händen windet. Ich fühle mich so hilflos, so ohnmächtig.»

Milly denkt daran, wie er sie früher in solchen Situationen in den Arm nahm. Seine Umarmungen waren immer unbeholfen und linkisch, aber aufrichtig und echt. Sie konnte jedes Mal spüren, dass er für sie da sein wollte, dass er ihr Halt zu geben versuchte, auch wenn es ihm nicht immer in gleichem Masse gelang. Sie überlegt, ob sie versuchen soll, seine Arme um ihren Körper zu legen, lässt es dann bleiben.

«Du hättest nicht zuerst gehen dürfen. Du wärst stärker gewesen als ich, hättest besser damit umgehen können. Wahrscheinlich hättest du einfach dein Leben weitergelebt, wärst jeden Tag in deinen Hobbyraum gegangen, hättest Spaziergänge gemacht, im Garten gearbeitet. Du hättest dich im neuen Leben irgendwie zurechtgefunden.»

Milly bricht abrupt ab und verstummt. Als sie zu Hugo hinübersieht, entdeckt sie eine Fliege auf seiner Stirn und wedelt sie weg.

«Vielleicht auch nicht», greift sie ihren Gedanken wieder auf. «Im alten Leben hast du dich ja auch nicht mehr zurechtgefunden, sonst hättest du nicht gehen müssen. Wenn ich wüsste, dass auf der anderen Seite eine Erklärung für dein … für dein Handeln wartet, würde ich dir sofort folgen. Diese Frage, die Frage nach dem Warum, sie bleibt, gross und mächtig, dröhnend und gemein. Und ich werde niemals eine Antwort finden. Niemals. Und das … Das nehme ich dir übel. Ich liebe dich, Hugo. Ich werde dich immer lieben. Aber dafür hasse ich dich.»

Der Satz breitet sich im Raum aus und macht die Luft schwer.

«Nein, ich hasse dich nicht. Natürlich hasse ich dich nicht. Aber ich kann es nicht verstehen. Ich kann es mir nicht erklären. Und ich kann es dir nicht verzeihen.

Nina hat mich gefragt, warum ich es nicht gemeldet habe. Warum ich niemandem davon erzählt habe. Weisst du, wahrscheinlich wollte ich es sogar melden. Doch ich konnte nicht. Und dann dachte ich, es sei sowieso zu spät und würde entweder nichts mehr ändern oder alles nur noch schlimmer machen. Wahrscheinlich war es sehr dumm von mir, aber es ist mir egal. Es spielt keine Rolle mehr, ob ich kluge oder unkluge Entscheidungen treffe. Es spielt keine Rolle mehr, wem ich was erzähle und warum. Es spielt keine Rolle mehr, wie lange ich noch lebe und wie lange die Welt sich noch dreht. Alles ist so unwichtig geworden, so irrelevant. Nina und Noah werden weiter ihr Leben leben, werden vielleicht noch einige Male an mich denken und mich dann allmählich vergessen; nicht mutwillig oder bösartig, sondern ganz natürlich. Alles strömt unaufhaltsam vorwärts, immer weiter. Die Zeit schiebt uns vor sich her, wie Geröll in einem Fluss, und reisst uns mit. Derweil versickern unsere Träume an den Ufern. Das Bistro in Paris, die Kinder, die wir nicht bekommen haben, die Reisen, die wir nicht unternommen haben, die Abenteuer, die wir nicht erlebt haben – alles versandet auf dem Weg. Der Fluss, er fliesst weiter und ergiesst sich irgendwann ins Meer, spuckt uns aus in diese unermessliche Weite. Und das Meer, es wird bald die untere Stadt überschwemmen, wird sie verschlingen, wie ein unerbittlich fressendes Tier. Die Menschen werden verschwinden, und es wird ruhig werden. So geht es überall. Zunächst sind wir da. Dann sind wir weg. Und alles wird still.»

Ein weiteres Mal landet die Fliege auf Hugos Stirn. Milly richtet sich auf, doch sie jagt das Insekt nicht weg. Stattdessen beugt sie sich vor, bis ihre Lippen nur wenige Zentimeter von der Fliege entfernt sind. Als sie noch näherkommt, fliegt das Tier fort. Milly küsst Hugo auf die Stirn.

«Jeder Mensch hat seine eigene Geschichte. Und irgendwann ist die Geschichte zu Ende erzählt.»

Epilog / Del Fin

Das Getöse des Universums, es vermag nicht einzudringen. Das Brüllen und das Flüstern, das Knirschen und das Grollen, das Dröhnen und das Rauschen – alles bleibt aussen vor, als würde die Wasseroberfläche bedingungslos abwehren, was ihr an Schall zugemutet wird, als würde sie jeden Ton wieder zurückwerfen und dadurch das Getöse des Universums nur intensivieren.

Unter der Wasseroberfläche jedoch wird die Welt ruhig und schwerelos. Selbst in den schnellsten Bewegungen liegt keine Hektik. Das Wasser ist frei von Lärm, es ist wortlos, es ist sprachlos, doch es ist nicht still. Die ganze Landschaft ist zu hören, jeder Kiesel, jeder Felsen, jede Alge, jedes Seegras. Jedes Tier ist zu hören, vom mächtigen Wal bis zum winzigen Einzeller, jeder Fisch, jeder Krebs, jeder Schwamm, jede Qualle. Zumindest dann, wenn man kein Mensch ist.

Der Körper gleitet und schwebt, ohne sichtbare Anstrengung bewegt er sich durch das Wasser, beschleunigt und bremst ab, drängt vorwärts und schlägt kleine Haken. Das Vorankommen scheint keinem Plan zu folgen, vielmehr wirkt es wie ein Spiel, eine Aufführung, die nur der Freude dient. Der Körper strebt nach oben und hinab, dann wieder nach oben. Einen Moment lang bricht er aus, durchdringt die Wasseroberfläche und springt hinaus ins Getöse des Universums, um nur Augenblicke später wieder einzutauchen in die friedliche Sphäre. Unvermindert setzt er seine unbeschwerte Aufführung fort, windet sich elegant und schwimmt eilig an einigen Fischen vorüber, die kurz zurückschrecken, sich aber gleich wieder beruhigen und ihrerseits unangestrengt durch die Wasserlandschaft schweben.

Widerstandslos bewegt sich der Körper vorwärts, die Schnauze teilt das Wasser, die Flossen steuern und bestimmen den Weg. Ein zweiter Körper gesellt sich dazu, dann ein dritter, ein vierter, viele weitere. Sie bilden zusammen eine Gruppe, eine Gemeinschaft, mehr noch: Sie bilden einen neuen Körper, ein neues Konstrukt, das sich stetig verändert und dennoch Bestand hat. Diese Ansammlung aus Körpern setzt das Spiel fort, dehnt es aus nach allen Seiten. Die Aufführung, sie ist noch nicht vorüber.

Umschlaggestaltung: Brigitte Knöpfel
Gesetzt in Arno Pro Regular
Herstellung: Verlagshaus Schwellbrunn

ISBN 978-3-85830-323-3

www.orteverlag.ch

MIX
Papier aus verantwortungsvollen Quellen
FSC® C014138